读客®

全球顶级畅销小说文库

全球文化，尽收眼底；

顶级经典，尽入囊中！

MY COUSIN RACHEL

浮生梦

[英] 达芙妮·杜穆里埃 著
姜秋霞 译

河北出版传媒集团
花山文艺出版社

1

过去通常是在大十字路口执行绞刑。

现在已经没有这种事了。要是有谁杀了人，先是在阿西西兹接受公正的审判，然后在波得敏接受惩罚。如果法律宣判他有罪，他在受到自己的良心折磨之前就会被处死。这样的结局比较好，就像做了一次外科手术，死后被体面地埋掉，有个坟，但无名无姓。我小的时候，并不是这样的。我至今还记得自己小时候见过的情景，一个人全身带着镣铐被绞死在十字路口，脸上、身上涂满了防腐的焦油，看上去黑乎乎一片。他被吊了整整五个星期才被放下来，我是在第四个星期看到那个场面的。

他就那样被吊在绞架上，在天与地之间荡来荡去，或者用我堂兄安布鲁斯的话说，在天堂与地狱之间荡来荡去。天堂，他永远无法到达；地狱，他也已经进不去了。安布鲁斯用棍子戳那具尸体，当时的情景现在仍历历在目。尸体挂在一个锈迹斑斑的旋轴上，像个风标一样，在风中摇摆，看上去很像一个可怜的稻草人，然而却是一个实实在在的人。他的尸体虽还完好，但身上的裤子已因长时间的风吹雨淋而破烂不堪，布条像烂纸片一样挂在肿胀的四肢上。

那时正值冬天，不知哪个过路的人寻开心，在尸体的破烂上衣上插了一枝冬青以示祝贺。无论如何，对于七岁的我来说，这简直是极端的暴行，不过我一声没吭。安布鲁斯一定是有意带我去看的，大概是想衡量一下我的勇气，看看我是会一见尸体就跑掉，还是会哈哈大笑，或者哇哇大哭。他是我的监护人，像我的父亲，我的兄长，我的顾问，可以说是我的整个世界，他总是不断地考验我。记得当时我们绕着绞架、转着圈地看那具尸体，安布鲁斯不时地用棍子戳戳这，戳戳那，然后停下来点上烟斗，手搭在我的肩膀上。

“你看到了，菲利普，”他说，“这就是我们所有人最终的结局，有的人死在战场，有的人死在床上，各人命运不同，但都难免一死，你不可能太早懂得这些道理。但这是犯罪的下场，它对你、对我都是一种警告，告诉我们必须保持清醒的头脑，要有节制地生活。”我们并排站在那儿，看着尸体在空中摇摆，仿佛是在波得敏市场逛街，那具尸体是老萨利让人掷果子的标靶。“这就是一时冲动带来的后果，”安布鲁斯又说道，“他叫汤姆·吉克恩，很老实、很木讷的一个人，就是有时太贪杯。他老婆的确爱骂人，可他也没理由杀她，如果女人多唠叨几句就该杀的话，那所有的男人都得变成杀人犯了。”

我不愿他提到那个人的名字。在此之前，那只是一个没有身份也没有生命的东西，我会梦到他，但那只是一种僵死的、恐怖的东西。从我看到绞架的第一眼起，我就清楚这一点，而现在它却和现实联系起来了，使我不由得想到了那个眼角湿乎乎的男人，总是在城里码头上卖龙虾。夏季，他就站在台阶上，篮子搁在身旁。他经常把龙虾放出来到处乱爬，逗得孩子们笑个不停。

就在不久前，我还见过他。

“嗨，”安布鲁斯望着我的脸问，“你感觉如何？”

我耸了耸肩，踢了一下绞架的底座。我绝不会让安布鲁斯知道我心里的真实感觉，我不能让他知道我感觉很恐怖，甚至觉得恶心，那样他就会鄙视我。在我狭小的世界里，二十七岁的他简直就是万物之灵，就像神一样，我此生所有的奋斗目标就是学他的样。

“我上次见到汤姆时，他容光焕发，”我回答说，“可他现在这副样子，喂他那些龙虾都嫌不够新鲜。”

安布鲁斯失声大笑，揪了揪我的耳朵说：“这才是我喜欢的小子，说话的口气俨然是个十足的哲学家。”说完这话，他突然像是觉察到了什么似的说，“如果你觉得恶心，就到那边的篱笆后面去吐，我就当什么都没看见。”

他转身离开绞架和十字路口，沿着那条他当时正修建的新大道走去，这是一条备用大道，穿过树林，直通家门。看到他离开，我真高兴，因为我已来不及跑到篱笆后面去了。事后，我觉得舒服了许多，只是牙齿打战，感到有些冷。这会儿，汤姆·吉克恩在我眼里又变得什么都不是了，没有身份，没有生命，像一只破旧的袋子一样。我甚至拾了块石头朝它扔过去，然后大着胆子想看那尸体的摆动，可什么动静也没有，石头打在湿答答的衣服上只发出“噗”的一声，就滑落到地上。想想觉得自己的举动很无聊，于是我就朝着新大道去追安布鲁斯。

这一切已是十八年前的事了，那以后我几乎再没想起过，直到最近几天，在一些特殊的时刻，我的思绪常常会飞回童年时代，不时想起可怜的汤姆，回忆起他带着镣铐吊着的情景。我从没听人说起过他的事，现在也没什么人能记得他了。我只是从安布鲁斯那里知道，他杀了自己的老婆。我知道的就这么多。她爱喋喋不休地骂人，但罪不至死。大概是他嗜酒成性，在一次酒后把她杀了，但究竟怎样杀的，用的是什么凶器，用刀子捅死的，还是赤手空拳打死的？也许在那样一个冬天的夜晚，汤姆摇摇晃晃出了码头上的酒屋，心里燃烧着爱与火，汹涌的潮水阵阵拍打着石阶，月亮是那样的圆，月光洒满整个水面，谁能知道他那不平静的心里当时有着什么样雄心勃勃的梦想，或是什么样突然涌现的奇思怪想呢？

他或许是摸索着回到教堂后面的那座农舍，大概脸色苍白，醉眼蒙胧，满身散发着龙虾的腥味，他老婆见他一双湿脚进了门，当即破口大骂，一下子打破了他的梦想。于是他就把她杀了。经过很可能就是这么回事。如果真像有人给我们讲的那样，人死后还能复生，那我一定要找到可怜的汤姆问问他，然后和他一起在炼狱中痛苦地梦想。不过他是个六十来岁的老人，而我才二十五岁，我们俩的梦想完全不同。还是回到你的阴影里去吧，汤姆，给我一些宁静，绞架已经远去，你也已远去。我只是非常幼稚，不懂事，才朝你扔了石块，饶恕我吧。

关键在于，生命仍在继续，日子还得过下去，但怎么样生活却是个问题。日复一日的工作并不困难，我会像安布鲁斯以前那样当上治安理事，然后有一天也会参与郡议会，继续受到人们的敬重，像家族中所有的祖先一样。勤勤恳恳耕耘自己的土地，尽心尽力关心别人。没有人会想到我的肩上扛着什么样的沉重负担，也不会有人知道我每日里疑虑重重，总问自己一个无法回答的问题：瑞秋有罪还是无罪？或许我只能在炼狱里把这个问题搞清楚了。

我在轻声念叨她的时候，她的名字听起来是那样的柔和悦耳，久久滞留在唇间，挥之不去，像毒品一样缓缓地、执著地渗透进体内，从舌头滑到干裂的双唇，再从双唇移到心脏，心脏控制了躯体，也控制了大脑。有朝一日，我能摆脱掉它吗？四十年以后，还是五十年以后？或者某种缠绕于脑际的痕迹还会久久徘徊不去？还是流动的血液里某个小细胞不能和其他同伴一起顺利到达心脏？也许，等一切都说了，一切都做了，我也就不再想解脱了。但现在还说不清。

我还拥有房屋，这是安布鲁斯要我好好珍爱的东西，我会把泛潮的墙壁重新粉刷一下，让一切都保存得完好无损，继续植树种草，给东风呼啸的秃山披上绿装。这样，在我离去的时候至少可以留下一些美的遗产。然而一个孤独的人是不正常的。先是感到迷茫与困惑，接下来是胡思乱想，最后便进入一种疯狂的状态。于是我的思想又回到汤姆·吉克恩身上，看到他带着镣铐吊在那儿，想象着他可能会觉得很痛。

安布鲁斯，那个十八年前大步走在大道上的他，是我所效仿的人，我现在身上穿的夹克大概就是他曾经穿过的，就是这件肘部贴着两块皮子有些陈旧的绿色猎装。我变得如此像他，简直就是他的阴魂。我的眼睛就是他的眼睛，我的相貌就是他的相貌。那个对自己的狗打个呼哨转身离开十字路口和绞架的男人，简直就是我本人。这，一直是我梦寐以求的——和他一样，有他的个头，有他的肩膀，有他弯腰的姿势，甚至也能有他那样的长臂和显得挺笨拙的双手，他那突然的一笑，还有他在和陌生人第一次见面时的羞赧，以及像他一样厌烦喧嚣与热闹的场面。他在下人和爱戴他的人面前所显出的那份从容潇洒的举止——人们恭维我说，我也有。在能力方面，也是那样相似。都只是个空壳，结果我们遭遇了同样的失败。最近我时常在想，他死的时候，心是否被疑虑和恐惧所笼罩，备受折磨，在那个我不能到达的可恶的别墅里深深感到被遗弃的孤独。他的灵魂是否已离开躯体，找到我，附在我身上，这样他就可以在我身上重活一次，重复原来的错误，又患同样的病，然后再死去一次。很可能是这样的。我以和他相像而洋洋自得，这反而是置我于死地的地方。正由于和他一样，我也遭受了失败。如果我是另外一种人，机灵敏捷，口齿伶俐，又有经商的头脑，那么过去的一年就是另外十二个月的样子了。我会一心向往过一种快乐安逸的生活，很可能会结婚，组成一个年轻的家庭。

然而，我根本不是这种人，安布鲁斯也不是。我们只是梦想者，我们俩都是，不切实际，矜持内向，充满从不加以证实的理论，世界清醒，而我沉醉。我们渴求激情，然而羞怯的天性压抑着冲动。直到心灵被触动时，才觉得天国的大门已为我们打开，感到我们拥有宇宙间所有的财富。如果我们是另外一种人，我们俩就都能获得新生。瑞秋还会来这里，待上一夜两夜，然后再自行其事。我们还可以讨论一些正经问题，并作一些妥善安排。然后律师们在桌旁围坐一圈，正式宣读遗嘱。我呢，只要稍微总结一下大家的看法，每年给她一笔生活费，就可以打发她了。

但事情的结果并不是这样，因为别人看我像安布鲁斯；事情并不是这样，因为我自己也觉得像安布鲁斯。她到的第一个晚上，我来到她的房间，敲敲门就走了进去。门框很低，我微微低着头站在门里，她坐在靠窗的一把椅子上。这时她站起来看着我，当时我就应该从她的眼神里明白，她看到的不是我，而是安布鲁斯，不是菲利普，而是个影子。她当时应该走掉，整理好箱子就离开，回到属于她的地方，回到那个窗户紧闭的别墅里。那里有着过去的影子，充满了陈旧得似乎发了霉的往事。别墅有一座形状整齐的梯形花园，小庭院里还有一眼滴水的喷泉。回到她自己的国家去，让她在那里经受夏日烈焰的炙烤，在冬天清冷的阳光下苦熬着岁月。她应该凭某种直觉知道，留下来和我待在一起会带来毁灭，不仅给她所见到的这个影子带来毁灭，最终也会给她自己带来毁灭。

我在想，当时我无精打采地站在她面前，尽管心中隐隐作痛，面露不悦之色，但仍表现出强烈的主人意识，同时又为自己的手脚笨拙而感到不知所措，像匹未驯服的小马一样感到恼火。我在想，她看到我这副样子，会不会在脑子里闪过这样的想法：安布鲁斯小的时候肯定就是这样，在有我之前，我还不认识他的时候，就是这个样子。——于是她就留下来了？

或许这就是为什么那个叫瑞纳提的意大利人会在和我初次见面时流露出那样的神情，他也用那种吃惊的眼光看着我，只是他很快就掩饰了自己的惊讶，手指摆弄着桌上的笔，略微沉思了一会儿，然后轻柔地问我："你是今天刚到的？那你还没见到你的表姐瑞秋吧？"直觉也向他发出了警告，但已经太晚了。

生命中没有回头路可走，不容反悔，也没有第二次机会。我无法就这样生生坐在家里，反悔我说过的话、做过的事，就像可怜的汤姆·吉克恩带着镣铐在那里摆动，而无法反悔自己做过的事了。

是我的教父尼克·肯达尔，在我二十五岁生日的前一天——

噢，天哪！才几个月以前，像是过了很久——直截了当地对我说："有一些女人，菲利普，往往是很不错的女人，即使自己没犯错，也会带来灾祸。什么事只要和她们有瓜葛，就会成为悲剧。我不知道为什么要给你说这些，可我觉得应该告诉你。"说完就看着我在他面前的文书上签了字。

不，不能回头了。那个在生日的前一天站在她窗下的男孩，在她到的第一天站在她门前的男孩，已经不见了，已经远去了，正如当年故作勇敢往绞架上那个死人扔石头的男孩远去了一样。汤姆·吉克恩，一个受尽摧残、面目全非又无人问津的人，这些年来，你是不是满怀怜悯地注视着我？注视着我跑进树林，跑向未来？

如果转过头去找你，我看到的不会是带着镣铐摆动着的你，而是我自己的影子。

2

在安布鲁斯最后一次出门的那个晚上，我们坐在一起聊天，我丝毫没有意识到这竟是我们相处的最后一秒。当时，我一点预感都没有。每年到了秋天，他都按照医生的吩咐，到国外某个地方去过冬。这已是第三次了。他总不在家，对此我早已经习以为常了，而且总是在他不在家时替他料理家产。他第一次冬天外出时，我还在牛津读书，他是否在家我当然觉得无所谓，但到了第二个冬天，我就回家安安稳稳地住下，整日足不出户，这正是他所希望看到的。我对牛津的那种集体生活一点也不留恋，事实上，摆脱了那种生活，心里倒觉得挺快活。

我一向都是只愿意待在家里，哪儿也不想去。自从一岁半父母双亡后来到这个家，除了先在哈罗，后又在牛津读书外，我没去过任何其他地方。安布鲁斯十分怜惜我这个父母双亡的小堂弟，就像对待其他孤苦伶仃、弱不禁风的幼小生命，像对待小猫小狗或是其他需要关怀的小动物一样，用他独有的那份宽厚，把我抚养成人。

我们这个家从一开始就有与众不同之处。我还是三岁孩子的时候，我的保姆用毛刷子打了我的屁股，他就让她卷铺盖走人。

这件事我一点都记不得了，是他后来告诉我的。

“看到那个女人为了这么丁点儿小事，用她那双粗大的手打小孩，”他对我说，“我简直气得火冒三丈。小孩子不懂事，淘气是难免的。她一点儿事理都不懂，实在是太蠢。从那以后，你做了错事，都由我来教育你。”

我对此从未有过任何抱怨。绝不会有人比他更正直，更公正，更富有爱心，更善解人意。他教我学二十六个字母，每个字母都找出一句骂人话，我要学的字母就是这句话的第一个字母。他就是用这种再简单不过的办法教我学会了字母。要给每个字母都找到一句骂人的话，这着实让他下了一番工夫，但他最终还是都找到了。同时他警告我说，这些骂人话可不能连起来说。

他待人处世一贯谦恭有礼，然而对女人却总是很腼腆，充满戒心，他认为女人是家里的祸害，所以总是雇佣男仆。我们这个家族一直都是由我伯父原来的管家老斯考比掌管的。

也许他很古怪——西部人性格古怪尽人皆知——尽管他对女人看法独特，教育孩子也有他自己的一套方法，但他绝不是一个怪人。邻居们喜欢他，敬重他，佃户也都爱戴他。在得风湿病之前，他常常冬天出去打猎，夏天则驾着那艘平时停泊在海湾里的帆船去钓鱼，有兴致的时候也出去吃吃饭，在外面玩一玩。每个星期天，他都去做两次礼拜，有时布道时间过长，他会在我们家的教堂固定座位上看着我，面露一副苦相。他还极力影响我，让我像他一样有兴趣种植一些稀有灌木。

“这是一种创造，”他常常这么说，“就像其他创造一样。有些人喜欢养点什么，我倒喜欢看着从土里长出东西来。不那么费劲，结果却更令人满意。”

安布鲁斯的话让我的教父尼克大为震惊，赫伯特·帕斯科牧师，还有他的其他朋友们也都很吃惊，这些人过去常劝他安下心来，享受享受家中的欢乐，好好成个家，不要只知道侍弄那些杜鹃花。

“我已经有了接班人。”他总是揪着我的耳朵回答说，“为了他我是少活了二十年还是多活了二十年，就看我怎么看了。再说，菲利普就是现成的继承人，所以，不存在我是否尽到责任的问题，到时候他会替我做的。舒舒服服地坐一会儿吧，先生们，家里没有女人，我们可以穿着靴子把脚跷到桌子上，痰就吐在地毯上好了。”

当然，我们不会这样做。安布鲁斯非常挑剔。他之所以当着新来的牧师这样说，完全只是为了寻开心。牧师是个可怜的妻管严，养了一大串女儿。安布鲁斯坐在桌子的一边朝我挤挤眼睛。

我现在依然记得他当时的样子。他四仰八叉地半躺在沙发里，上身略略有些前倾——我也从他那儿学来了这个习惯——看着牧师小心翼翼地为自己无济于事地辩白着，他不出声地笑起来，笑得浑身发抖。然而，他又惶恐伤了牧师的感情，本能地改变了谈话的口吻，转而谈起一些让牧师开心的话题。他是在尽全力让牧师觉得舒服一些。我去了哈罗以后越发欣赏他的这种品质。假期实在过得太快。这期间，我不断能感受到他的言谈举止以及和他相处与学校里的那些同学和老师是多么的不同，同学们调皮捣蛋，老师们冷酷刻板，简直到了不近人情的地步。每当我准备坐车去伦敦时，总是脸色煞白，眼泪汪汪的，而他总会拍着我的肩膀对我说：“没事，这是一种训练，就像驯马一样。我们谁都逃不过这一天，这个假期过去了，下一个假期转眼就到，到时候我就接你回来，就哪儿也不去了。我自己来训练你。”

“训练我什么呢？”

“嗯，你是我的继承人，不是吗？这里面是有学问的。”

于是，我就走了。马车夫威灵顿赶车送我到波得敏坐去伦敦的车。我回过头，最后看了一眼安布鲁斯。他拄着手杖站在那儿，几只狗围绕在他的身前身后。他眯缝着眼睛看着我，目光中充满了对我确信无疑的理解。他一头浓密的卷发已渐渐变白。看到他向狗打了一声呼哨，转身走进房子，我只觉得喉头一阵哽咽。马车穿过门口的草场，驶出白色的院门，经过一片农舍，车轮压在砾石路面上发出吱吱嘎嘎的声音。马车载着无可奈何的我向学校走去，向远离安布鲁斯的日子走去。

然而，他没有顾及到自己的健康状况，等我好不容易完成了中学和大学学业，他却要离去了。

“他们对我说，如果再待在这样一个天天都下雨的地方过冬的话，我就得一直坐在轮椅上，再也别想站起来了。”他对我说，“我必须离开这里，到一个阳光充沛的地方去过冬，西班牙或是埃及的海滨，或者是到地中海沿岸任何干燥温暖的地方去过冬。我倒不是非去不可，但我要是成了瘸子，那就完蛋了。我出去还有一个好处，可以带回来一些谁都没有的花木。我们可以看着它们是如何鬼使神差地在康沃尔的土地上生长。”

冬去冬来，头两个冬天都是这样过去的。他在外面过得挺好，我觉得他倒也不孤单。他回来的时候，天知道带回来了多少种树、灌木，还有花。那些植物真是形状各异，色彩纷呈。其中，茶花是他最热衷的，我们专门开辟了一个茶花园。不知是他特别精通园艺还是有什么其他门路，反正这些花一直都长得很好，一株也没死。

日复一日，到了第三个冬天，这次他决定去意大利，打算去看看佛罗伦萨和罗马的一些花园。这两个城市的冬天都不暖和，可这对他来说没大要紧的，他并不在意，因为他听说那里虽然很冷，却很干燥，而且他也没必要介意雨水多少。最后一个晚上，我们聊得很晚，他从来都是很晚才睡觉的，我们经常在书房里坐到凌晨一两点。有时说说话，偶尔一句话也不说。那晚我们俩伸展双腿，烤着火，几条狗蜷伏在我们脚边。前面说了，我当时一点预感也没有，可现在回想起来他倒像是有什么预感似的，不时望我一眼，一副若有所思却又十分茫然的神情，一会儿看看我，一会儿看看墙壁，看看那些熟悉的画，一会儿又看看火，再看看蜷伏的狗。

"真希望你能和我一起去！"他突然迸出这么一句。

"那我马上收拾一下。"我赶紧说。

他摇了摇头，笑笑说："不用了，我只是随便说说，咱们不能两人一起离家几个月，这是一种责任，知道吗？一个庄园主的责任，不管别人是不是都这么想，我是这样一种想法。"

"我可以和你同行到罗马，"我说，为自己的这个主意感到兴奋，"要是天气没什么不测的话，我能在圣诞节前赶回家。"

"不，"他慢声细语地说，"不行的，我也就随便那么一说，再别往这上面想了。"

"你没什么感觉不好的吧？"我问他，"没觉得哪处疼吧？"

"我的天，看你说哪儿去了，"他笑了起来，"你把我当什么了，当病人？我都有好几个月没得风湿了。麻烦的是，菲利普，我对家实在过于迷恋了。你到了我这个年纪，或许也会有这种感受。”

他从椅子上站起来，走到窗口，拉开厚重的窗帘，凝视着窗外的草坪，静默了好一阵。寂静无声的傍晚，穴鸟已经归巢，猫头鹰已不再啼叫。

“我感到欣慰的是，我们把小路都挖了，种上了草，现在屋前都是草地，”他说道，“如果草地一直延伸到斜坡那头的马厩旁，效果可能会更好。什么时候你再把那些灌木处理掉，就可以一眼望到海了。”

“你这话什么意思？”我说，“干吗是我来处理，而不是你？”

他没有马上回答我的疑问。“一回事，”他最后说道，“这是一回事，没什么区别。你可得记着做啊。”

我的老伙伴当恩犬，这时抬起头看着他，它已经看到了厅里整理好的箱子，也嗅到了离别的气息，它吃力地起身，走到安布鲁斯身边，垂着尾巴站在那儿。我轻声唤它，它却不过来。我在炉缸上磕了磕烟斗，钟塔上的钟当当地敲了几下，仆人的房间里传来斯考比嘟嘟囔囔骂伙计的声音。

“安布鲁斯，”我忙说，“安布鲁斯，让我跟你一起去吧。”

“别犯傻了，菲利普，去睡觉吧。”他对我说。

这事就到此为止，我们没有再继续纠缠下去。第二天吃早餐的时候，他又最后指点吩咐了几句，有关春天种植，诸如此类他认为在他回来前我该做的事。他竟然还突发奇想要弄一个天鹅池，就在庭院里通向东车道的入口那地方，那儿有些沼泽，所以冬天天气还好的时候要把池子挖出来，还要筑堤加固。

时间实在是太快，马上就要上路了。七点钟早餐就匆匆结束了，因为他得早点出发，要赶在普利茅斯过夜，然后在那儿乘早班轮船。那是一艘商船，他得坐那艘商船到马赛，到了马赛就可以抽空转转意大利。这一路是很漫长的海上旅行。那是一顿阴冷潮湿的早餐，威灵顿把马车停在门口，车上很快就堆满了行李，几匹马已是蠢蠢欲动，急于要走。这时安布鲁斯转过身，一只手搭在我肩上，对我说："要把一切都照料好，别让我失望。"

"这叫什么话，"我说，"我可从没让你失望过。"

"你还年轻，"他又说，"我留给你的担子很重。总之，你要明白，我所拥有的一切也都属于你。"

我想，那时要是我坚持的话，他可能会让我跟他一起去。但我没再说什么。我和斯考比把他扶进马车，又把旅行毛毯和手杖递进去。他从开着的窗口朝我们笑了笑，然后对威灵顿说："好了，威灵顿，走吧！"

于是他们沿着车道走了。天空开始下起雨来。

接下来的几个星期，冬天的日子一如既往。我像以前一样思念他，同时又有很多事情要忙。有时想找个伴，我就会驾车去看尼克·肯达尔教父，他有一个独生女儿，叫露易丝，比我小几岁，和我从小一起玩大的。她长得很结实，人也很实在，而且挺漂亮。安布鲁斯以前总开玩笑，说她会做我的妻子，可我心里从没这么想过。

十一月中旬收到了他的第一封信，信是他去马赛时坐的那艘商船捎回来的。信上说他一路很顺利，天气也很好，只是在比斯坎湾稍微颠簸了一下。说他身体状况良好，兴致也很高，急着去意大利玩。他不大敢乘坐公共马车，怕把他带到里昂去，于是就自己雇了马和车，打算沿着海岸进入意大利，然后再转去佛罗伦萨。威灵顿听了直摇头，说那样会出事的，他坚信一点：法国人没一个会赶马车，意大利人则都是强盗。然而安布鲁斯并未遇上麻烦，从佛罗伦萨寄来了第二封信。他的信我都保存着，现在身边有一大捆信件。在以后的几个月里，这些信被我读了一遍又一遍，在我的手里反反复复地摸来摸去，仿佛手指的接触，能使我从中获得比语言更多的内容。

就是在寄自佛罗伦萨的第一封信——显然他在那儿过了圣诞节——的结尾处，他首次提到了表姐瑞秋。

“我结识了咱们的一个亲戚，”他在信中写道，“你以前听我说起过科林家族吧，这个家族原来在塔默尔有家业，后来卖给了别人。查查家谱，可以发现上上一辈有个科林和艾什利家族的人结了婚，这个支脉便有了后裔，其中有一个孩子出生在意大利，由一个穷困的父亲和一个意大利母亲养大，年纪轻轻就嫁给了一个叫桑格莱提的意大利贵族。这个贵族好像是在有次喝得半醉和人决斗中丧生，给他妻子留下了一大堆债务和一座空荡荡的大别墅，但没有孩子。这个桑格莱提伯爵夫人，或者叫她自称的名字瑞秋，就是我的表妹。她是个很敏感的女人，也是个好伙伴，她很尽心尽职地带我看了佛罗伦萨和罗马的花园，这些地方以后咱们俩要一起去的。”

安布鲁斯能有个朋友，而且还是个热衷于园艺的朋友，对此我感到很宽慰。因为我对佛罗伦萨和罗马的社会背景一无所知，所以一直担心他在那里不太可能结识英国人，现在至少有这么个人，祖辈是康沃尔的，这样他们俩就有了共同之处。

接下来的一封信几乎全列满了各种花园，这些花园虽然不在一年中最繁盛的时候，却似乎给安布鲁斯，还有我们的那个亲戚都留下了深刻的印象。

“我已逐渐对咱们的表亲瑞秋产生了诚挚的敬意，”安布鲁斯在初春时写来的信上这么说，“而且一想到她跟着桑格莱提那个家伙受的那份委屈，心里着实难过。这些意大利人简直就是一帮无耻的恶棍，这一点毋庸置疑，而她在外貌和行为方式上都和你我一样，俨然一个英国人，就好像昨天还生活在塔默尔似的，只是对家族了解甚少，一切都得我讲给她听。谢天谢地，她绝对机灵，知道什么该问，什么不该问，丝毫没有妇道人家常有的喋喋不休的毛病。她帮我在费索勒找了很好的住处，离她的别墅不远，随着天气日渐转暖，我会更多地去她那儿，在阳台上坐坐，或者去花园里逛逛，这些花园的造型和里面的雕塑看上去都是出自名家手笔，不过我不大熟悉。她的日子怎么过的，我不清楚，可我猜想她大概得把别墅里许多值钱的东西卖了还丈夫欠的债。”

我问了尼克·肯达尔教父，问他对科林家族有没有印象，他说有印象，但印象不好。“他们是一些不负责任的家伙，”他说，“我小的时候只知道他们赌博，把房产和钱财都输光，现在留在塔默尔那里的只不过是个破烂不堪的农场。四十年前就衰败了。这个女人的父亲一定叫亚历山大·科林——我想他消失在大陆了，他排行第二，和他父亲一样，不过不知道他后来怎么样了。安布鲁斯讲到这个伯爵夫人的年龄了吗？”

“没有，”我说，“他只提到她年纪轻轻就嫁人了，但没说多久以前，猜想该是人到中年了吧。”

“她肯定特别迷人，不然艾什利先生不会注意她，”露易丝说道，“我还从没听过他对哪个女人有好感。”

“这大概值得推敲，”我说，“她长相一般，十分普通，根本没什么值得恭维，我为此感到高兴。”

之后，我又收到了他的一两封信，都是些闲言碎语，没什么新鲜事，比如说刚和瑞秋表妹用过餐回去，或者是正准备去她那儿吃饭。他说她那些佛罗伦萨的朋友中，几乎没有人能真正无私地给她出主意，他自诩自己能做到这一点，为此她很感激。尽管她兴趣广泛，但不知何故总是显得很落寞，大概从来就没有能和桑格莱提沟通过，她说她一直渴望有英国人做朋友。“我觉得回家的时候除了能带回几百株植物之外，还能另有所成。”他说。

接下来是一大段漫长的日子，他没说什么时候回来，但以往都在四月底前回家。寒冷的冬季好像迟迟不去，西部国家一向有很轻微的霜冻，今年出人意料得严重，有些山茶花已经受了影响。我希望他不要很快回来，免得和我们一起经受风霜雪雨。

复活节刚过不久，他的信又来了。

亲爱的小弟：

最近没我的音讯，你一定很纳闷。确实，我从来没想到会有一天写这么一封信给你。真是天意不测，命运难料。你和我这么亲，大概能揣测这几个星期我内心的骚动。骚动这个词用得不对，也许应该说是从幸福的迷茫到最终下决心的过程。我并没有仓促决定，你知道，我是一个刻板的男人，不会一时兴起改变自己的生活方式。然而几个星期前，我知道了没有其他路可走，我发现了一些从没有过的，甚至曾经认为根本不可能存在的东西。即便现在，我还难以相信这一切已经发生了。好几次我都想把想法告诉你，但直到今天才能够心平气和地给你写信，告诉你，我和瑞秋表妹在两个星期前结婚了，现在我们俩在那不勒斯度蜜月，打算不久回佛罗伦萨。其余就不多说了，我们没作什么安排，目前我们俩谁都没想过以后怎么办。

希望有一天，菲利普，不太遥远的某一天，你能认识她。我可以写一大堆我对她的印象，写她多么多么好，多么温柔可爱，写多了会让你烦的，还是以后你自己去了解吧。我真说不清她为什么会在一大群男人中选中我这样一个性情乖戾、出言不逊的“女性反感者”——如果有这么个词的话，她常为此取笑我。我承认自己被打败了，不过被一个像她这样的人打败，从某种意义上说，也是一种胜利。如果不是非要这么讨厌地声明一下的话，我宁可说自己是没有被征服的胜利者。

把这个消息告诉家里的每一个人，并转达我和她对大家的问候与祝福。记住一点，我亲爱的小乖弟，我这桩迟来的婚姻丝毫不会减少我对你深厚的爱，反而还加深了这份感情。既然我觉得自己是幸福的人，就会比以往任何时候都更加尽心尽力为你做一切事情，而且还会有她的协助。尽快回信，可能的话，加一句热忱的话，欢迎表亲瑞秋。

你永远忠心的

安布鲁斯

信是五点半左右送到的，正好我刚吃过饭。所幸当时我一人在，斯考比把邮包送进来就走开了。我把信放在口袋里，穿过田野来到海边。斯考比的侄子见到我，向我问了声好，他在海边开了家磨坊，石头墙上的渔网晾晒在落日的余晖中。我没大理会他，这一定会让他觉得我很无礼。我爬过岩石堆，来到小海湾边一块凸出的狭窄岩石上，夏天我常来这里游泳，那时安布鲁斯总坐着小船，停泊在五十码以外的地方，我就从这里朝他游去。我坐了下来，从口袋里掏出信，又读了一遍。如果我对那两个在那不勒斯共享幸福的人有一丝同情，一点快慰，哪怕一点点的激动，我的良心都能有些许的安慰。我真为自己感到难为情，想想自己这么自私，内心一点温情都没有，简直是怒不可遏。我坐在那儿，两眼呆呆地望着风平浪静的海水，心中无限悲哀。我刚刚二十三岁，就像多年以前在哈罗第四讲堂的凳子上坐着的时候那样，感到无比的孤独与落寞，身边没有一个朋友，前景一片茫然，只有一个莫名其妙的世家，这个世界里有着我从未有过，也不想有的感受。

3

我觉得当时最令我感到羞辱的是他的朋友们快乐的神情，他们对他的幸福表现出来的诚挚的喜悦和真切的关心。恭喜之声如潮水般向我涌来，把我当成了给安布鲁斯传递信息的使者。面对这一切，我所能做的只是不断地微笑，点头，装出一副好像我就知道这件事会发生的样子，我感到自己变成了一个双面人，一个背叛者。安布鲁斯一直教我要憎恨虚伪，无论是人的虚伪，还是动物的虚伪。而我现在竟然把自己伪装成了一个与从前的我截然不同的角色，想到这个，我简直痛苦不堪。

“没有比这更好的事了。”我不断地听到这句话，而且还要随声附和。于是我开始躲避周围的邻居，把自己关在树林旁的家中，免得再看到那些关注的面孔，再听到他们那些喋喋不休的议论。无论去田间还是去镇上，我都无法逃开这一切。庄园里的佃户们，或随处可见的熟人，只要一瞥见我，就会迫使我卷入他们的交谈。我简直成了个蹩脚的演员，脸上努力挤出一丝微笑。这么做的时候，我感觉到皮肤在抵触地抽动，可我不得不装出一副高兴的样子，回答他们的问题。我讨厌这种伪装，可是别人希望在提到安布鲁斯的婚事时，看到我这种高兴的样子。“他们什么时候来家里？”对这个问题，我只有一种答复：“我不知道，安布鲁斯没告诉我。”

接着，他们便会对新娘子的容貌、年龄及仪表作一番猜测。对此，我只能说：“她是个寡妇，和他一样喜欢园艺。”

他们听了使劲点着头，认为这对安布鲁斯再合适不过了。然后，对一个抱定独身主义的单身汉突然结婚，他们又会打趣，开玩笑，就此事逗乐一番。牧师的老婆——凶悍的帕斯科夫人，对这件事更是刨根问底，好像这么做，她便可以报复以前人们对神灵的侮慢不尊。

她抓住一切机会发表见解。“艾什利先生，现在该是多么大的变化，你再也不可能在自己的家里随心所欲了吧。这倒也是件大好事。以后，可要有一整套的家法来管束仆人们了。不过，我看斯考比对此却未必高兴，他一直都按自己的规矩行事。”

这一点，她倒是说对了，我觉得斯考比是我的同盟，但我总小心翼翼，不和他站在一边，如果他试图表现出一点认同感，我就会马上制止他。

“我不知该说什么，菲利普先生，”他低声说，一副忧郁、无奈的神情，“家里有个女主人，会把一切都翻个个儿，让我们不知所措。一件又一件事，很可能无论你怎么为她着想，都难讨得她的欢心。我想，该是我退下来给年轻人让路的时候了。或许，给安布鲁斯写信时，您最好跟他说一下这件事儿。”

我叫他别犯傻了，没有他，安布鲁斯和我会过得一团糟。可他却摇摇头，板着个脸不停地在原地来回踱步，而且不失时机地对未来作出种种凄苦的假设：什么就餐时间毫无疑问要改啦，家具要换啦，什么大家伙儿会被呵斥着从早到晚一刻不停地打扫房间啦，最可怕的是，连那几条可怜的狗也会被拖垮。他就这样用一种近乎于悲哀的声音絮絮叨叨着种种未来的情景。不过，他的这种腔调倒多少帮我找回了一些失去的幽默感，自从读了安布鲁斯的信以来，这是我第一次放声大笑。

斯考比描绘了一幅多么可怕的图画呀！我眼前立刻浮现出这样的情景：一大群女仆拿着拖把，打扫着一尘不染的房间；老管家则像往常一样，噘着嘴巴，脸上带着冷冷的不满，监视着姑娘们的一举一动。他的担忧让我觉得可笑。可当同样的话一而再，再而三地被提起——连非常了解我，完全知道自己不应该搅到这种闲话中来的露易丝·肯达尔也这么说时，我真的有些发怒了。

"谢天谢地，书房将焕然一新了，"她欢天喜地地说，"书房里的台布地毯等物品用了这么多年，都已经陈旧褪色了。不过，我敢说，你从来就没有注意到这一点。还有，家里种的这些花更将大为改观。客厅将终于能称其为客厅了，我一向认为不好好利用它，实在有些浪费。艾什利夫人肯定会用她从意大利别墅带来的书画好好地把客厅装饰一番的。"

她没完没了地唠叨着，一遍又一遍地盘算着房间里的每一处改进，最后我实在忍无可忍，粗暴地打断她的话："看在上帝的份上，露易丝，别再谈这些了，我讨厌这个话题，我已经听腻了，听烦了。"

她马上停了下来，然后狡黠地瞧了瞧我说："顺便说一句，你不是出于嫉妒吧？"

"别胡扯。"我对她说。

把她叫来，实在是件蠢事。不过我们彼此交往一直甚好，我一向把她当作小妹妹，而且对她还有一点儿敬重的心情。

我这么一说，她就不吭声了。而且我注意到，只要又谈起这个谈滥了的话题，她就会看我一眼，试图换个话题。为此我很感激，也就更喜欢她了。

她的父亲，也就是我的教父尼克·肯达尔，给了我最后一击。当然，他并没有意识到自己在做什么，只是鲁莽地以他贯有的直率方式说了下面这些话。

“你对未来有什么打算吗，菲利普？”一天晚上，当我驾车过去和他们共进晚餐时，他这样问我。

“打算？没有。”我答了一句，心里并不明白他问这句话的用意。

“当然，这样做还有些为时过早，”他说，“我想你可能一直要等到安布鲁斯和他妻子回来后，才会这么做。我不知道你是否想过在这附近为自己置上一点属于自己的房产。”

我慢慢理解了他的意思。

“我为什么要这么做呢？”我问道。

“嗯，情况发生了一些变化，不是吗？”他用一种就事论事的口气说，“安布鲁斯和他的妻子当然想待在一起。他们有了家庭，再有个儿子，对你来说，一切就不一样了，对吧？我敢肯定，安布鲁斯不会让你因为这种变故受苦，你想要什么他都会买的。当然很可能他们不会有孩子，但也没有什么理由认定他们就肯定不会有孩子。或许你愿意自己建一所住宅，有时候自己建房要比买别人的更好一些。”

他一个劲地说着，把方圆二十英里以内我有可能感兴趣的地方都提到了，好在他并没有要求我立刻回答他说的话。当时我的心里真是千头万绪，不知该怎么回答才好，他所说的一切是我根本想都没想过的，我几乎无法理出个头绪。过了一会儿，我便托词离开了。嫉妒，我想露易丝这么说是对的，这是突然要与另一个陌生人共享同一个人时产生的孩子式的嫉妒。

像斯考比一样，我仿佛也已经看到自己竭尽全力地适应那些令人极不舒服的新规矩：熄灭烟斗，立正站好，在谈话时绞尽脑汁，让自己努力接受一种由女人当家的严苛，一种沉闷的生活。再看看安布鲁斯，我的天，他的样子简直像个傻瓜。我到时只能离开，免得大家都很尴尬。我以前还从未想到自己会变成流浪汉。如今这个家庭不再需要我了，我将从这里搬出去，像佣人们一样靠主人给的工钱过活，一个孩子会降生到这个家中，管安布鲁斯叫爸爸，这个家再也不需要我了。

如果是帕斯科夫人提醒我注意这种可能发生的事情，我会认为是她居心不良，从而将它抛到脑后，然后当这一切出自我的教父这样一位沉稳的人口中时，情况就完全不同了。我驾车回到家里，满怀悲伤，不知所措，不知道该做些什么，是应该像教父说的那样有所打算，为自己找一个家，还是做好离开的准备？可我不想住在别的什么地方，也不想有别的家。安布鲁斯在这个家里把我带大，一直教我的也是这里的一切。这一切是我的，是他的，是我们两人共有的。可如今情况变了，不再是这样了。我至今还记得，那天当我从肯达尔家回到家中，在那幢房子里走来走去，用一种全新的眼光打量它，家里的狗也感觉到了我的烦躁，紧跟着我，和我一样惶惶不安。我小时候住过的儿童房，已经好久没人住了，只有斯考比的侄女每周来一次，把房间整理整理，或者缝补缝补那些亚麻布织物，但这间房子现在却有了新的意味。我仿佛看到房间被重新粉刷一新，原先一直和一大堆尘封已久的书籍一起放在满是蜘蛛网的架子上的那根小曲棍球棒，被当作垃圾扔了。我从没有想过这间屋子会给我留下怎样的印迹，以前差不多总是两个月进去一次，让人补补衬衣、袜子什么的。而今我却很希望它能重新为我所有，作为我逃避外面世界的庇护所。否则，它就会完全变成另一种景象，室内老是弥漫着一股煮牛奶的味道，还有需要晾晒的毯子的潮味，令人窒息，完全就像我经常去的那些养小孩子的人家的起居室一样，我甚至可以想象出他们在地板上哭喊着爬来爬去，不是头上这鼓个包，那碰个包，就是肘腕上青一块紫一块的。更令人难以忍受的是，他们还会蹭着爬上人的膝盖，要是没人理睬，他们就会大做鬼脸，把脸皱得跟猴子一样。噢，天哪！难道这一切都在这儿等着安布鲁斯了吗？

我难得想到表姐瑞秋，一旦想到她的时候，心情就像人们对待所有令人厌恶的东西一样，努力想把这个名字从脑海中抹去。我把她想象成一个与帕斯科夫人一般无二的人，而且有过之而无不及，身材高大却瘦骨嶙峋，且正如斯考比预言的，那双鹰般的眼睛不放过任何一点灰尘。每逢客人来吃饭，她的笑声简直震耳欲聋，以致大家都会离安布鲁斯远远的。她似乎还变化多端，一会儿如凶神恶煞，像西邻那个叫莫利·贝特的穷鬼，绝不允许人看桌上的美味；一会儿又绷着脸，一副无精打采的样子，神情阴郁地裹着件披肩坐在椅子上，有气无力地抱怨着自己的身体状况，而且，总有个护士守在她身后不远的地方，拿着一把勺子在调药；一会儿是劲头十足的中年人；一会儿又痴痴地笑起来，一副比露易丝还年少的样子。瑞秋表姐的性格变化足有一打多，而且一个比一个令人生厌。我似乎看见她逼着安布鲁斯跪在地上装狗熊，让孩子们骑在他背上，而安布鲁斯竟俯首帖耳，非常恭顺，真是丢尽了人。转眼她又会把自己打扮成穆斯林，头上系条丝带，我仿佛看到她嘟着嘴，不停地摆弄着那头卷发，那一头乱蓬蓬的卷发让人觉得做作，可是安布鲁斯却靠在椅子上，用一种欣赏的眼光看着她，脸上堆着白痴般的笑。

五月中旬，我收到了他们的来信，说决定整个夏天都要待在国外，我大大地叹了一口气，差一点高声欢呼起来。这简直是一种从没有过的反叛，可我实在情不自禁。

“你的瑞秋表姐还在被一大堆事务缠绕，而这些事又都得在我们回英国之前安排妥当。”安布鲁斯在信中说，“因此，尽管令人十分失望，但你可以想到，还是得推迟归期。我已尽了最大的努力，可意大利的法律与我们的法律根本是两回事儿。要想在这两者间有所调和，简直是天方夜谭。现在我好像是在大把花钱，然而花得是地方，所以才不吝惜。我们时常谈起你这个可爱的小家伙，我真希望你能和我们在一起。”接着，又问了句家里的活计和他那些花草的情况，他对这些事的兴趣一如往常地热切，这反而让我觉得自己是不是不正常，竟然认为他会改变。

他们这个夏天回不来，周围的邻居当然都非常失望。

“或许，”帕斯科夫人意味深长地微笑着，“艾什利夫人的健康状况不允许她旅行。”

“关于这一点，我不太清楚。”我答道，“安布鲁斯在信中提到他们曾在威尼斯待了一周，回去的时候，两人都得了风湿病。”

她的脸立刻拉了下来。“风湿病？她妻子也得了风湿病？”她说，“真够倒霉的。”然后又若有所思地说，“我想她肯定比我想象的要老。”

这个蠢女人，脑子都不会转弯。我两岁的时候，膝关节就有风湿病的感觉，年纪大的人告诉我，那种疼，是我在长个儿。就是现在，有时下点雨，我依然会有那种感觉。抛开这处不说，我和帕斯科夫人对有些问题的看法却是不谋而合。瑞秋表姐大概也就二十来岁吧，可头发已经灰白，甚至已经拄上了手杖，我能想象得出，当她只要不在她那个我说不出来什么样的意大利花园里种玫瑰时，就坐在一张桌子旁，手杖捣着地，旁边围着几个律师，叽里咕噜地用意大利语说着什么，而我那可怜的安布鲁斯则耐心地坐在她身旁。

为什么他不回来，让她自己去处理那些事呢？然而，这样一想，我的精神却马上振奋起来。因为那个痴痴傻笑的新娘已在我眼前化作一个日渐衰老的妇人，腰部患有严重的风湿病，折磨得她痛苦不堪。我幼年住过的房间从我脑海中退去，取而代之的是，起居室变成了女人的闺房，房内处处是屏风，即使在仲夏，炉火也烧得很旺，时时能听到烦躁的喊叫，一个劲儿叫斯考比再拿些煤炭来，她吸进去的煤烟一点儿一点儿地攫取她的生命。于是我又可以在出游的时候大声唱歌了，可以驱赶着狗追逐野兔，可以早饭前游个泳，可以在风和日丽的时候驾着安布鲁斯的小船在海湾航行，又可以在露易丝去伦敦度假时，用那里的时髦事儿逗她开心。二十三岁的年龄，心情本来就不大会忧伤。我的家还是我的家，没有人能从我手中夺走它。

继而冬天来临的时候，他来信中的语气变了，起初是难以察觉的，我几乎没有注意到这种变化。然而再读他的信，我便看出信中所言都流露出一种压力，一种忧虑之情缠绕着他。可以看得出，其中一部分是思乡之情，思念他的故土，惦念着他的家产。但除此之外，还有一份深深的孤寂，那使我感到十分惊愕。我感到不解的是，一个结婚仅十个月的男人居然会感到孤独，他说漫长的夏季和秋季，日子实在难熬，冬天又极不寻常地临近了。虽然他们居住的别墅地势很高，里面却空气沉闷，令人窒息。他说自己总是像一只暴风雨来临前的狗一样，从一间房间蹿到另一间房间，然而并没有暴风雨来临，他总感到无法消除房内的沉闷空气，恨不得让瓢泼大雨把自己淋个透，即使这样会使他瘫痪也在所不惜。

“我过去从没得过头痛病，”他说，“但现在我经常头痛，有时甚至视觉模糊，极不愿意看到阳光。对你的思念之情真是难以言表，我有万千的话想要对你说，然而在一封信中又难以一一说清。今天，我妻子去镇上了，所以我才有机会给你寄信。”这是他第一次用“我妻子”这样的字眼，在这以前，他总是用“瑞秋”或“你的瑞秋表姐”。在我看来，“我妻子”这样的字眼很正式，却给人一种冷冰冰的感觉。

在这些信中，他只字未提回家的事，然而却总是表现出想得知家乡消息的急切心情，对我在信中所说的琐碎小事，他也总要评论一番，似乎除此之外，他对其他事情都没有丝毫兴趣可言。

复活节时没有收到他的来信，圣灵降临节时也无任何消息。我的焦虑不安与日俱增。我把不安告诉了教父，他说肯定是恶劣的天气延误了邮件，据报道欧洲已下了晚雪，恐怕五月底之前，我都无法指望收到佛罗伦萨的来信。安布鲁斯结婚已一年有余，离家已有一年半了，我十分担心他可能不再回归故里。显而易见，只一个夏季就使得他身心憔悴，如果再过一个夏季，他又会成什么样子呢？终于，到七月的时候来了一封信，这是一封简短而语无伦次的信，完全不像出自他本人，他平时那一贯清晰秀美的字体，现在也变成横七竖八、潦草不堪的一团乱麻，好像他难以握笔书写。

“我这儿并非处处都顺心，”他写道，“在我上次给你写的信中，你肯定已看到了这一点，不过你还是什么都别说为好。她总是监视着我的一举一动。我已给你写过好几封信，但身边却没有可以信赖的人替我将信寄出。除非我自己外出寄信，否则这些信都无法抵达你手中。我患病以来无法外出走远。至于我的那些医生，我对他们任何人都毫无信赖可言。他们是一群说谎者，全都是。那位刚由瑞纳提推荐来的医生更是一个杀人犯，很可能也是那伙人中的一个。他们对我的病情进行可怕的臆断，但我会击败他们的。”后面是一段空白，然后是一些潦草无法辨认的文字，之后便是他的签名。

我让马夫系好马鞍，出发奔向教父家，让他看安布鲁斯的来信。像我一样，他也感到忧心忡忡。“好像已精神崩溃了，”他脱口说道，“让我感到很不舒服，这不是一封精神正常的人写的信，但愿……”他突然努了努嘴巴，缄口不语了。

“但愿什么？”我问道。

“你伯父菲利普，也就是安布鲁斯的父亲，死于脑瘤，你知道这件事，对吧？”他简要地说道。

我如实告诉他以前我从未听说过此事。

“当然，这是你出生前的事了，”他说，“家里人向来不大谈这事，这种病是否会遗传，我认为医生也说不准。到目前为止，医学还远远没发展到这种程度。”他戴上眼镜，把信又看了一遍。

“当然，还有另外一种可能，一种完全不同的可能。我倒宁愿认为是这种可能。”他说。

“哪种可能？”

“安布鲁斯是喝醉时写这封信的。”要不是他已年过六十，又是我的教父，我一定会反驳这种牵强附会的说法。

“我一生中还从没看到安布鲁斯喝醉过。”我对他说。

“我也没见过，”他干巴巴地说着，“我仅仅想在这两种可怕的情况中选择更好一些的可能性。我想你还是下定决心亲自去一趟意大利吧！”

我说：“在来看你之前，我已决定要这么做了。”

我骑马回家，但心中对启程上路的事一点底都没有。

因为普利茅斯没有轮船去意大利，我不得不先到伦敦，然后到多佛，再搭乘邮政班轮到布劳根，接着再乘定期驿车穿过法国进入意大利。如果没有延误，我大约三周后到达佛罗伦萨。我的法语很蹩脚，对意大利语又一窍不通。然而，只要能到安布鲁斯身边，这一切都算不了什么。我向斯考比和仆人们作了简短的告别，只说我要匆忙去看望他们的主人，没提他生病的事。然后便在七月一个晴朗的早晨启程向伦敦进发，开始去一个陌生的国家做差不多三个星期的旅行。

马车拐上波得敏大道时，我看见马夫拿着一个邮袋策马向我奔来，我叫威灵顿勒马停车，那个男孩把邮袋递给我，我想安布鲁斯来信的可能性只有万分之一，然而这万分之一实实在在就在眼前。我从邮袋中取出信，打发那小子回去。威灵顿又扬鞭策马启程了。我从信中抽出一张纸片，举到马车窗口有亮光的地方，信上的字潦草不堪，几乎无法辨认。

“看在上帝的份上，赶快来吧！瑞秋——我的冤家——她终于对我下手了。如果你稍一耽搁，可能一切就太晚了。安布鲁斯。”

信上只有这几句话，信纸上没有写信日期，信封上也没有邮戳，封信的是他的戒指。

我坐在马车里，手里握着那张破信纸，心里清楚，在世界上没有任何力量能把我在八月中旬之前送到他身边。

4

我终于与其他乘客抵达了佛罗伦萨，马车把我们抛在亚诺河附近的一家小客栈，我觉得这漫长的旅途简直像是度过了人的一生。现在是八月十五日，和首次踏上欧洲大陆的其他旅行者一样，这里的一切都给我留下了深刻的印象。经过的大道，夜间停歇的山谷与城市，无论是法国的还是意大利的，处处肮脏不堪，虫虱乱爬，充斥着震耳欲聋的噪音。在家乡，我已习惯了几乎空荡荡的房屋的那份宁静，因为仆人们都在钟楼下的房间休息，深夜除了林中轻风与雨打西窗，万籁俱寂，如今，陌生城市里这无休止的喧嚣与混乱，使我茫然若失。

经过长时间的旅途跋涉，我想睡觉了，一向夜里十二点都不入睡的我，很快就睡着了，然而梦里都回响着异国的声音：门的开关声，人的尖叫声，窗下的脚步声，石子路上的车轮声，还有每过一刻钟传来的教堂的钟声。如果我这次到异域他乡是为其他事，情况可能就大不一样了。清晨，我会心情舒畅地倚在窗边，看贫民窟赤着脚的孩子们纵情玩耍，还会扔给他们几枚钱币；好奇而着迷地倾听周围各种新鲜的声音；黄昏时在狭窄的街巷漫步，慢慢地喜欢这里的一切。而如今，我漠然地面对这一切，甚至对这一切产生了敌意。我现在急需去安布鲁斯那儿，他正卧病外乡，我的焦虑转化成对着外乡的一切事物的憎恨，甚至对这块异乡的土地，也无比反感。

天气一天天热起来，天空湛蓝，多斯加尼蜿蜒曲折的道路上尘土飞扬，似乎太阳已烤干了大地，山谷都被炙烤成了赤褐色，山坡上的小山村笼罩在雾霭般的热气中，一片赤黄。瘦骨嶙峋的牛群蹒跚着四处找水，一群群山羊在路边有气无力地走着，牧羊的孩子见马车经过时大喊大叫。因我在为安布鲁斯忧虑重重，这个国家的一切生灵在我看来都饥渴万分，一旦失去水分，他们将衰竭死亡。

一到佛罗伦萨，我便把覆满灰尘的行李卸下拎进客栈。我下马车后的第一个反应便是想要穿过圆石街，到河边去。满身风尘的我站在河边，感到疲惫不堪。过去的两天里，我实在难以忍受车内令人窒息的浊气，就一直坐在马车夫旁边，像路边那些可怜的牛羊一样，也渴望着水。现在河就在我面前，但河水不像家乡那样清凌凌的，泛着涟漪，带着清新的咸味，水面上还有浪花在跳跃。眼前的河水是流速很慢的浑浊小水流，河水和河床一样呈褐色，蠕动着，和着污泥穿过拱桥，平滑的水面上时不时泛起一个个泡沫，上面还漂浮着各种杂物，麦秆、草根处处可见。然而现在的我疲惫不堪，又饥饿难耐，恨不得把眼前的一切都一一咽下去，就像吃毒药一样，一口吞下肚。

我就这么出神地站在太阳暴晒的桥上看着流水。忽然，身后城里那深沉庄严的钟声敲响了四下，其他教堂里的钟声也随即响起，钟声伴着浑浊的泥水流过石头，汹涌而去。

一位妇女走到我身旁，她怀里抱着一个哭哭啼啼的孩子，身边另一个小孩拽着她破旧的衣襟。她向我伸出手，求我施舍，深色的眼睛充满乞求。我给了她一枚硬币转身便走，可她又碰碰我的胳膊，嘴里嘀嘀咕咕说着什么，这时马车边的一名乘客对她说了一串意大利语，她才退回原来的角落。她很年轻，也就十九岁左右，然而，她脸上的神情却不像是这个年龄，似乎那小巧孱弱的躯体内有颗不朽的灵魂，那两只眼睛像是洞察了千百年来的世事沧桑，使她对耐人寻味的生活都变得麻木了。这种印象至今还深深留在我的记忆中。后来，他们带我来到安排好的房间，当我站在朝向广场的小阳台向外望时，又看见了她，她在马匹与车辆中穿行，那小心得近乎猥琐的样子，就像深夜的一只猫，肚皮贴着地四处潜行。

我回到房间，以超乎寻常的冷漠洗漱，换衣服。我的旅途已结束，一种无聊之情又涌上心头。起初兴高采烈地准备行程，一听到号角即将进入战斗的我，现已不复存在了，取而代之的是个陌生人，他站在那儿一副精神沮丧、疲惫不堪的样子，兴奋感已失去了意义，那是数周前的事了。甚至我口袋中的破信纸也似乎并不存在。从那以后，也许又发生了许多事情，她也许已把他从佛罗伦萨带走，他们也许已经去了罗马，去了威尼斯。我似乎又回到那笨重的马车上，为了追逐他们的足迹，走遍这个该死的国家的四面八方，穿梭于一座又一座城市，随着时光的流逝，饱尝了一路炎热风光的折磨，然而总是找不到他们。

或许，整个事情的经过只是个误会而已，也许根本是恶作剧，可能是安布鲁斯过去爱玩的把戏，从小我就被他的这小把戏所哄骗。或许这回我去别墅找他，看到的是丰盛的筵席，那里高朋满座，轻歌曼舞，灯火辉煌。我莫名其妙地出现在大家面前时，看到的是十分健康的安布鲁斯，他会很惊讶地看着我。

我下了楼，来到门外的广场，候在那儿的马车都已走了。午休时间过后，街上又热闹起来。我挤入人流，竟迷失了方向，面前是深褐色的院巷，高楼鳞次栉比，眼前一片外凸的阳台。我在街上转来转去，一张张脸从一个个门洞里露出来，都盯着我看，行人也驻足凝视，他们脸上布满那种饱经岁月风霜的神情，都和前面我遇上的那个行乞的女子一样。有些人像那女子一样跟在我身后，一边伸手，一边嘀咕着什么。我想起了那个马车里的意大利乘客，便大声叱责，他们立刻缩回去，身子紧贴在高墙上，眼巴巴看着我走过去，眼里流露出一种难以抑制的自尊，令人不可思议。教堂里的钟声又响作一片，我来到人群拥挤的广场，那里的人们打着手势聊着天，在我这异乡人的眼里，这情景与广场周围那庄严华美的建筑物毫不相称，与那些茫然注视着他们的雕像也不相称，和教堂那直冲云霄的钟声更不相称。

我叫了一辆马车，不大有把握地说了句“桑格莱提别墅”，马车夫说了些什么我没听懂，但当他点点头扬鞭策马时我听见了“费所勒”几个字。我们穿行于狭窄拥挤的街道，一路上随着他的吆喝声和马车的叮当声，人群不断地闪过，钟声慢慢地消失，但余音仍在我耳畔回响，然而这庄严嘹亮的钟声，既不是为我这次无足轻重的远行而响，也不是为了这街上人的生活而响，而是为了永恒，为了不朽。

我们爬上漫长弯曲的山路，将佛罗伦萨抛在身后，建筑物也消失在视线之外。周围的一切安静而祥和，那整日对这座城市虎视眈眈的屋墙甚至褐色的土地都不再像先前那么干热了，房屋又焕发出光彩来。或许颜色并不那么亮丽夺目，甚至看不出什么颜色，但太阳的威力散尽之后，余晕照射出的色彩分外柔和，遮天蔽日的柏树在夕阳的余晖映照下墨绿一片。

车夫把马车停在一座高墙耸立、庭院深锁的住宅外，回头对我说了声：“桑格莱提别墅。”我终于到了。

我打了个手势让他等着，便下了车，来到门口，拉了拉墙上的门铃，可以听见里面的铃声。车夫把马车停在路边，然后从车上下来，站在沟渠边，用帽子挥赶着扑面的苍蝇。可怜的马看上去有一些饿了，在车辕间低垂着头，抽动着耳朵，走了这些路之后，它已没有力气到路边去吃青草，而是在一旁打起盹来了。门内没有声音，我又拉了下门铃，这次传来低沉的狗叫声，接着有扇门开了，狗叫声随即清晰起来，能听到一个孩子烦躁的哭声，一个女人呵斥孩子的尖叫声，同时另一边传来走向门口的脚步声，接着是取下门闩的声音和门擦着地下的圆石的声音。门打开了，一位农妇站在我面前，打量我。我边朝她走去，边问：“是桑格莱提别墅吧，艾什利先生在家吗？”

拴在妇人住的小屋边的狗更凶猛地吠叫起来，我面前是条林荫小道，路尽头是那幢别墅，宅门紧闭，毫无生气。狗继续狂叫，孩子也在哭喊，妇人似乎想把我关在门外。她气喘吁吁的，脸的一边有些肿，好像是牙痛，她尽力用披肩压住这半边脸，试图减轻一些疼痛。

我从她面前冲进门去，嘴里重复说着“艾什利先生”。她这才好像刚刚注意到我，很紧张很不安地快速说了几句话，一边还打着手势指着别墅，然后又很快转过头，朝小屋叫喊。这时，一位男子，也许是她丈夫，出现在小屋门口，他的肩膀上还背着个孩子。他先制止住狗叫，然后朝着我走过来，一边问着妻子什么。她继续滔滔不绝地对他说着话，我听到“艾什利”，还有“英国话”，现在又轮到他打量我了，只是他的方式要比那女人好些，比较克制，比较诚恳真挚，而且脸上还有一种关切的表情。他对妻子低语了几句，她便抱着孩子回到小屋门口，坐在那里望着我们，披肩还遮在肿胀的脸颊上。

“我会讲一点英语，先生，”他说，“我能为你做点什么？”

“我来看艾什利先生，他和夫人在吗？”

他脸上的表情更为关切了，紧张地咽了咽口水，又说道：“你是他儿子吗，先生？”

“不，”我不耐烦地说，“我是他的堂弟，他们在家吗？”

他痛苦地摇着头：“那先生你是从英国来的吧？难道没听到任何消息吗？怎么说呢？真的很惨，我不知道该怎么说，艾什利先生，他三周前过世了。很突然，很令人伤心，一安葬完他，伯爵夫人就关闭了别墅。她走了差不多有两周了，我们不知道她还回不回来。”

狗又叫起来了，他转身去呵斥狗。

我顿时面无血色，呆若木鸡地立在那儿。那男子很同情地望着我，并叫她妻子拉过来一条凳子放在我身边。

“请坐，先生，”他说，“很难过，真的很难过。”

我只是摇头，一句话也说不出来，也没有什么好说的。那男子也很担心，他粗暴地对妻子讲话以缓解自己的心情。他又转身对我说：“先生，如果你想去别墅里看看，我去给你开门，你可以看看艾什利先生临终的地方。”我对自己要去哪儿，要做什么事已感到漠然，大脑麻木得根本无法集中精力。他边走向车道边从口袋里取出几把钥匙，我跟在他旁边，双腿如同灌了铅一样，根本迈不动。那妇人和孩子也跟在我们后面。

一路上柏树环绕，紧闭的别墅，像个目的，静候在尽头。等走近时，我才发现这是幢大宅子，有许多窗户，一扇扇苍白地紧闭着。房子门口是个环形车道，供马车转弯的。在浓荫密布的柏树下耸立着几尊雕像。那男子用钥匙打开一扇扇百叶窗，让阳光射入沉寂的大厅。我跟在他们后面，走过一间间房间，看着他们把窗子逐扇打开。他们这样做，完全是发自内心地想以此来减轻我的痛苦。房间套房间，每间都是宽敞又空旷，顶篷上饰有壁画，地面是大理石铺的。屋里的空气有股中世纪的陈旧的霉味。有些房间的墙上没有任何装饰，而有一些房间的墙上则挂有壁毯。其中有间房间比其他屋子更昏暗郁闷，中间是张大餐桌，两边排列着教堂用的雕花椅，两边还各耸立着一个铁制的大烛台。

“桑格莱提别墅很美，很古老，先生，”男子又开口说道，“当外面阳光太强太烈时，艾什利先生总是坐在这儿，坐在这把椅子上。”

他几乎满怀敬意地指着桌边的一把高背椅。这一切像是在做梦，一点也不现实。在这所住宅里，在这间屋子里，我再也看不到安布鲁斯了，他再也不可能迈着熟悉的步子吹着口哨，把拐杖扔在椅侧或桌边来回走动，说着话。那夫妇俩漠然地在房间里转来转去，继续单调地打开一扇扇窗子。窗外是个由回廊围起来的四边形小庭院，庭院是露天的，但是浓荫遮蔽。院子中央有眼喷泉，铜像是个小男孩，双手握着一枚贝壳。喷泉边小路旁有棵金链花树，遮天蔽日，自成阴凉。金色的花朵早已凋谢，遍地是尘灰色的豆荚。那男子对妇人低语了几句，那妇人便走到回廊拐角处，扭动一个把手，水流便轻柔地从铜像男孩手中的贝壳里徐徐而出，潺潺流水飞落下来，洒向下面的池塘。

“艾什利先生天天坐在这里观赏喷泉，”男子又说，“他很喜欢看水。他就坐在那棵树下，春天这儿很美，伯爵夫人可以从她上面的房间喊他。”

他又指了指栏杆石柱，妇人便走进房间，过了一会儿，出现在男子刚才指的阳台上，她打开这间房子的百叶窗。水继续从贝壳中往外流，既不飞快，也不往外涌，只是轻柔地溅在小池中。

他继续说：“夏天，艾什利先生和伯爵夫人总坐在这儿，边进餐边欣赏喷泉，我总是候在他们身边，总是拿两个托盘来放在这张桌上。”他指了指那张石桌和旁边静立的两把椅子，又接着说，“他们饭后总在这儿喝点大麦茶，日复一日，天天如此。”

这时他停下来，用手抚摸着那把椅子。一种压抑感涌上我的心头，回廊里阴冷得如同墓穴，空气死一般的沉寂，如同那紧闭的房间里的气息。

我想起了安布鲁斯在家时的情景。夏日，他不着外套，戴着那顶遮阳的旧草帽，四处踱步。我似乎看见了那顶草帽，帽檐斜压着前额，我好像还看到他站在小舟上，卷起双袖指着远洋深处的某个地方。我还依稀记得他是怎样伸出长长的手臂，将在舟边游泳的我拽上小船的。

“是啊，”那男子似乎在自言自语，“艾什利先生就坐在这把椅子上，观赏着泉水。”

妇人又回来了，穿过游廊，关闭了喷泉。水流停止了，铜像男孩低头望着一只空空的贝壳，一切又陷入沉寂。刚才瞪着眼睛望着喷泉的孩子突然弯下腰，小手在地下圆石中一阵扒拉，捡起几个链花豆荚，扔进池中，妇人呵斥了他几句，把他推到墙边站着，随后捡起一把扫帚开始打扫庭院，她的举动打破了死寂。这时她丈夫碰了碰我的胳膊，轻声问：“你想不想去看看先生临终时的房间？”

我怀着一种同样虚幻的感觉，跟随他踏上宽敞的楼梯，来到楼上。这儿的房间远比楼下的简朴，摆设很少，在柏树小道偏北的一端，有一间房子简陋空荡，像是僧屋。墙边靠着一个很简单的铁制床架。床边有一只大口水罐，还有一架屏风。壁炉上方有一张挂毯。墙上壁龛里是尊跪立的圣母玛丽亚雕像，紧握双手在祈祷。

我朝床上望去，毛毯整齐地卷放在床脚，两个去掉了枕套的枕头叠放在床头。

男子悄悄地说：“他死得非常突然，知道吗？当时他在发烧，身体很虚弱。但就在前一天，他还强打精神起床坐在喷泉边。不行，不行，伯爵夫人说，你不能这样，这样病情会加重的，你得休息。但他很固执，不听她的。当时医生来来往往，瑞纳提先生也来了，他一个劲儿劝说他，但他根本不听，粗暴地大喊大叫，就像个孩子，又一下子不作声了。原来那么强壮的人，变成这样，真令人遗憾。第二天一早，伯爵夫人跑来我房间喊我。我当时在屋里睡觉，先生。她脸色苍白，就像那白色墙壁。她急促地对我说，吉斯普，他快不行了，我看他要死了。我随她进了屋，只见他躺在床上，双目紧闭，虽然还在喘息，但很吃力，你知道，那不是真正的睡眠，我们赶紧叫来了医生，但艾什利先生再也没有苏醒，他在昏迷中去世。我陪伯爵夫人点上蜡烛。修女们来到时，我又看了看他，他的狂躁已经消逝，他脸上平静、祥和。我真希望你也能看见他那时的神情，先生。”

男子双目含泪，我又回头望了望那张空床，似乎什么感觉也没有了。麻木已经消失，我感到的只有冰冷与残酷。

“你前面说的狂躁是什么意思？”我问道。

“是伴随高烧的狂躁，大约有过两三次。发作的时候，我不得不将他摁在床上，而且狂躁又引发腹痛，”他指着自己的腹部说，“他痛得很厉害，之后便是昏迷，神志不清。说真的，先生，实在是令人难过，看到这么强壮的一个人变得如此无助，真是难过。”

我离开了这间如同空坟的房屋，听见男子关了门窗。“难道毫无办法吗？”我又问，“那些医生就无法止痛吗？艾什利夫人，她就眼睁睁看着他死去？”

他迷惑不解地看着我：“你说什么？先生。”

“是什么病？持续了多久？”

“我说过了，死得很突然，临终前发作过一两次。整个冬天，他都不太舒服，还有点忧郁，根本不像一年前的他，他刚来别墅的时候，非常幸福快乐。”

他边说边又打开一些窗户，我们来到外面的大平台上，这里有许多雕像，平台尽头是个长长的石栏杆。我们穿过平台，倚在栏杆边，俯视着下面的小花园，花园内枝叶修剪得很整齐，不时飘来玫瑰与夏日茉莉的芳香，远处可见一眼又一眼的喷泉，宽阔的石阶路通向每一座花园，层层叠叠，向远处延伸。尽头是那堵高墙，墙边种了一圈柏树，围绕着整个家园。

我望着西斜的太阳，余晖斜照在平台与静寂的花园内，甚至那些雕像也被抹上了一层玫瑰色。我倚在栏杆上，突然感到这里有种前所未有的祥和。

我手扶着的石栏还带着余热，一只蜥蜴从石缝中蹿出来又钻进墙根去了。

紧跟在我身后的那男子充满敬意地说：“宁静的夜晚，桑格莱提别墅的花园非常美，有时伯爵夫人会吩咐让喷泉喷水。月圆的日子，他们夫妇俩常吃过晚饭在这平台上漫步。那是去年他生病前的事。”

我站在那儿凝视着喷泉，水池中还有睡莲盛开。

“我想，”那男子慢悠悠地说，“伯爵夫人大概不会再回来了。这件事对她打击太大，这别墅里充满了回忆。瑞纳提先生告诉我们说，别墅要被出租，或者很可能卖掉。”

他的话一下子将我拉回到现实中，这寂静的花园，玫瑰的芳香与落日的余晖已使我一瞬间着迷了。

“谁是瑞纳提先生？”我问道。

他和我一起转身朝别墅走去。“瑞纳提先生为伯爵夫人安排一切事务，”他解释说，“她的商务钱财等等。他认识伯爵夫人很久了。”这时那位农妇怀抱孩子走上了平台，男子很不高兴地皱起眉头，对她挥了挥手，显然他们站在那儿很不合适，他看了很不舒服。她退回到别墅里，去把窗户一扇扇关紧。

“我想见见瑞纳提先生。”我说。

“我把他的地址给你，他英语讲得很棒。”

我回到别墅，穿过一间间房，背后的百叶窗一扇扇关闭。我从口袋里摸出一些钱，似乎我是这块陆地上某个不经意的过客，出于好奇参观一所别墅并盘算着买下它。这并不是真实的我，并非第一次也不是最后一次来探访安布鲁斯生活与亡故的地方。

“谢谢你为艾什利先生所做的一切。”我将几枚硬币塞入他手中。

泪水又一次涌上他的眼眶。

“我很难过，先生，”他说，“非常难过。”

最后一扇窗户也关上了，那妇人与孩子一起来到大厅，这时空房和楼梯的拱门再度变得阴暗，看上去如同墓穴的入口。

“那他的衣物、书籍和卷宗呢？”我问道。

那男子有些紧张，回过头问他的妻子，两人一问一答说了一阵，她面无表情地耸了耸肩。

“先生，”男子对我说，“伯爵夫人走的时候，我妻子帮她收拾东西，她说夫人带走了一切，艾什利先生的所有书籍、衣物都装进了一只大箱子，什么也没留下。”

我看了看这夫妻俩的眼睛，他们没有含糊其词，我知道他们在讲实话。

“你难道一点都不知道艾什利夫人去哪里了吗？”

他摇了摇头：“我们只知道她离开了佛罗伦萨。葬礼之后，伯爵夫人就走了。”

他打开沉重的前门，我走了出去。

“他埋在哪里？”我毫无表情，像个陌生人似的问道。

“佛罗伦萨的新教徒墓地，先生。许多英国人都埋在那儿。艾什利先生并不孤独。”

他们是在安慰我，安布鲁斯有同伴，在墓穴下那个黑暗的世界里，有他自己的同胞带给他慰藉。

我第一次不敢面对那个男子的眼睛，它们像家犬的双目，真诚而忠实。

我转过身要走，这时突然听见妇人对她的丈夫大喊着什么，他还没来得及关门，她就又冲回别墅，打开了墙边的一个大木箱子。然后，她手里拿着样什么东西给了她丈夫，他又转交给我。他无限宽慰似的，紧张的面容一下子舒展开来。

“伯爵夫人忘了一样东西，”他说，“你拿走吧！先生，这就是给你的。”

这是安布鲁斯的那顶宽边帽子。在家时，他常戴着它遮阳，帽子太大，其他人都不适合戴。我把帽子拿在手里，翻来覆去，注意到他们焦灼的眼神，似乎在期待我说些什么。

5

我已记不清是怎么回到佛罗伦萨的，只记得当时太阳已西沉，天色很快暗淡下来，且和家乡不同，连一点暮光都没有了。路边沟渠里，也许是蟋蟀之类的昆虫在单调乏味地吟唱。时不时有赤脚的农夫，背着筐子从我们身边走过。

一进市区，顿感空气又闷热起来，远不如山区那么凉爽清新。虽然不像白天那样尘土飞扬，酷热难当，然而房顶和墙壁长时间吸收的热量都在夜间散发出一股沉闷的热气。午间的疲乏，以及下午枯燥的活动又被注入了更为紧张而有生气的活力。那些来往于车辆与街道之间的男女像是别有所图，好像一整天都躲在自己安静的房内睡觉，现在他们出来溜达，就像猫夜里在城市中觅食。街边的小摊烛光闪烁，围满了顾客，他们在杂货堆里挑挑拣拣。披着披肩的妇女们拥挤在一起。她们喋喋不休，声音响彻街头。小贩们竭尽全力吆喝着自己的货物。叮当的钟声又响起来了，现在，这种喧嚣在我看来亲切多了。教堂的门被推开，能看到里面的烛光，在铃声的召唤下，人们三五成群地挤入教堂。

我叫车夫在大教堂旁边的广场停下，给他付了车费。嘹亮的钟声持续不断地响彻在空洞沉寂的夜空。我很盲目地和人群一起涌入大教堂，在一根柱子旁站了会儿，睁着眼睛努力在黑暗中张望，一个跛脚老农夫拄着拐杖站在我身边，老眼昏花地盯着神坛，嘴唇翕动，双手颤抖。我的四周全跪着围着披肩、神秘兮兮的女人，她们跟着牧师大声地吟唱着祈祷文，粗糙的双手忙着拨弄珠子。

我左手还拿着安布鲁斯的帽子，在这座大教堂里，此时的我相形之下已显得无足轻重。这是一座美丽而冰冷、充满血腥的城市，我只是它的一个过客。望着牧师面对神坛的虔诚，听他以古老而庄严的神情吟诵着听不懂的祈祷文，我这才恍然醒悟，一下子意识到自己惨重的损失。安布鲁斯死了，我再也见不到他了，他永远离开我了，再也见不到他的微笑，听不见他的笑声，感受不到按在我肩上的那双手了。他的力量，他的理解都永远离我而去，再也见不到这个受人尊敬爱戴的人了，再也看不见他弓着身子蜷坐在椅子上，或拄着手杖俯视大海的样子。我又想起了桑格莱提别墅，他亡故的那间空屋子，还有那座神龛里的圣母像。某种迹象表明，他去世的时候已不再属于那间屋子，不属于那栋住宅和这个国家。他的灵魂已回到了自己的故国，回到那熟悉的山脉丛林，回到他深爱的花园和大海的涛声中。

我转身走出教堂来到广场，望着身边耸入云天的圆屋尖顶与塔楼，我从巨大的悲痛与哀伤中苏醒，意识到自己竟一天都没有吃饭。我把思绪从死者拉回到现实中，在教堂边找了个地方用了点餐。吃饱后，便开始去找瑞纳提先生。别墅里那个善良的仆人已给我写了他的地址。我问了两个人，指着纸条上的地址艰难地发音，终于找到了他。离我的小旅馆不远，走过一座桥，在亚诺河左岸，我找到了他的住址。河这边要比佛罗伦萨市中心昏暗，也更安静一些，很少有人在街上走动，门窗紧闭，走在圆石街上，我的脚步声清晰可闻。

终于到了他的住所，我摁了门铃，仆人马上开了门，也没问我的姓名就带我上了楼。我们穿过走道，他敲开一扇门，让我进去。我在炫目的灯光下看见一个人坐在桌边椅子上，正翻阅卷宗，我一进去，他就站起来打量我。他比我矮一点，大约四十岁左右，苍白而瘦削的脸上长着一个鹰钩鼻。他脸上的表情就像一个人对傻子或他的敌人怜悯时一样，是目空一切的，鄙夷的。但我更注意的是他那深陷的黑色眼睛，他一见我竟闪现出一丝似曾相识的惊异，不过马上又恢复平静。

“是瑞纳提先生吗？我是菲利普·艾什利。”

“是我，”他说，“请坐吧！”

他的声音冷冰冰、硬邦邦的，意大利口音不是很浓。他推给我一把椅子，我盯着他问：“看见我你是不是很吃惊？你不知道我在佛罗伦萨？”

“不知道，”他说，“我不知道你在这儿。”

他说话很谨慎，不过这或许是他的英语水平不高的缘故。

“你知道我是谁吗？”我接着问。

“我想我很清楚你们的关系，你是新近亡故的安布鲁斯·艾什利的堂弟，要么侄子，对吧？”

“堂弟，”我说，“而且是他的继承人。”

他手里夹着一支钢笔在桌上轻轻拍着，好像在打发时光，又像是分散注意力。

“我去过桑格莱提别墅，也看了他亡故的房间，仆人吉斯普非常友善，他把详细情况都向我作了介绍，并让我来找你。”

是我的幻觉吗？那双黑色的眼睛露出一种掩饰的神情。

“你来佛罗伦萨多久了？”他问。

“有几个小时了，下午到的。”

“你是今天才来的？那你表姐瑞秋还没见到你吧。”他握笔的手松弛下来。

“还没有，”我说，“别墅的仆人告诉我，葬礼结束的第二天她就离开了佛罗伦萨。”

“她离开了桑格莱提别墅，但没有离开佛罗伦萨。”

“那她还在这儿，在这座城市里？”

“不，她现在走了，并希望我将别墅出租，或者可能的话，卖掉它。”他的神情冷漠而矜持，好像对我说的每一句话都要提前斟酌一番。

“那你知道她现在在哪里吗？”我反问。

“我不清楚，她是突然离开的，离开时毫无打算，只是告诉我，她对未来有所打算的时候，会给我来信的。”

“她会不会和朋友在一起？”我冒昧地问道。

“也许吧！我不清楚。”他说，“大概不会。”

我有一种感觉，就在今天或者昨天，她都一直和他在这间屋子里，他了解的情况远比告诉我的要多。

“瑞纳提先生，你知道，从仆人嘴里得知我堂兄的死讯对我来说是个巨大的打击，这一切都像一场噩梦。究竟发生了什么事？他得病为什么不通知我？”

他目不转睛地盯着我。“你堂兄的死很突然，对我们大家来说也是个打击。他是病了，但我们没想到会那么危险，其他外国人在这儿过夏天都会发烧并感到身衰体虚，他自己也抱怨头很痛。伯爵夫人，应该说艾什利夫人，对他很关心，但他确实病得不轻，也不知何故，他一下子对医生产生厌恶情绪。每天艾什利夫人都希望他有所好转，当然，她也不希望你和他英国的朋友们过分担心。”

“但是我们很担心，正因为如此，在我收到他的信之后我便赶来佛罗伦萨了。”

我的做法也许有些轻率鲁莽，但我已经不在乎了。我隔着桌子把安布鲁斯写给我的最后两封信递给他，他仔细读了一遍，表情丝毫没有变化，又把信还给我。

“嗯，”他语气十分平静，毫不惊异，“艾什利夫人就怕他写些这类的东西，到最后几周，他变得举止怪异，医生担心出意外，才提醒她的。”

“提醒她？”我问，“提醒她什么？”

“说他脑子里大概有什么东西压迫着，肿瘤之类的东西，在长大扩散。这是他之所以如此的原因。”

一阵恐惧涌上我的心头，脑瘤？那我教父的推测是对的了，先是菲利普伯父，再是安布鲁斯，然后是……为什么这意大利人盯着我的眼睛？

“医生说就是肿瘤导致他死亡的吗？”

“毫无疑问，”他说，“这就是为什么他会脾气暴躁，高烧后会倍感虚弱，当时两个医生在场，其中一个是我的家庭医生，我可以把他们叫来，你随意问就是了，其中一个会点英语。”

“不，”我慢吞吞地说，“没有必要了。”

他打开抽屉取出一张纸来。

“我这儿有张死亡证明书的复印件，是他们两个签的字，你看一下吧！一张已经寄到康沃尔那儿了，第二张要寄给你堂兄的遗嘱委托人，尼古拉斯·肯达尔先生，就在康沃尔，洛斯维斯附近。”

我低头扫了一眼死亡证明书，无心细看。

“你怎么知道尼古拉斯·肯达尔就是我堂兄的遗嘱委托人呢？”

“因为你堂兄安布鲁斯拿着一份遗嘱复印件，”他答道，“我看过好几遍了。”

“你看了我堂兄的遗嘱？”我简直不敢相信。

“这很自然，作为伯爵夫人，也就是艾什利夫人的委托人，我的责任就是看她丈夫的遗嘱，这没有什么奇怪的。他们结婚不久，你堂兄就给我看了他的遗嘱，我这儿还有一份复印件。当然，我不可能拿给你看，这是你的监护人肯达尔先生的事，你一回家，他就会给你看的。”

他知道的比我知道的多，竟然知道我的教父就是我的监护人。大概是他口误，没有哪个男子过了二十一岁还有监护人的，我现在都二十四了。当然，这无足轻重，现在最要紧的就是安布鲁斯的情况，有关他的病因和他死亡的情况。

我执拗地说：“这两封信绝不是一个神志不清的病人写的，而是一个人在周围人都对他充满敌意极度无助时写的。”

瑞纳提先生平静地看着我。

“艾什利先生，它们确实出自一个神志不清的人之手，”他说，“请原谅我的直率，在最后几周，我是现场目击者，而你却不是。那段经历对我们每个人来说都不好受，尤其是他的妻子，你看他第一封信里说的话，她并没离开他。我可以发誓，她确实昼夜不停守护着他，要是换了其他女人，早就会找些修女来伺候，而她却不遗余力独自照顾他。”

“可这一切并没有起什么作用，”我又说，“你瞧瞧这些信，看这最后一行，‘她已经对我下手了，瑞秋，我的冤家……’你又怎么解释呢，瑞纳提先生？”

当时，由于激动，我提高了嗓音。只见他从椅子上站起来，拉了拉铃，出来个仆人，他发了句话，那人回来的时候拿着一个杯子，还有酒和水。他给我倒了一些，然而我一点都不想喝。

“怎么解释呢？”我又问。

他没有回到座位上，而是走到墙边，从书架上取下一本书。

“艾什利先生，你了解点医学史吗？”他问。

“不了解。”我说。

“瞧，在这儿能找到你要找的信息，或者你也可以去问一些医生，我非常乐意给你提供他们的地址。有一种特殊的脑部疾病，首先是脑瘤不断扩大，病人被各种幻觉所折磨，比如他会想象自己被人监视，而他最亲近的人，比如说妻子，要么背叛了他，要么不忠诚，或者想偷走他的钱财。一旦得上这种病，任何爱心或者劝说都不会消除他的疑虑。如果你不信我，也不信这里的大夫，那你回去问问你的同胞，或读读这本书。”

他多么能言善辩，多么冷漠而自负。我能想象出安布鲁斯躺在桑格莱提别墅里的那张铁床上，备受病痛折磨倍感困惑的时候，这个人就在一旁观察他，逐个分析着病症，也许就在那架三折的屏风后面。我不知道瑞纳提所说的对不对，我只知道自己心里对他很反感。“为什么不通知我来？”我又问道，“信不过她为什么不叫我来呢？我是最了解他的。”

瑞纳提“啪”的一神把书合上，放回了书架。

“你太年轻了，不是吗，艾什利先生？”他说。

我盯着他，不明白他的意思。

“你这话什么意思？”我问道。

“一个深情的女人是不会轻易让步的，或许是自尊，或许是任性，随你怎么认为。无论怎么说，她们的感情要比我们的纯朴，她们很执着于自己的所思而绝不退让。我们男人有自己的战场，艾什利先生，但女人同样也会战斗。”

他那深邃的眼睛冷冷地盯着我，我无言以对。

“如果我在这儿，他也许不会死。”我说道，然后站起身朝门口走去。瑞纳提又摇了摇铃，便有仆人进来送我出门。

“我已经给你的监护人肯达尔先生写过信了，”他又说，“我已详细解释了所发生的一切。我能为你再做些什么？你要在佛罗伦萨久留吗？”

“不，”我说，“我干吗要待在这儿？没有什么能让我再留在这儿了。”

“如果你想去看一下坟墓，我可以给新教徒墓地的看守带张条儿。墓地修得很简朴，还没有石碑，不过准备最近就立。”

他回到桌边给我写了个条儿。

“你打算在碑石上刻什么？”我问。

他沉思了一会儿，这时，门口的仆人把安布鲁斯的帽子递给了我。

“我想，最好写成‘纪念安布鲁斯·艾什利先生，瑞秋·科林·艾什利亲爱的丈夫’。当然，还有日期。”

我知道自己一点也不想去墓地，不愿看见他的墓，不愿看见埋葬他的地方。他们可以为他立一块碑，以后愿意的话，还可以献上一些鲜花，但安布鲁斯一无所知，也不会在乎这些东西，他将永远跟我在一起，在自己的家乡，在自己的国土上安息。

“如果艾什利夫人回来，”我慢吞吞地说，“就告诉她我来过佛罗伦萨，我也去过桑格莱提别墅，见过安布鲁斯去世的地方。你还可以和她说说安布鲁斯写给我的那些信。”

他冷漠地向我伸出手，他的举止就像他本人一样冰冷生硬，而且依然用那种高深莫测的目光凝视着我。

“你表姐瑞秋是个易冲动、感情用事的女人，她离开佛罗伦萨时带走了自己的一切财物，恐怕永远不会回来了。”

我离开那所房子，回到了黑暗的街上，觉得他那双眼睛似乎还在窗后追随着我。我回到圆石街，走过小桥，在回客栈睡觉之前，又一次站到了亚诺河边。

整座城市都沉睡了，我是唯一的浪子。庄严的钟声已静寂无声，只有河水在桥下汩汩地流淌，水流似乎比白天轻快，好像在经受了太阳和酷热长时间的压抑之后，在这安静的夜晚终能够放松了一样。

我凝望着河水，看着它流淌，涌动，最后消失在黑暗中。桥上灯光微弱，依稀可见河水泛起一个个黄褐色的泡沫。突然，随着水流的缓缓转动，一只狗四脚朝天地浮出水面，穿过桥底，流向远方。

我在亚诺河边暗暗发誓。我发誓：无论安布鲁斯临终前如何遭受痛苦与磨难，我都要让那个造成这一切痛苦的女人全部偿还。我根本不相信瑞纳提的谎言，我只相信我右手里的这两封信，安布鲁斯最后写给我的信。

总有一天，我会要瑞秋表姐偿还一切。

6

九月的第一个星期天，我回到了家乡。那个意大利人没有说谎，他确实给尼克·肯达尔写了信。消息先我而到，教父已告知了庄园上的仆人和佃户。威灵顿已经和马车一起在波得敏等我，马匹都挂着黑纱，威灵顿和马夫也佩戴黑纱，他们俩沉着脸，神情十分肃穆。

我终于回到了家乡，首先感到的是如释重负般的轻松，抑或是跨越欧洲的长途跋涉冲淡了所有的感情。记得我一见到威灵顿和马夫就本能地对他们笑了笑，拍着马背询问是否一切都好。我似乎又成了那个刚从学校回来的少年。老马夫举止有些呆板，表现出一种从没有过的拘谨。小马夫毕恭毕敬地打开马车的门。“菲利普先生，您这次回家一定很伤心。”威灵顿说。当我问及斯考比和家里其他人的情况时，他摇着头对我说，他们和所有的佃户都非常悲伤，自从大家得知这个坏消息，整个社区陷入悲痛之中，教堂在所有星期天都挂着黑纱。威灵顿还告诉我，给大家打击最大的是，肯达尔先生告诉他们说主人被埋在意大利，不可能运回家乡埋葬了。

“菲利普先生，对这一点，我们都很不满意，我们认为艾什利先生并不愿意被埋在异国他乡。”

我无言以对，默默上了马车，让他们送我回家。

真是奇怪，一看见自家的房屋，过去几周的感情波动及疲劳之苦顿时烟消云散，所有的紧张和压力都一扫而空，尽管经历了长途舟车劳顿，我却感到很轻松、很安逸。现在是下午，日照西窗，阳光洒满灰色的屋墙。马车经过二道门，爬上山坡来到家门口，那几只狗在那儿等着迎接我。可怜的斯考比像其他佣人一样，臂上戴着黑纱，当我与他握手时，他几乎要崩溃了。

“菲利普先生，你走得太久了，”他说，“我们真担心你会像艾什利先生一样发高烧。”

我进餐时，他在一旁服侍，充满了无限的关怀，十分担心我的身心状况，担心我的身体。令我庆幸的是，他没有问一些类似于我欧洲之行以及主人的病情和死因的问题，而是一个劲儿说他自己和家里人对此事的反应。譬如钟声如何响了一整天，牧师说了些什么，都有谁送了花圈。他的叙述中时不时插入对我一种新的称呼方式，我是菲利普“先生”，而不再是菲利普“少爷”了。我注意到马车夫们在称呼上也有同样的改变，这是我始料不及的。然而奇怪的是，我却为此感到心里暖融融的。

用餐完毕，我上楼去自己的房间看了看，又下楼去了书房，然后踱到院外，心里充满了一种令人奇怪的愉悦之情。这是我自安布鲁斯去世以来想都不敢想的，因为当离开佛罗伦萨时，我已陷入了极端落寞的境地，心如死灰，对生活再无追求。穿越意大利和法国的时候，脑海里满是挥之不去的幻觉。我看见安布鲁斯坐在桑格莱提别墅的树荫下，在金链花树旁，欣赏着喷泉；我看见他在楼上那间空荡荡的道士房里，靠着两只枕头艰难地喘息；

而我的眼前总是那可恶的我从未见过面的女人模糊的影子，似乎能听到她的声音，看到她的样子，她是那样的变幻莫测，令人捉摸不定。佣人吉斯普和瑞纳提都爱叫她伯爵夫人，而不是艾什利夫人，这给她罩上一种光环，完全不同于她最初在我心目中的形象——另一个帕斯考夫人。

从别墅回来以后，那女人在我心目中已变成一个庞然怪物。她有黑刺李般深黑的眼睛，像瑞纳提一样的鹰勾鼻。她像一条蛇，悄悄地在腐臭的别墅房间里蠕动。我隐约可见，他一停止呼吸，她便把他的衣服书籍以及最后的财物都装进箱子，简单交代两句，然后偷偷溜走。她可能去了罗马，也可能是那不勒斯，也许就躲在亚诺河边的那间屋子里，在窗后狞笑。所有这一切幻觉都伴我穿过大海，来到丹佛。现在我终于回到了家，这一切幻觉便如噩梦般在晨光中消失，愁苦也随风而去。安布鲁斯又和我在一起了，他不再受苦，不再受难，他好像根本就没去过佛罗伦萨或意大利，似乎他就死在自己的家园，和他的双亲，还有我的父母葬在一起，现在，我终于可以摆脱痛苦了。我仍很忧伤，但不再悲痛，我找到了自己的归宿，四周充满了家的气息。

我出门来到田野，农夫们正在收割，一堆堆谷物被运上马车。他们看见我，都停下手里的活。我走上前去，跟他们交谈，老比利·洛威从我记事起就是巴通庄园的佃户，一直叫我菲利普少爷，今天见到我，先行了个举手礼，正在帮忙的他的太太和女儿见到我也行了屈膝礼。“先生，我们都很想你。”洛威说，“我们似乎不该在你没回来的时候收粮食，现在你回家了，这就好了。”要是在一年前，我会与其他人一样挽起袖子，抓起一把草叉帮他们干活。但现在我没有这么做，似乎他们和我觉得这样做大家都会感到不合适似的。

“真高兴回家了，”我说，“艾什利先生的死不论对我还是对你们，都是件十分悲伤的事，但现在我们要像他所希望的那样，继续生活下去。”

“是的，先生。”他又行了个礼。

我又和他们聊了一会儿，就唤狗一起离开了，一直等我走到篱笆墙根前，他才叫人们继续干活。我走到住宅与坡地之间的小马场，停下来回头朝地陷的篱笆望去，那边远山的背景下，映出一辆马车的剪影，天边静候的马匹，点点人影隐约可见，一堆堆稻草在落日的余晖中闪着金光。海水湛蓝，随着潮汐拍打岩石，又由蓝变紫，展现出一幅涨潮时常有的深色画面。捕鱼的船队出发了，迎着岸边的微风向东驶去。我到家的时候，房屋已笼罩在暮色之中，只有钟塔顶上的风标还闪着一丝亮光，我慢悠悠穿过草地来到门口。

窗口还没有关，显然是斯考比还没有吩咐佣人关。看着这扇敞开的窗户，轻风中飘动的窗帘，想象着窗子后面所熟悉而喜爱的那一间间房间，我倍感亲切和温暖。烟囱里的炊烟袅袅而上，直冲云霄。一群小狗正在书房的窗下玩着，那只老猎犬老多恩，已经又老又迟钝，没法跟我一块儿出去，这时见我走近，便慢慢转过头来，朝我摇着尾巴。

自我得知安布鲁斯的死讯以来，这是我第一次强烈地感到自己所看到的所仰慕的一切竟然都属于我。我无须与任何其他活着的人分享，这些高墙、门窗、屋顶，还有正敲七点的那座钟，这座宅院所有活生生的一切，都属于我，只属于我。脚下的草地、周围的树木、身后的山丘、牧地与丛林，甚至那边正在收割的男男女女，都是我继承的财产，都归我所有。

我走进书房，双手插在兜里，背对着敞开的壁炉。站在那边的狗习惯性地跑进来卧在我脚下。斯考比进来问我，明天早上要不要给威灵顿安排些什么，我用不用马车，需不需他给吉普西备鞍。我说不必了，还没有什么打算，早餐之后，我会自己叫威灵顿的，并告诉他希望在常规时间叫我，他答了句“是，先生”便退了出去。菲利普少爷已一去不返了，现在回来的是艾什利先生。这种感觉真是奇妙，它时而令我谦卑，时而令我自豪，我感到前所未有的自信和力量，颇为振奋。这种感受如同一个备战的士兵接受了作战命令的心情，这种主人翁感、自豪感、归属感，如同长年累月被降级使用的将军委以重任后的感受。与军人不同的是，我永远不必放弃自己的指挥权，我可以终生发号施令。当我站在书房壁炉前意识到这一切时，我体会到一种以前从未有过的幸福感，这种感觉阵阵袭来。突然，不知道什么熟悉的声音把我从沉醉中惊醒，也许是狗动了一下，也许是炉中余烬落下，也许是楼上佣人在关窗户时发出的声音——我记不清到底是什么。我唯一记住的就是那晚上的自信心，那股已在心底沉睡多年后苏醒的自信感。晚上，我早早入睡，彻夜无梦。

第二天，我的教父尼克·肯达尔带着露易丝来了，由于再没有其他近亲，财产除了分给斯考比和其他佣人，以及给社区穷人和那些孤儿寡母的常规募捐部分，所有的庄园和财产都留给了我。尼克·肯达尔在书房单独宣读了遗嘱。露易丝在花园里散步。除了法律语言较为繁琐，一切都简洁明了。只有一件麻烦事，那个意大利人瑞纳提说对了，尼克·肯达尔被指名为我的监护人，因为要到我二十五岁，庄园才真正属于我。

“也许安布鲁斯坚信一点，”我的教父摘下眼镜把遗嘱递给我时说道，“任何一个年轻人只有到了二十五岁才能真正了解自己。在你长大成人之前，你可能会染上吃喝嫖赌的恶习，这种二十五岁继承遗产的条款，是一种制约。你还在哈罗的时候，我就帮他起草了遗嘱，尽管你没有染上这些恶习的迹象，但安布鲁斯仍坚持要留下这一条款。他总说，‘这不会伤害菲利普的，相反会使他懂得谨小慎微。’事实上，这点事不会影响你什么的，只是你还得和以往一样，如果庄园有开支或者自己需要零用时，就得找我要钱。不过也就七个月，你的生日是四月份，对吗？”

我答道：“你该知道的，你是我教父。”

“你这个小家伙，”他笑道，“安布鲁斯从牛津回来时，你瞪着迷惑的眼睛望着牧师，安布鲁斯拧你的鼻子逗得你哭了，惹得他婶婶也就是你母亲不大高兴。后来他还要求你可怜的父亲和他赛船，他们从城堡一直划到洛斯维斯，回来的时候两个人都浑身透湿。菲利普，你是不是感觉到你缺少双亲，我经常想，你没有母爱，这对你太残酷了。”

“我不知道，我从来没有多想，除了安布鲁斯，我谁也没需要过。”

“这是错的，过去我常对安布鲁斯这么说，但他不听我的，这屋子应该有其他人，有个持家的人或任何一个远亲什么的。你从小身边没有女性，一旦结婚，太太的日子会很难过。早饭时，我还跟露易丝说起这事来着。”

他一下住了口，显得——如果教父会显得这样的话——有点不舒服，似乎发觉自己说得过多了。

“没关系，”我说，“如果真有那么一天，到时候我妻子可以照料一切。不过不大会有这么一天的，我太像安布鲁斯了，我懂得婚姻给他带来了什么。”

教父沉默了。于是我对他讲了别墅之行，讲了见瑞纳提的经过。他听完我的叙述，给我看了那个意大利人写给他的信。正如我所料想的一样，信里冷酷而夸张地叙述着安布鲁斯的病情和死亡，其中还提到他个人深深的遗憾以及那个寡妇的震动与伤痛，他认为，这事给那寡妇造成了无法慰藉的悲痛。

“无法慰藉？”我对教父说，“葬礼第二天，她就走掉了，像贼一样带走了安布鲁斯的所有财物，只忘了他的那顶旧草帽，毫无疑问，草帽又破又旧，毫无价值。”

教父一阵咳嗽，浓密的双眉拧在一起。

“菲利普，你总不至于吝惜那些书籍和衣物吧？别计较了，除此之外，她已别无所有了。”

“你什么意思，她别无所有？”我问。

“好啦，我已经给你念了遗嘱，”他答道，“现在遗嘱就在你面前，就是我十年前所起草的，没什么变化。你看，并没有因为婚姻而附加什么内容，其中没有给予妻子任何财产安排。在过去的一年多里，我一直以为会有句话，至少有某项条款，这是常理。大概他长期在国外，总想着要回来，便忽略了这类事情，接着他的病给这一切都画了个句号。令我感到有些吃惊的是，那个你所厌恶的意大利人，他丝毫未提到艾什利夫人的产权问题，这显然有些微妙。”

“产权问题？天哪！我们明知是她把他逼死的，还谈什么产权。”

“我们对此一无所知，”教父回了一句，“如果你想继续以这种方式谈论你堂兄的遗孀，我可不想再听了。”他站起身，开始收拾文件。

“那你相信肿瘤的说法？”

“我当然相信，这里有那个意大利人瑞纳提的亲笔信，还有两个医生签名的死亡证明书，我还知道你菲利普伯父是怎么死的，而你不知道。症状太相近了。接到安布鲁斯的信，你前往佛罗伦萨去的时候，我就担心会是这样。可是你去得太晚了，没能赶上，这实在是件很难过的事。但是谁也没办法，不过现在我这么想想，也不见得是不幸，相反倒是件好事，因为这样你就见不到他受罪的样子了。”

这个老家伙这么固执、愚蠢，我真想揍他一顿。

“你还没有看第二封信呢，就在我走的那天早晨来的，你看看吧！”

信还在我上衣的口袋里，我递给他，他又戴上眼镜看信。

“很抱歉，菲利普，这令人心碎的草草笔迹，也不会改变我的看法。你必须面对现实，我和你一样深爱安布鲁斯，他的死使我失去了一位最珍贵的朋友。一想到他精神上的折磨，我就跟你一样悲伤，甚至比你更悲伤，因为我毕竟见过先例。你的困扰就在于你敬慕和深爱的人在死前变成了另一个人，你无法接受这一事实。他在生理上、心理上都得了病，无法对自己所说所写的东西负责。”

“我不相信，”我说，“我无法相信。”

“既然你不相信，那我也无须多说了，但看在安布鲁斯的份上，看在这座庄园以及这个地区所有了解和爱戴他的人的份上，我希望你不要用这种观点影响别人，这会使大家感到更加悲痛，如果这种说法传到那寡妇耳朵里，她也许会非常讨厌你，甚至有权告你诽谤罪。如果我像那位意大利人一样做她的代理人，我将毫不犹豫地这么做。”

我从没有听过教父用如此严厉的口气跟我说话，他是对的。关于这一话题，已无需再说，我得到了教训，不会再旧话重提。

“我们去叫露易丝吧！”我直截了当地说，“我想她在花园逛的时间够长了，你们两个最好留下来和我共进晚餐。”

吃饭时，教父一言不发，对于我所讲的话，他依然很震惊。露易丝不停地问我旅途上的事，问我对巴黎，对法国乡村，对阿尔卑斯山和佛罗伦萨的印象。我不经意地回答着，以免冷场。她很机敏，意识到有点什么不对劲。饭后，教父唤来斯考比和其他佣人，告知他们财产的分配情况，我和露易丝在客厅坐着。

“教父对我不太满意。”我给她讲了前面我们的谈话，她用一贯的挑剔而好奇的神情望着我，头昂着偏向一侧。“我认为，”等我讲完她就说，“你是对的，我敢说可怜的艾什利和他妻子都不幸福，但他自尊心太强，病倒之前，不愿写信告诉你。接着他们可能吵架了，一瞬间什么都发生了，于是就给你写了这些信。佣人们怎么讲她的，她年轻还是年老？”

“我没问过，我想这并不重要，关键是他临死的时候对她不信任。”

她点头称是：“这太可怕了，他一定感到很孤独。”我感到我的心与露易丝更加贴近，也许是她年轻，和我年纪相仿，因此比她父亲敏感，想必他已经老得失去了判断力。露易丝接着说：“你应该问问那个意大利人瑞纳提，她到底长得怎么样，要是我，首先要问这个问题，她第一任丈夫，那个伯爵的情况，你不是告诉我，他是在决斗中死掉的吗？你看，这也说明她很糟糕，也许她有许多情人。”

关于我表姐这方面的问题我却没有想过，我只把她看作蜘蛛一样恶毒的女人。尽管心里充满了厌恶，我这时却忍不住笑了，说：“你这姑娘真是会想象情人的故事，阴暗的门口挂着短剑，秘密楼梯。我应该带你一块儿去佛罗伦萨，你一定会比我了解得更多。”

听我这么一说，她的脸通红。女孩子是多么奇怪啊，我从小到大一直熟悉的露易丝居然也不懂我这是在开玩笑。我接着又说：“不管怎么说，即使这个女人有一百个情人，也和我无关，目前她躲在罗马或那不勒斯，无论她在哪儿，总有一天我要把她找出来，让她偿还这一切。”

这时教父出来找我们，我们便住口不说了。他的情绪好像缓和了许多，无疑，斯考比、威灵顿以及其他仆人，对自己所得的遗赠都感恩不尽，教父也许觉得自己好像成了仁慈的主人一样。

“以后可要多来看我，”我把露易丝送上马车时对她说，“你对我太好了，我喜欢和你在一起。”这时她脸颊红了，害羞地瞥了她父亲一下，看父亲的反应。真是个傻姑娘，好像以前我们从没有交往过一样，事实上我们之间来来往往都记不清互访过多少次了。也许是我新的地位令她产生了新的印象，可能我还不知道在哪儿的时候，我在她心目中就已经是艾什利先生而不是菲利普了。我回到房里，一想起露易丝·肯达尔，就不由得想笑，几年前，我还常拉她的头发呢，现在她竟以敬慕的眼光望着我。过了一会儿，我就把她和教父都抛在脑后了，离开两个来月，我还有许多事要做。

我打算至少要过两周再去看教父，因为手头还有收割和其他的事情。然而大约刚过了一周，一天中午他的马夫跑来，带来他主人的口信，说让我到他那儿去一趟。说他着凉了，不能出门，但有消息要告诉我。

我想事情并不要紧，于是运完了最后一堆稻谷，第二天下午才去看他。

他独自一人在书房，露易丝不在身边，他脸上的神情有些古怪，一副紧张困惑的样子，看得出来他心烦意乱。

“是这样的，”他说，“现在得做点准备，具体由你决定，她已经乘船到了普利茅斯。”

“谁来了？”我心里已经清楚是谁，还是问了一句。他把手里那张纸递给我。

“这是你表姐瑞秋来的信。”

7

他把信递给我，我看了看那折着的纸上的笔迹，至今都不明白当时想看到点什么。上面有些字是带圈的粗体字，很花哨，很醒目；有些是与此相反的平实的字体，又小又乱，而这仅仅是笔体的问题，和其他信件并无两样，只不过每个字的末笔都拖了一下，使得这上面的字不太好认。

“她似乎不清楚我们已经知道了那个消息，”我教父对我说，“她一定是在瑞纳提先生写信之前就离开了佛罗伦萨。好了，你看该怎么办，你说完，我再说我的想法。”

我打开信，信是九月十三日从普利茅斯一家客栈寄出的。

亲爱的肯达尔先生：

安布鲁斯常常谈起你，可我万万没想到和你第一次联系就交织着无限的悲伤。今天早上，我从热那亚来到普利茅斯，内心非常沉重，也非常孤独。

我亲爱的人在七月二十日，由于一种急性病发作，在佛罗伦萨离开了人世。我们已竭尽全力，然而我请来的最好的医生也救不了他。早在今年春天，他连续发了好几回高烧，但最后这一次高烧，医生认为是由于脑部某种东西的挤压引起的，这种东西已在脑部潜伏好几个月了，然后一下子爆发出来。他被葬在佛罗伦萨的新教徒墓区，我亲自选的一块地方，那里十分安静，和别的英国人的墓稍微离开一点，周围都是树，想必正是他所希望的。我不想过多叙述我个人的悲痛和孤寂，不想多说什么。您不认识我，我不愿把痛苦强加于您。

我首先考虑的是菲利普，安布鲁斯生前很爱他，他一定像我一样，非常痛心。我的好朋友兼顾问，佛罗伦萨的瑞纳提先生说他会写信向你告知这一切，再烦您通知菲利普。可我很不放心那些从意大利寄往英国的信件，唯恐你们从陌生人那里道听途说此事，又怕你们至今都不知道，为此我来到了英国。我把安布鲁斯的财物全带来了：他的书籍、衣服，还有所有菲利普想要且也应当属于他的东西。请您告诉我怎样处理这些东西，或怎么寄这些东西，告诉我该不该亲自给菲利普写信，我将不胜感激。

我是一时冲动突然离开佛罗伦萨的，但义无反顾。安布鲁斯离去了，我又如何还能再待在那里。至于将来的打算我还没想过。遭受了如此大的打击，我想静下心来好好想想。我原想能早点到英国的，但我准备乘坐的那条船没有按时出发，便在热那亚耽搁了一些时候。我相信，我们科林家族还有别的人，他们世居康沃尔，只是我不认识他们，不打算介入他们的生活，我宁可独处。也许，我只在此稍事休息，便前往伦敦，再作进一步的打算。

请您指教，我该如何处理我丈夫的遗物。

你的最诚挚的

瑞秋·艾什利

我将信读了一遍、两遍，也许有三遍，然后将信递还给教父，他等我开口说话，可我一言未发。

“你看，”教父最后说道，“毕竟她什么也没得到，一本书，甚至一双手套也没得到，这一切全是你的了。”

我什么也没说。

教父又继续说：“她甚至都没有要求来看这里的房子，如果安布鲁斯活着的话，这房子就是她的。当然，你也知道她此次旅行，如果事情不是现在这个样子，应该是他们俩结伴同行，是她回自己家来，该有多大差别啊！庄园里所有的人都欢迎她回来，仆人们也兴奋地期待着她回来，邻居们也会争相传告——而不是像她现在这样，独自待在普利茅斯的客栈里。她可能讨人喜欢，也可能不讨人喜欢——真说不上，我还没有见过她呢。但关键的一点，她什么也没问，什么也没要求，虽然她还是艾什利夫人。对不起，菲利普，我知道你的想法，而且你也不愿意改变。但作为安布鲁斯的朋友，又是他的委托人，我不能看着他的遗孀孤苦伶仃地来到这个无亲无故的地方而袖手旁观。至少在她作出下一步打算之前，应该为她作些安排。”

我走到窗边，站在那儿。露易丝在院子里，胳膊上挎着一个篮子，正在埂边上剪枯死的花朵。她抬头看见我，向我挥了挥手。我不知道教父是不是也已经给她看了信。

“怎么样，菲利普？”教父说，“你看你要不要给她写封信？随你。我想你不会愿意见她的。如果她接受我的邀请到这儿来，我就不叫你过来了。不过希望你至少能说句话，比如说谢谢她给你把东西带回来，我给她写回信的时候，在后面加一句。”

我离开窗子，回过头来看着他说：“你干吗认为我不想见她呢？我想见她，而且非常想见，如果她是那种冲动的女人，就如同她信中所说——我记得瑞纳提也这样说过她——那么我为何不能冲动呢，我就想冲动，不就是冲动我才去佛罗伦萨的吗？”

“真是这样？”教父眉头紧皱，带着怀疑的神色问道。

“你往普利茅斯写信的时候，”我接着说，“告诉她，菲利普·艾什利已经知道了安布鲁斯的死讯，他在收到了两封信后，去了佛罗伦萨，去过桑格莱提别墅，见过她的佣人们，还见到过她的朋友兼顾问瑞纳提先生，现在已经回来了，并且告诉她，他是一个很单纯的人，做事直接，不大讲究礼仪，而且不善言辞，很少与女性打交道，甚至很少与人打交道。如果她想见他，想参观一下她丈夫的家——只要她愿意，菲利普·艾什利的家，随时恭候表姐瑞秋的光临。”我说完，手抚前胸，深深鞠了一躬。

“我怎么也想不到，”教父慢声说道，“你变得如此坚强，发生什么事了吗？”

“什么事也没发生过，”我说，“只是我现在像一匹战马，闻到了血腥味。忘了我的父亲是个战士吗？”

尔后，我便到花园去找露易丝，她对此事的关心比我更甚，我抓住她的手把她拽到草地边的凉亭下。我们像两个阴谋家一样，坐在那儿合计起来。

“你家里不适合接纳任何人，”她一坐下就说道，“更不要说像伯爵夫人——像艾什利夫人那样的女人了。你瞧，我也不由自主称她伯爵夫人，非常自然。况且，菲利普，这地方已经二十年没有女人住过了，你要把她安排在哪间房间里？还有，你想一想那些灰尘，不但楼上都是，就连起居室里都是，我上周就注意到了。”

“这些事倒没多大关系，”我不耐烦地说道，“如果她在意的话，她自己会打扫的，她越觉得糟糕，我就越是高兴。一定要让她知道，安布鲁斯和我们大家一直过着这种无忧无虑的生活，而不像在那幢别墅里……”

“噢，你弄错了，”露易丝大喊一声，“你总不想让人看着像个举止粗野、没有头脑的乡巴佬吧，就像庄园里的那些工人一样，那样你还没和她说话就已经低她一等了。你要记住，她一生都在欧洲大陆生活，已经习惯于高档次的事物。大群的佣人——据说外国的佣人也比咱们这儿的好——而且除了艾什利先生的一些东西，她肯定还带来了大量的衣物和首饰。她肯定从他那儿听说了许多有关这个家的情况，想象着这里的一切都很好，和她自己的别墅一样。菲利普，看在安布鲁斯的份上，你不要把家弄得乱糟糟、脏兮兮的，像狗窝一样难闻。”

该死的，真让我生气。“你到底想说什么，”我对她说，“把房子弄得像个狗窝？这是人住的房子，简朴，但是有家的味道，并且我敢说，永远都会是这样。安布鲁斯和我都不喜欢把房子装饰得花花绿绿的，也不喜欢在桌上弄些摆设，免得腿一碰就摔成一堆。”

她很天真地露出一丝过意不去的神情，倒没什么不好意思。

“对不起，”她说，“我不是有意要惹你生气，你知道我很喜爱你的房子，我对这幢房子充满了感情而且永远都会这样，但我却忍不住把心里想的说了出来，说说怎么样收拾这个家。这么久了，这个家一直没有新鲜的内容，也没有温馨，而且如果你不介意的话，缺乏一种舒适感。”我想起来了，有天傍晚，她让教父坐在明亮整洁的客厅里，我知道自己也很喜欢那房间，而教父也多半愿意去那个房间，而不是我的书房。

“行了，”我说，“别提什么缺乏舒适感了，这样的家适合安布鲁斯，也适合我。而且，要不了几天——无论她愿意赏光待多久，我想我的表姐瑞秋也会适应的。”

露易丝望着我摇了摇头。

“你真不可救药了，”她说，“如果艾什利夫人是我所想象的那种女人，那么她看一眼这个房子就会躲到圣·奥斯泰尔或者我们这里来。”

“等把她赶走了，欢迎你过来，”我说道，“我会和她有个说法的。”

露易丝好奇地看着我。

“你真敢去问她？那你从哪儿问起呢？”

我耸了耸肩，说：“说不准，等见了她之后再说，我敢肯定她会大喊大叫，或者可能表现得多愁善感，神魂颠倒，甚至歇斯底里。可我不会为她所动，我会看她表演，欣赏她的演技。”

“我认为她不会大哭大叫的，”露易丝说，“她也不会歇斯底里，她会哭着走进这个家并且控制这个家。你不要忘了，她肯定惯于发号施令。”

“她休想在我这里发号施令。”

“可怜的斯考比，我真想看看他脸上的表情。如果她拉了铃而他又没能及时赶到的话，她可能会朝他摔东西，意大利人非常情绪化，你知道吗？他们脾气很坏，我老听人这么说。”

“可她不过是半个意大利人，”我提醒她，“而且我认为斯考比会应付好的，或许上帝连下三天雨，那么她就会得风湿病，整天待在床上了。”

我们像两个孩子一样，在凉亭下笑得不亦乐乎，可我内心并不像表面这么轻松。邀请信已经发了出去，像一次挑战。我发觉自己已经为此后悔了，但我没有对露易丝说。我回到家，看看身边的一切，愈发感到后悔。天啊，这样做简直太荒唐了，如果不是考虑到自尊，我真想回到教父身边，告诉他，给普利茅斯的信中，别提及我说的话。

让那个女人住在这幢房子里，我该如何应付呢？我到底该对她说什么？做什么？瑞纳提能言会辩，她恐怕有过之而无不及。直接的攻击不一定奏效，那个意大利人曾说过韧劲，还有女性战斗之类的，不知是什么意思。如果她是那种缺乏教养、喧闹的女人，我知道怎样让她闭嘴。如果一位农场里的人和这样一种人纠缠一起，而她控告他违约，那我不久就可以将她打发回德文郡，回到她原来的地方去。可如果她甜言蜜语，阴险狡猾，又具有起伏的胸脯和温柔的眼神，我能对付得了吗？我相信可以，我曾在牛津碰到过这样的事情，我总是能找到最直截了当近乎于粗野的话，毫发无伤地送她们回老家。总的来说，我很有信心，很有把握，一旦和瑞秋表姐正面交锋，我会知道说什么的。但为她来访做准备却纯属假象，就如举手行礼时，热情面孔下隐藏的杀机。

让我吃惊的是，斯考比听到这个消息竟毫无不快之色，好像他早就期待这样了。我简要告诉他，艾什利夫人已经来到英国，随身带来了安布鲁斯的遗物，并且本周内可能前来短暂拜访。他并不像往常那样噘起下嘴唇，而是很认真地听我说着。

“好的，先生。”他说，“你做得很好，很得体，我们大家都很高兴迎接艾什利夫人。”

我掠过烟管看了他一眼，为他那浮华的言辞感到有些可笑。

“我还以为，”我对他说，“你会和我一样，不喜欢这所房子里有女人，当我告诉你安布鲁斯先生已经结婚，她将是这儿的女主人时，你可不是这种态度。”

他显得有些吃惊，这次他的下唇噘了出来。

“先生，那不是一回事，”他说，“从那以后就是一场悲剧，这位可怜的女士守寡了，安布鲁斯先生肯定希望我们能尽可能为她做一切，特别是——”他小心翼翼地咳嗽了两声，“艾什利夫人也根本没有因她丈夫的过世而得到任何好处。”

我想知道他到底是怎么知道这些事的，就问了他。

“我周围的人都这么说，先生，”他说，“一切全都留给了你，菲利普先生，什么也没留给那位寡妇。这很不同寻常，在任何一个家庭里，不论多少，总要给寡妇留一份的。”

“我真吃惊，”我说，“你竟会听信一些谣言。”

“这不是谣言，先生，”他很庄重地说道，“跟艾什利家族有关的事就和我们有关，我们这些佣人从没忽视过。”

我似乎看到他坐在自己房间的后面，在他的那间一直被称作管家房的房间里，看到马夫威灵顿、园丁头塔姆林，还有老樵夫，进去和他聊天，一起喝啤酒——当然，年轻的仆人是不允许参与他们的活动的——于是有关遗嘱的事，就在他们嘴里讨论来讨论去，经常是反复讨论，一时解决不彻底。他们时而噘起了嘴，时而摇摇头，一会儿明白，一会儿迷惑的样子。

“这并不是疏忽的问题，”过了一会儿我又说道，“由于艾什利在国外，不在家里，很多事情本身就不好办，他没想到会死在那儿。如果他回来，那就是另一回事了。”

“是的，先生，”他说，“我们也这么认为。”

噢，他们又会七嘴八舌谈论那份遗嘱的事，随他们去。但突然，一些痛苦的念头闪过脑海，我不知道，如果我没继承这份遗产，他们会用什么样的方式对待我，还会有这份顺从吗？还会有敬意吗？还会有忠诚吗？抑或我还是以前那个少年菲利普，一个穷亲戚，住在屋子后面某个角落的某间房间里。我敲空了烟斗，那味真是刺鼻。我真不知道到底有多少人是真正喜欢我，真正为了我而侍奉我的。

“就这样吧，斯考比，”我说，“如果艾什利夫人来访，会通知你的。我不知道哪间房子合适，这事就由你来负责。”

“哎呀，菲利普先生，主人，”斯考比很惊奇地叫道，“为什么不让艾什利夫人住进艾什利先生的房间呢？那再合适不过了。”

我直视着他，一时被他的话惊得哑口无言，赶忙转过脸，唯恐脸上露出内心的真实情感。

“不行，”我说，“那是不可能的，我自己想搬进艾什利先生的房间。早就打算告诉你了，此事我几天前就决定了。”

这是一句谎话，事实上我是刚刚才有这个念头的。

“那太好了，先生，”他说，“要是这样的话，那间蓝房间和化妆室对艾什利夫人更合适了。”说完他离开了房间。

上帝，我不由得想，让那女人住进安布鲁斯的房间，不是亵读他吗？我坐到椅子上，咬着烟管，感到愤愤不已、心神不定，甚至厌恶自己对此事表现出来的所有关注。让教父传那样的话，简直是发神经，让她到这儿来，更是莫名其妙、不可理喻。我到底是为什么？斯考比这个白痴都有他自己判断孰是孰非的能力。

她接受了邀请，并给教父而不是给我写了一封回信，这一切以斯考比之见，简直是再得体不过了。由于邀请不是我发出的，自然回信也就通过同一渠道。她说她已做好了准备，什么时候方便就去接她，如不方便，她便自己乘驿车来。我又让教父回信说，星期五我会派辆马车去接她，事情就这么定了。

很快到了星期五。那天阴沉沉的，还刮着大风，每年九月份的第三个星期，潮水最大的时候，经常是这种天气。从西南面涌过来的层层乌云低沉着，预示傍晚有一场大雨。我希望下雨，而且是倾盆大雨，同时再加上狂风大作。西部国家的人喜欢这样的雨，可意大利人是不会喜欢的。我前天就让威灵顿驾车出发了，他会在普利茅斯住一晚，然后带她一块儿回来。自从我通知佣人们艾什利夫人来访的消息后，一种不安充满了整个家。甚至连狗也意识到了，跟着我从一间房间走到另一间房间。斯考比提醒我请某位老牧师，他有几年没主持任何宗教仪式了，突然又实行起被遗忘的仪式来。他四处走动，很神秘和庄严的样子，走路的时候脚步非常轻——他甚至给自己买了双软底便鞋——他把一套我此前从未见过的银器摆放在餐厅的桌子上和餐具架上。我猜测，那大概是我叔叔菲利普那个时候遗留下来的。他还把大烛台、糖盒、高脚杯放上，另外还把一只插满玫瑰中间是约书亚像的银盆放在中间。

“你什么时候又做起教士助手来了？香水、圣火都准备得怎么样了？”我问道。

他脸上的肌肉动都没动一下，退后几步，审视着这些遗物，面无表情地绷着脸。

“我已经叫塔姆林到花园中去剪了些花来，仆人们现在在后面院子里弄花呢。起居室、蓝卧室、化妆室都应有花。”他说。这时餐厅伙计小约翰摇摇晃晃、吃力地背着另外一对烛台进来，脚下一滑，差点跌倒，牧师很不高兴地看了他一眼。

那几条狗很沮丧地看了看我，其中一只悄悄爬进大厅，在一把长背椅下面躲了起来。我上了楼，天知道我上次来这间蓝屋子是什么时候的事。这里从来不接待客人，它在我心里总和捉迷藏的游戏联系在一起。那还是很久以前，有次圣诞节，露易丝和教父来这儿，我们一起玩的。我爬进这间静悄悄的房间，躲在满是灰尘的床底下，我还隐约记得安布鲁斯曾说这是波比姑妈的房间，姑妈住到肯特去了，后来死在了那儿。

如今这里早已没有了她的痕迹，斯考比已指挥男仆们对房间进行了彻底的打扫，追随波比姑妈多年的尘土被一扫而空。窗户是开着的，对着外面的空地，早晨的太阳照在陈旧的地毯上面，床上已经铺上了一条不知道什么料子的新床单。梳妆室隔壁的房间里的那个铜脸盆架和大水罐还在吗？还有那把安乐椅呢？我什么也记不起来，也记不起波比姑妈了，我还没生下来她就自个儿去了肯特。哼，要让发生在姑妈身上的一切都原原本本发生在瑞秋表姐身上！

套房拱门下面的第三个房间以前是波比姑妈的寝室，里面也满是灰尘，窗户也已打开。我敢说，过了捉迷藏的年龄以后，我没进过这房间。在壁炉的上方挂着一幅安布鲁斯年轻时候的画像。我甚至都不知道还有这幅画，他也可能早忘记了。如果画是出自名家之手，肯定会被陈列在下面的家庭画像中的。放在一间不用的房间里，说明它很不起眼。这幅画是按三比四的比例画的。安布鲁斯胳膊下夹着枪，左手抓着一只松鸡，眼睛正视着我的目光，脸上带着微笑，他的头发比我记忆中的长。整个画面或者说他的面部没有什么特别的，只有一点很奇怪，非常像我。我对着镜子看看自己，又回头看看画像。唯一的区别就是他的眼睛有点斜，似乎比我的眼睛眯一些，另外他的头发也比我的深一点。那画中的年轻人和我有些像兄弟，甚至像双胞胎兄弟。突然发觉我们之间这么相像，我不由得为之精神一振。似乎安布鲁斯正在笑着对我说，我就在你身边，而那位过世的安布鲁斯似乎也离我很近。我关上门，又一次穿过那间梳妆室和蓝色的卧室，走到了楼下。

路上传来了车轮的声音，是露易丝，她坐在马车上，身旁放着一束一束的紫菀花和大丽花。

她看见我，对我喊道：“是放在起居室里的，我想斯考比见了一定会很高兴。”

斯考比恰巧穿过大厅，督促着仆人们干活。听到这话，他有些不高兴，直直地站在那儿，看着露易丝把花拿进房间，对她说：“您别自添麻烦了，露易丝小姐，我已经给塔姆林做了安排，我们已经从花园里摘了足够的鲜花。”

“那我可以插花，”露易丝说，“你的这帮伙计只会打碎花瓶，我想你有花瓶吧，还是他们已经把鲜花塞进那些果酱罐了？”

斯考比的脸上露出一副自尊受到了伤害的神色，我赶忙把露易丝推进书房，关上了门。

“我不知道，”露易丝小声问我，“你是否愿意我留下照看这儿的一切，一直待到艾什利夫人来。父亲本来要陪我过来的，但他身体依然没好，而且眼看着要下雨，我想他还是在家里更好，你什么想法？我可以留下吗？这些花不过是一种借口而已。”

我隐约觉得有点恼怒，她和教父干吗认为我很无能，还有可怜的老斯考比，他也会感到委屈，这三天他可像个监工似的，一刻没闲着。

“你的建议很好，”我说，“但没必要，我们自己可以安排妥帖。”

她看上去十分失望。显然，她很渴望，也很好奇要看看我的客人。我没告诉她，当客人到的时候，我自己都不想留在这幢房子里。

露易丝很挑剔地打量着房子，但没发表任何意见。不用说，她发现了很多不到之处，但她很有策略，没有开口。

“如果你愿意，可以上楼去，看看那间蓝色的房间。”为了不使她过于失望，我这么对她说。

“蓝色的房间？”露易丝说，“就是起居室上面那间朝东的房间吗？那么你没有让她住在艾什利先生的房间里？”

“没有，”我说，“我自己住进了艾什利先生的房间。”

所有的人，包括她在内，都坚持要安布鲁斯的遗孀住进他的房间，这使我更受刺激、更为恼火。

“如果你真这么想布置鲜花，去向斯考比要些花瓶，”我说着走向门边，“我外面还有一大堆事要办，今天大部分时间都不会在这里。”

她抱起鲜花，又看了我一眼。

“你很紧张。”她说。

“没有，我只是想一个人独自待一会儿。”我说。

她脸色通红，转过身去，我感到一种良心的自责，每次伤害了别人以后我都会这样自责。

“对不起，露易丝。”我拍了拍她的肩膀，“不要介意我的态度，我很高兴你能过来，还带来了鲜花。你愿意留下来我也很高兴。”

“我什么时候再能见到你？”她问，“什么时候能听你说说艾什利夫人的情况？你知道我多想知道所有的一切，当然如果父亲稍有好转，星期天我们应该会去教堂。可明天一整天我都会在想，想知道……”

“想知道什么？”我说，“想知道我是不是已经把瑞秋表姐扔到地里了？我会那样做的，如果她太刺激我的话。听着——为了满足你的好奇心——我明天下午会骑马去派林，给你描绘一幅生动的画面，你满意了吗？”

“那样太好了！”她脸上露出了笑容，然后便找斯考比要花瓶去了。

我出去了一上午，下午两点左右才回来，又渴又饿，吃了点冷肉，喝了一杯黑麦酒。露易丝已经走了，斯考比和佣人们坐在他们自己的房间吃午饭，我独自一个人站在书房里，嚼着面包和加肉的三明治。独自一个人，我想这或许是最后一段独自一人的时光了。今天晚上她就要来到，或者在这个房间里，或者在起居室。想到她的出现，她的身影出现在各个房间里，出现在我的屋子里，一种难以名状的敌意涌上心头。一位不速之客，我不想要她，我也不需要任何女人，不愿见到女子探寻的目光和手势，硬是挤进本只属于我一个人的私人空间。整个屋子寂静无声，我是它的一部分，正如安布鲁斯过去和现在都是这幢房子的一部分，他现在可能就在某个看不见的地方。我们不需要任何人来打破这种宁静。

我几乎带着一种告别的心情环顾了一下房间，然后走出屋子走进林子深处。

我估计威灵顿赶着马车回到家的时间不可能早于五点钟，便决意在外面一直待到六点。他们会在吃饭时等我，斯考比已接受吩咐，即便她饿了，也得熬到这所房子的主人回来再吃。一想到她收拾得漂漂亮亮，洋洋自得，独自坐在客厅，却没人理她，我就感到一种满足。

我在风雨中一直走着，来到那个十字路口，又向东走到我家庄园的边上，然后回过头又穿过树林向北来到了外边的农场。我在那儿闲逛一阵，和佃户们聊天，就这样打发着时间。然后穿过公园，翻过西边的那座小山，经过巴通，最后到了家。这时暮色已经降临，我自己也已全身湿透，可我一点也不在乎。

我打开大厅的门，走进房子，我希望能看到她已经到的迹象，有些箱子啦，盒子啦，旅行包和篮子什么的东西，但一切照旧，什么也没有。

书房里生了火炉，但没有人，餐厅里有给我留的一个位置，我拉了拉铃找斯考比，“怎么回事？”我问。

他流露出一种从没有过的自信，小声说：“夫人已经到了。”

“我想也该到了，”我说，“大概都快七点了吧！她带行李了吗？你把它们放到哪儿去了？”

“夫人几乎没带什么自己的东西，”他说，“箱子和盒子都是安布鲁斯先生的，都已经放到您原来的房间里了，先生。”

“哦。”我说着走到火炉边，添了根木柴。我怎么也不能让他看见我的手在颤抖。

“艾什利夫人现在在哪儿？”我问。

“夫人已到她自己的房间去了，先生，”他答道，“她似乎很累，说请你原谅她不能共进晚餐。一小时前，我给她端去了一盘食物。”听了他的话，我感到一种解脱，但从某种意义上说，也有点让人扫兴。

“她路上怎么样？”我反问。

“威灵顿说过了里科的路很难走，先生，”他说，“并且路上风很大，其中有匹马的一只马掌掉了，他们不得不在到洛斯威勒之前到一家铁匠铺去了一趟。”

“唔。”我背对着炉火，烘着腿。

“你湿透了，先生，”斯考比又说道，“最好能换换衣服，不然会感冒的。”

“我马上就换，”我说，然后扫了一眼房间，“狗到哪儿去了？”

“我想是跟夫人上楼去了，”他说，“至少那只老多恩去了，别的我不太清楚。”

我继续在火炉边烘着腿，斯考比仍然徘徊在门口，好像还等着我跟他说什么。

“好吧！”我说，“我洗个澡，换换衣服，去叫仆人把热水送过来，我半个小时后用餐。”

那天晚上，我独自一个人坐在擦得崭新的烛台前吃了晚饭，旁边摆着插满玫瑰花的银质花瓶，斯考比站在我椅子后面，可我们谁也没说话。在这样的晚上，憋着不说话肯定让他很难受，因为我知道他非常想说说今天刚来的人。当然，他可以再忍忍，等回到管家房一吐为快。

就在我放下碗筷的时候，约翰走进房间，对斯考比低语了几句，斯考比进来低头对我说："夫人传话，如果您愿意的话，吃完饭她想见见您。"

"谢谢你，斯考比。"

他们走了之后，我做了件不常做的事，这只有在极度疲惫之后，或者是经过一天很辛苦的射猎，或许是夏天狂风大浪的时候和安布鲁斯划完船之后才偶尔做的事。我走近壁橱倒了一杯白兰地，然后上了楼，敲响了那间小卧室的门。

8

一声低得几乎听不见的声音，请我进去。虽然此时天色已黑，蜡烛也已经点上了，但帘子还没有拉上，她正坐在窗边的椅子上，望着外面的花园。她背对着我，双手放在腿上，我进屋的时候她一动没动，大概以为进来的是佣人。多恩卧在火炉前，鼻子夹在两只前爪中间，旁边卧着两只小狗。屋子里什么也没有动一下，那张小桌子的抽屉没有开过，也没见乱扔的衣服，没有一点点有人来了的痕迹。

“晚上好！”在这么个小房间里，我的说话声听起来很生硬，很不自然。她转过来，立刻站起身走向我。一切都发生得那么突然，以至于我没有时间，没有一点点时间去回想在过去的十八个月中她在我想象中的千百个样子。那个没日没夜萦绕在我脑海中的女人，使我夜不成寐、日不成思的女人，现在就在我的身边。我的第一反应近乎是感到震惊，一种恍惚，她竟然这么弱小，几乎没我的肩膀高，一点也比不上露易丝的身高和体形。

她全身着黑，使脸色显得格外苍白。她的脖子上和手腕上都绑着丝带，头发是棕色的，分成两边，在后面低低地盘了一个髻。身材很匀称，身上唯一大的是一双眼睛，一见我，就像认识我一样猛地睁得很大，目光中流露出惊讶的神色，就像一双鹿的眼睛，慢慢地从认识变成了迷惑，又从迷惑变成了痛苦，然后又似乎像是明白了什么。我清楚看到了她神色的迅速变化，想必他和我一样，见到对方都感到非常震惊，要说我们哪一个更紧张，哪一个更不自在，还说不清。

我看着她，她望着我，一时间我们两个都没说话，当我们开口说话时，又几乎是同时。

“但愿您已经休息好了。”我生硬地说了一句。她则说：“我请你原谅。”随后又很快顺着我的话说道，“好了，菲利普。”然后走到火炉边坐在一个低矮的小凳子上，并示意我坐在对面的椅子上。那只老猎犬多恩伸了伸腰，打了个哈欠，头枕着后腿卧在那儿。

“这是多恩，对吧？”她边说边把手放到它的鼻子上，“它是不是刚过了十四岁的生日？”

“是的，”我说，“它的生日比我的早一周。”

“你是吃早饭时在一个蛋糕盒里发现它的，”她说，“安布鲁斯当时躲在餐厅的屏风后面，看着你打开蛋糕。他告诉我说他永远也不会忘记你打开盒子，看到多恩从里面挣扎着出来时的惊奇表情。那时你十岁，是四月一日。”

她抚摸着多恩，抬起头来，向我微笑着，使我感到最不安的是我看到她眼里涌出泪水，又瞬时掩饰过去了。

“请原谅我没有下楼和你共进晚餐。”她说。

“你为我做了那么多的准备，而且一定是提早赶回了家，可我刚才太累了，没有精神陪你，会给你一个很糟糕的印象，所以我觉得你独自一个人吃饭可能会更轻松些。”

我想到自己是如何为了让她空等，在庄园里从东走到西，一时无话可说。一只小狗睡醒了，舔了舔我的手，我友好地抓了抓它的耳朵。

“斯考比说你太忙了，说有很多事要做，”她说，“我不想由于我的不期来访而使你感到有碍于事，我会照顾自己，并且会很开心的。你明天如果有事，千万别因我而更改。我只想说一句话，那就是，谢谢你，菲利普，谢谢你，能让我来，这对你来说肯定很为难。”

她站起来，走到窗边去拉窗帘，雨点敲打着窗台。或许我应当替她去拉窗帘，但我只是很尴尬地站了起来，想那么做，却没来得及。她已经拉上窗帘又回到了火炉边，我也就又坐了下来。

“坐车经过草场来到了房前，看到斯考比站在门边迎接我的时候，心里有种莫名的感觉。我已幻想过无数次，一切的一切都正如我所想象的那样，大厅、书房，还有墙上的画。马车到门口的时候，钟正好敲了四下，这种钟声好像也是早就熟悉的。”我一直抚弄着小狗的耳朵，没有正视她，“去年的夏天和冬天，安布鲁斯病之前，在佛罗伦萨的每个傍晚，我们都会谈起回家的事，那是他最快乐的时候，他总是会给我讲这里的花园，这里的树林，还有去海边的小路。我们一直设想沿着我来的这条路来，这也就是我之所以这样做的原因。从热那亚到普利茅斯，然后威灵顿用马车接我们回来，你能这样安排真是太好了，你不知道我是多么的感动。”

我感到她真有点傻，但我说的话却是：“我担心路不太好走，斯考比告诉我说，你们不得不到一家铁匠铺去修马掌，实在过意不去。”

“那没什么，”她说，“坐在火炉旁，边和威灵顿聊天边看着他们干活，心情很好。”

她的举止已经很自然了，那种初始的紧张感——如果可以称其为紧张的话——已经没有了。我说不清楚，现在如果有谁不对劲的话，那这人一定是我。房间很小，我感到自己块头又大又笨拙，因而不知所措。我坐着的这把椅子像给爱人坐的。再没有什么能比如坐针毡更显得举止狼狈了。蜷缩在这该死的小椅子上，两只大脚很别扭地缩在椅子下面，两只长胳膊吊在两侧，这到底会是一种什么样的形象？

“威灵顿给我指了指去肯达尔先生家的路，”她说，“我一时还不知道是否应出于礼貌去拜访他们，但天色已晚，马已经走了很远的路，而我又非常自私地希望早点到这儿。”她在说“这儿”之前停顿了一下，我想大概要说“家”，然后又改了口。“安布鲁斯已经给我作了详细的描述，”她接着说，“从门厅到这屋里的每个房间，他甚至给我画了一张草图，所以，今天我深信，我可以不用别人指导就能找到哪儿是哪儿。”她稍微停顿一下又说，“你让我住在这个房间里，实在是太善解人意了，如果我们能一块儿回来的话，我们就打算住在这个套间里。安布鲁斯一直想让你住进他的房间，斯考比告诉我你已经住进了，安布鲁斯要知道一定会很高兴的。”

“希望你住得很舒适，”我说，“自从有个叫波比姑妈的人走了以后，好像再也没人在这里住过。”

“波比姑妈爱上了一个代理牧师，便离开此地到唐桥去安抚自己受伤的心，”她说，“可她的心意很坚决，为此她伤心了二十年，你没听说过这件事？”

“没有。”我答道，同时悄悄看了她一眼。她正望着火炉，想必是在想波比姑妈。她的双手握着放在腿上，我以前从没见过哪个成年人的手这么小巧，非常纤细，瘦长，就像一位大画家画的一双未画完的手。

“那后来，”我又问，“波比姑妈怎么样了？”

“终于在二十年后，遇见了另一位代理牧师，她才得以解脱。可那时她已经四十五岁了，心已经不那么脆弱，便和这第二个代理牧师结了婚。”

“她的婚姻美满吗？”

“不，”她说，“她在新婚之夜惊吓而死。”

她转过身来看着我，嘴唇轻轻动了一下，而眼神仍是那么的肃然。突然间，我仿佛看见安布鲁斯在讲这件事的样子——一定是这个样子的——蜷缩在椅子上，双肩颤抖着，她也像我现在这样望着他，强忍住不笑。我禁不住对瑞秋表姐笑了笑，她眼中掠过一丝什么，也朝我笑了笑。

“我想你是现编的吧！”我对她说，马上后悔不该笑。

“我绝对没编，”她说，“斯考比也知道这件事，你可以问他。”

我摇了摇头：“他肯定会认为这不合适，如果他知道你这么给我讲，肯定会大惊失色。我忘了问你，他给你端晚饭了吗？”

“端了，一杯汤，一只鸡翅，还有一盘烤腰子，非常可口。”

“你一定已经发现这所房子没有女佣人，没有人来照顾你，帮你收拾衣服。只有小约翰和小亚瑟给你倒洗澡水。”

“我宁可这样。女人的话太多。至于我的长裙，整个丧服期都是一样的，我只带了这件和另外一件，我的鞋也能在坚硬的地上行走。”

“如果明天还像今天这样下雨，你就不得不待在室内了，”我说，“书房里有很多书，我自己不太读书，你或许可以找到愿意看的书。”

她的嘴唇又闭紧了，很庄重地看着我。“我可以擦擦银器之类的东西，我没想到能看到这些银器，安布鲁斯过去常说由于靠海，银器慢慢地都有些发黑了。”我从她的话中已经猜出，她已经猜到了这些银器古董是从一个锁了很长时间的橱柜中取出的。在她的一双大眼睛后面，肯定带着对我的嘲笑。

我向别处望去，我已经对她笑过一次，无论如何也不能再对着她笑了。

“住在别墅里的时候，”她说，“要是天热时，我们会出去坐在一个有喷泉的小院子里，安布鲁斯就会要我闭上眼睛，听水声，想象那是雨落在家里的样子。你知道，他有一大套理论，说我要是遇上英国的气候，尤其是康沃尔潮湿的气候会冻得发抖，缩成一团。他说我是温室中的植物，只适合精心栽培，无法在一般的土壤里生存，说我是大城市出生的，过于文明化。记得有一次我穿着新长裙下楼吃饭，他说我带有一种古罗马的味道。他会说，‘在家里你会被冻坏的，内衣得穿法兰绒布的，还要披条毛披肩。’我没有忘记他的忠告，这次带了披肩来。”我随即瞥了一眼，真有一条，像她的衣服一样，是黑色的，放在她身边的小凳子上。

“在英国，特别是在我们这儿，太受天气的影响，靠海，没办法。我们这里的地也不像内陆的地，不太适合耕作，这儿的土壤很贫瘠，七天有四天下雨，有太阳的时候我们多半依靠阳光。我想明天天气会变，你可以出去走走。”

“波沃镇和巴登草地、坎普教堂的四周、牛排公园、开勒牧尔和灯塔院、二十英亩园，还有西山。”她说。

我吃惊地看着她，“你知道巴通的这么多地方？”

“是的，怎么了？两年来，我逐个把这些地名记在了心里。”她说。

我无言以对，似乎没什么可说的了。片刻，我又很生硬地说了句：“女人步行去这些地方可不大容易。”

“可我的鞋很结实。”

从她裙子底下伸出来的脚穿着一双紫色的便鞋，看上去很不适合走路。

“就这双？”

“当然不是了，还有比这结实的。”

不论她自我感觉如何，我实在难以想象她在田野里走路的样子。恐怕随便哪个犁地农人的靴子都能把她整个套进去。

“你会骑马吗？”我又问她。

“不会。”

“如果有人牵着，能坐在马背上吗？”

“或许可以，但我得双手抓住马鞍，有没有那个能使人保持平衡的叫作鞍头的东西？”

她很急切地问着问题，目光很严肃，但我还是又一次肯定她的目光后藏着嘲笑，她这只是想跟我套近乎。

“我不太清楚我们是否有女士马鞍，我会问问威灵顿的。不过我在马具房好像从来没见到过。”我冷冰冰地说。

“或许波比姑妈在失去她的心上人以后常骑马，这是她唯一的消遣方式。”她说。

这一切都没用，她的声音中有什么在跳动。我如坠云雾，她又看着我在笑，这简直让人受不了。我赶紧望着别处。

“那好吧，”我说，“明天早上我吩咐人办，你看我是不是叫斯考比在壁橱找找看，另外找找波比姑妈是不是也留下骑马服了？”

“我不需要骑马服，如果你能牵着马慢慢走，我就能平稳地坐在马上。”

正在这个时候，斯考比敲了敲门，走进来。手里端着一个很大的盒子，上面放着一把银制的水壶、一把银制的茶壶和一只茶缸。这些东西我以前从来没有见过，我真想知道他是从管家房的哪个迷宫里发现这些东西的。他拿这些东西来是何目的？瑞秋表姐看到我惊讶的目光。我是绝不会伤害斯考比的，可看到他一本正经地将拿进来的东西摆到桌子上，一种近乎歇斯底里的怒火冲上了我的心头，我站起来走到窗边，假装看外面的雨。

“茶准备好了，夫人。”斯考比说。

“谢谢你，斯考比。”她很庄重地答道。

那些狗爬起来，将鼻子凑到盘子上嗅了嗅，它们和我一样感到惊奇。斯考比忙叫它们走开。

“过来，多恩，过来，三个都过来。夫人，我想最好把它们弄走，要不它们会打翻盘子的。”

“好的，斯考比。没准会把盘子打翻的。”

她的话语中又带着笑意，谢天谢地，我正好背对着她。斯考比又问：“夫人，早饭怎么办？菲利普先生八点在餐厅吃早饭。”

“我就在房间吃吧，”她说，“艾什利先生过去常说十一点钟之前的女人都不便让人看。不会太麻烦吧？”

“当然不会，夫人。”

“那就谢谢你，斯考比，晚安。”

“晚安，夫人，晚安，先生，过来，小狗们。”他打了个响指，几只狗不情愿地跟着他走了。房间里好一阵寂静，过了一会儿，她很轻柔地问：“你来点茶吗？我知道这是康沃尔人的习惯。”

我不再故作姿态了，总这样太累。我走回火炉边，坐在桌旁的小凳上。

“告诉你吧，我以前从未见过这个托盘、这把水壶，也没见过这把茶壶。”

“我知道你还没见过，斯考比拿进来的时候，我看到了你眼里的神色，我想他以前也从未见过，这是一些埋藏的宝物，他是从地下室挖出来的。”

“吃完晚饭后真要喝茶吗？”我问。

“当然。”她说，“在上流社会，如果有女士在场，这是必然的。”

“星期天，肯达尔一家和帕斯科一家来吃饭，但我们从来不喝茶。”我说。

“或许斯考比不认为他们属于上流社会，”她说，“那我可是受宠若惊了。我愿意喝茶，你可以吃些夹黄油的面包。”

这也算一种发明，薄薄的面包片，卷得像香肠一样。“我很意外，厨房里的人竟会做这种东西。”我说着，一口吃了一块，味道不错。

“那是灵机一动想到的。”表姐说，“你可以把剩下的留作明早的早餐，黄油在融化，你最好吮一吮手指。”

她边喝茶边望着我说：“如果你想抽烟，请吧。”

我睁大眼睛直盯着她。

“在女士的闺房抽烟？你认为可以这样？星期天牧师带帕斯科夫人过来时，我们从不在客厅抽烟。”

“这不是客厅，我也不是帕斯科夫人。”她说。

我耸了耸肩，然后伸手从口袋中摸烟斗。

“斯考比会认为这有失体统，他明天早上会闻到味的。”

“我会在上床之前打开窗户，把味吹到外面的雨里去。”

“可雨会溅进来弄坏地毯，那可就比烟味更糟糕了。”

“那可以用布擦掉，你太仔细了，像个老绅士一样。”

“我还以为女士们很介意这些事。”

“那只有当她们别无他事烦忧时才会如此。”

我这么坐在波比姑妈的卧室里吸着烟，突然心里感到一阵惊悸，我可不想这么度过这个晚上，我想说几句冷冰冰的客套话，然后很唐突地告辞，使这个不速之客受到冷落，感到沮丧。

我瞥了她一眼，她已喝完茶，把茶杯和茶碟放回到托盘上。我又再一次意识到她的手窄小、白净。我想安布鲁斯是否也说这双手是生在大城市的。她的手上戴着两枚戒指，上面的宝石都质地不错，它们并没有因她身着丧服而削弱丝毫光芒，和她本人也极其相配。我很庆幸，自己手里托着烟杆，嘴里衔着烟嘴儿，这能使我感觉自然一些，而不至于像个夜游者，在梦中游荡。该有些我应当作的事，还有些我应当说的话。但此时的我坐在火炉前像个傻子，无法将自己的思绪和印象整理到一块而。拖得人筋疲力尽、焦灼不堪的这一天已经结束了，然而，我无论如何也无法确定这对我有利还是不利。要是她能够有一点点我曾经想象中的那种样子，我就知道该如何去做，可现在她就在这儿，活生生地坐在我旁边，那曾经想象过的印象都成了不可思议的东西，混杂在一起，然后又慢慢地消失在黑暗之中。

某个地方有个痛苦的生物，年事已高，脾气很坏，由律师们簇拥着；某个地方有个大号的帕斯科夫人，粗声大气，又自以为是；某个地方有个被宠坏的女孩，满头卷发，爱发脾气；某个地方有条毒蛇，静静蜷伏着，但她们都不是现在房里和我在一起的这个人。此时，愤怒也罢，憎恶也罢，都徒劳无益。至于恐慌——我怎么会惧怕一个远没有我肩膀高的人？怎么会惧怕一个除了点幽默和除了手小而别无其他特点的人呢？难道就为曾有一人为她决斗，另一个命将尽时给我写信说："她终于对我下手了，瑞秋，我的冤家。"就像我在空中吹了个泡泡，站着看它舞动，如今它"砰"地迸裂了。

我自言自语，近乎是在这闪耀的火炉边点着头对自己肯定地说：我一定要记住，以后在雨中走上十几里路也绝不能喝白兰地，它会使我思维不清，语不达意。我是来和这个女人搏斗的，可到现在都还没有开始。她所说的波比姑妈的马鞍是什么意思？

"菲利普，"她的声音很小，很轻，"菲利普，你快要睡着了，你是不是起来回房睡觉？"

我猛地睁开眼睛，看见她坐在那儿看着我，双手仍放在腿上。我摇摇晃晃站起来，差点打翻盘子。

"实在不好意思，大概是我蜷缩在这个椅子上，弄得有点瞌睡了，平时在书房中，我总是伸直腿脚的。"

“你今天活动量很大，对吧？”

她的话没有一点恶意，可——她到底什么意思？我皱了皱眉头，站在那儿低头望着她，决意什么话也不说了。

“如果明天早上天气好，你真的会给我找匹马，一匹又稳当又听话的马吗？那样我就可以骑着马出去看巴通田地了。”

“可以，如果你想去的话。”

“我不会打扰你的，让威灵顿带着我就是了。”

“不，我可以带你去，我没什么事可干。”

“等一下，你别忘了明天是星期天，早上你得给佣人们发工资，我们下午出去吧！”

我望着她，感到十分茫然：“我的上帝，你怎么会知道我星期天发工资？”

使我十分沮丧也很难堪的是，她眼睛放光，但有点泪光盈盈，样子很像刚才说到我十岁生日时的那样，然而她的声音听起来却比刚才生硬一些。

“如果你不知道，那你就没有我原先想的那样善解人意，你稍等一下，我有个礼物送给你。”

她开门，走进对面蓝色的卧室，回来时手里拿着一根手杖。

“给，拿着，这是你的了，别的东西你其他时候可以整理，但今晚我想亲自把这交给你。”

那是安布鲁斯的手杖，他以前经常使用依靠的东西，上面配着金手柄，杖头是象牙刻的狗头。

“谢谢你，太谢谢你了。”我很笨拙地说。

“现在你走吧，赶紧走吧！”她说。

她把我推出房间，关上了门。

我站在门外，手里拿着手杖。她甚至没给我足够的时间让我向她道声晚安。卧室里没有一丝动静，我慢慢走过过道，回到自己的房间，心里想着她给我手杖时眼里的神情。不久前，我也曾看到过一次与此同样的备受煎熬的眼神。那双眼睛也蕴含着一种冷漠与自尊，但也饱含着同样的失意，同样有着那种向人祈求的痛苦。我走回自己的房间——安布鲁斯的房间，边看着熟悉的手杖边想，那一定是因为那两双眼睛都是同样的颜色，她们属于同一个种族，否则，那个在亚诺河边上要饭的女人和我的瑞秋表姐没有共同之处。

9

第二天早上，我很早就下了楼，一吃罢早饭便绕过马厩去找威灵顿，然后我们一起去马具房。

确实，在那一堆马具中，还真有五六副专配的女鞍，看来是我以前没有注意到。

“艾什利夫人不会骑马，她需要有个能坐在上面并且能抓紧的东西。”我对威灵顿说。

“那我们最好让她骑所罗门。”老车夫说，“它从没有让女士骑过，但它不会把她摔下来的，这可以肯定。别的马就说不上了。”

所罗门是安布鲁斯好几年前弄回来的一匹马，现在大部分时间都在草地上悠闲地打发着时光，偶尔威灵顿会把它拉到公路上遛遛。那些女鞍挂在墙上很高的地方，他不得不把马夫找来，又拿一架小梯子，才把它们取下来。挑选马鞍着实热闹兴奋了一阵子，这副太旧了，那副又太窄了，套不到所罗门的背上，可取下第三副时，小伙子被骂了一顿，因为上面有蜘蛛网。我独自暗笑，心想不论是威灵顿还是其他人，都有二三十年没想过这些马鞍了，便告诉威灵顿，只要用皮子把它重新擦一遍就会恢复如新，说不定艾什利夫人还以为是昨天从伦敦刚买来的呢。

“不知太太什么时候动身？”他问我，我盯着他看了一下，为他的措辞感到吃惊。

“下午的某个时候吧！你可以把所罗门牵到前门，我会亲自带艾什利夫人去的。”我简单地说。

然后我回到家中的账房，查了查账本，算了算一周的账目，等着佣人们来领工钱。确实是说太太。威灵顿、斯考比他们，还有其他人都这样看她的吗？我想，从某种意义上说，他们这样认为是很自然的事。但我又想到，男人，尤其是男仆们，在女人面前是怎么轻易变成傻瓜的。昨天晚上，斯考比端茶时那种尊敬的神情，还有他给她倒茶时那种毕恭毕敬的样子。今天早上吃早点时，是小约翰在壁橱边侍奉，替我揭开早餐熏肉片的盖，说是因为“斯考比先生上楼给太太送早点去了”。现在，眼前的威灵顿正在兴奋地边擦那副旧马鞍，边回头喊另一个佣人看好所罗门。我算着账目，很高兴没有被第一次有女人在同一屋檐下过夜所触动。自从将我的保姆撵走之后，再没有别的女人来过。此时我又想起她对我的方式，当我几乎都要睡着了的时候，她那句“菲利普，回去睡觉了”，就像二十多年前保姆说的一样。

中午，佣人们都来了，还有那些在户外工作的人，在马厩里、树林里、花园里工作的人都来了，我给他们发了工资，可我注意到那位园丁头塔姆林没来，我问是怎么回事，有人告诉我说，他和“太太”在园子里什么地方。我没工夫顾及此事，给其余的人发完工钱就打发他们走了。有一种本能告诉我该在什么地方找塔姆林和我的表姐瑞秋，果然不错，他们就在那片热土地上，那儿有安布鲁斯外出旅游时带回来的山茶花、夹竹桃和一些别的小树。

我从来都不是园艺专家——一直把园子留给塔姆林照管——当我绕过拐角向他们走过去的时候，我听到她在讲怎么修剪、怎么垫土、海水的影响、施肥等等，塔姆林手里拿着帽子专心听她讲解。他的眼里露出一种和斯考比、威灵顿一样的崇敬神情。她一见到我便站起来，对我微笑着。当时她正跪在一块粗麻布上面，观察一棵小树的根部。

“我十点半就出来了，”她说，“本想征得你同意，可找不到你，然后我就很唐突地自己去找塔姆林，向他作了自我介绍。是这样吧，塔姆林？”她解释道。

“是这样的，夫人。”塔姆林说话时，眼里露出一种很不好意思的神色。

“对了，菲利普，”她继续说，“我已经把过去两年中我和安布鲁斯收集到的树木、花草都带到普利茅斯了，我没法装在马车上带来，只有随后由运输车运来了。我这儿有一张花草名称的单子，还有安布鲁斯安置它们的意见，我想向塔姆林交代一下，可以节省一点时间，因为运输车到的时候我可能已经走了。”

“没关系，你们两个在这方面比我懂得多，继续说吧。”

“我们已经说完了，对吧，塔姆林？”她说，“顺便替我谢谢塔姆林夫人那杯茶，并且告诉她，我很希望她的嗓子痛晚上能好转。桉树油是治那种病的好药，我会给她送点过来。”

“谢谢您，夫人。”塔姆林说道（我是第一次听说他夫人嗓子痛），然后看着我，胆怯地说道，“菲利普先生，今早上我学了不少东西，这我以前可从没想到会从女士那儿学来，我一向以为我熟悉自己的工作，可艾什利夫人在园艺方面知道得更多，或许在这方面她永远比我强，她使我觉得自己很无知。”

“言过其实了，塔姆林，”她说，“我只不过有一点花木方面的知识，如果要说到水果的话——我可一点都不懂怎么样种桃子。别忘了，你还没带我去花园呢，明天你得带我去。”

“随时效劳，夫人。”塔姆林答道，她向他说了声再见，我们就回屋去了。

“如果你是十点钟就出去的，现在或许需要休息一下，我叫威灵顿不要给马上鞍了。”

“休息？”她说，“谁说要休息了？整个上午我都在盼着骑马呢。看，太阳也出来了，你说过天会晴的。是你带我出去还是威灵顿到我去？”

“我带你出去，但我得提醒你，你能教塔姆林一些茶花方面的知识，可不一定能做我的事，也不会耕作。”

“我能把大麦和燕麦分开，你感到吃惊吗？”

“一点也不，况且你已无法在田野里看到它们的影踪，都已经收掉了。”我说道。

回到家，我发现斯考比已在餐厅里摆上了午餐，有肉和色拉，还有馅饼、布丁等，就像在等候我们用餐，表姐瞥了我一眼，她的表情肃然，可眼神里含着嘲笑。

“你还年轻，还在长身体，吃点会对你有好处。口袋里装块馅饼，咱们去西山的路上我会向你要的。我上楼换套适合骑马的衣服。”

我一边将冷肉塞进嘴里大嚼，一边想，至少她没等着让人侍候，也不是很挑剔，她有一种独立性，像是有点男性化。唯一感到恼火的就是我对她的态度，我尽量尖刻一些，她却善意地理解，很欣赏我的态度，我的有意讽刺反被理解为谐谑。

我刚吃完，所罗门就牵到门口了，这匹强壮的老马，被着实梳理了一番，连蹄子也被擦得明亮无比，吉普西可从来未受过这样的待遇。两只小狗在围着马蹄蹦跳。多恩无动于衷地看着它们，它奔跑的日子正如它的老朋友所罗门一样已经结束了。

我去通知斯考比，说我们要到四点多才能回来。等我再回到房子前的时候，表姐瑞秋已经下楼骑在所罗门背上了，威灵顿正在帮她调整马镫。她换了一套长裙，看上去做得比另外那件宽松得多。没有戴帽子，而是用黑色的长围巾把头发包了起来。她正和威灵顿说话，侧对着我，不知什么原因，我想起了她前一天晚上说起安布鲁斯取笑她有些古罗马的味道，我觉得现在能明白他的意思了，她的体形就像罗马硬币上面印的那种样子，线条分明，玲珑剔透。现在她把头用黑色的长围巾包起来，又使我想起了在佛罗伦萨那所教堂里看到的那些女人，有的跪在那里，有的在寂静的门廊悄悄走动。当她骑在所罗门背上的时候，你想象不出她站在地上的小模样。我一直认为这个女人很平常，除了那双手，那善变的眼睛和偶尔说话时带着的笑声，没什么不寻常之处。此时骑在马上，她看上去却是那么的不同，似乎很遥远，很缥缈，更像一个意大利人。

她听到我的脚步声便转过身来，那种她静止时展现的缥缈和外国人的神态一下子消失了，看上去又和以前一样了。

“准备好了吗？”我问，“怕不怕摔下来？”

“我已经完全把自己交给你和所罗门了。”她回答道。

“那好，咱们出发。威灵顿，我们出去转两个来小时。”然后我就牵着马和她一起去游览巴通田野风光。

前一天的风已带着雨吹到内地去了，中午时分，阳光破云而出，天空明净如洗，空气散发着一丝咸味，给旅行的人增添了一种趣味，海湾那边还传来阵阵海水拍击岩石的涛声。每年秋天，天气常常如此，带着夏日的余温，蕴含着即将来临的凉意，这种天气有一种不属于任何季节的清新。

我们的行程十分奇特。先去参观巴通农庄，比利·洛威和他妻子邀请我们到他们家去吃蛋糕和奶酪，我极力阻止，最后只得答应他们星期一早上再去，否则简直没法带所罗门和瑞秋表姐走过那里的牛棚和垃圾堆，然后穿过一道暗门，来到西山边收割过的麦地里。

巴通农场形如半岛，灯塔地呈尖形，一直通向大海，东西两侧形成两个海湾。我告诉她，庄稼已经收割，带着所罗门去哪里都行，反正不会践踏庄稼。巴通农场的大部分地区都是牧场，要游个遍的话，就得从海边走到灯塔地，从那里往回看可以将整个农场一览无余。西边是长长的沙湾，东边是三英里长的三角湾，那幢房子——斯考比常常称作大厦的屋子——在整个巴通农庄，像是被一只大盘子托着。安布鲁斯和菲利普伯父种的树都已是郁郁葱葱，掩映着房子。向北有条新建的林荫大道绕过树林，上了斜坡，一直通到四路相交的十字路口。

想起表姐前一天晚上的那些话，我便想考考她巴通农场的一些地名，可总是难不倒她，她对一切都很熟悉，当提到各个地方的海滩、未耕地和庄园的其他农场时，她都记得一字不差。她甚至知道佃户们的名字，他们家里有多少人，斯考比的侄子住在海滩上的渔房里，他的弟弟有磨坊等，她并没有向我炫耀她了解这么多，完全是我受好奇心驱使，不断让她说的。她说起那些名字，说到那些人时，显得十分自然，而且渴望了解的心理，真令我纳闷。

“你知道我和安布鲁斯谈到了什么？”她最后对我说道，此时我们已经从灯塔山坡走到了东边的田地，“他的家庭是他的精神寄托，也是我的寄托，你难道不希望有个妻子和你一样吗？”

“我说不准会不会有妻子，”我答道，“我总觉得你整个一生都生活在欧洲，你的兴趣应当与此大有不同。”

“在遇到安布鲁斯以前是有所不同。”

“我想，园艺除外。”

“是的，园艺除外，”她附和道，“这也是一切的起因，安布鲁斯大概已经对你说过了吧。我别墅里的花园非常漂亮，可这里的——”她勒住所罗门，我手抓着缰绳站在旁边，“这里的一切才是我一直想见的，不一样。”她沉默了一会儿，眼睛望着海湾，“在别墅里，”她又接着说，“我年轻时第一次结婚——我指的不是和安布鲁斯——我的心情不太好，于是就设计花园以驱散心头的不快，我重新种了花，修筑石阶路。边向别人请教，边关起门来读书，结果十分如人意，至少我是这样认为的，别人也这样对我说，我想知道你怎么想？”

我抬头看了看她，她面朝着海湾，没有意识到我在看她。她什么意思？难道教父没有在信中告诉她我曾去过别墅？

突然，一种疑虑涌上心头，我想起她前一天晚上的表现，除了刚见面时有点紧张之外，谈话时一直神态自若，为此我在用早餐时仔细推敲过，以为那一方面是出于她的社交意识，另一方面是我喝了点白兰地，相比之下显得有些笨拙而已。现在我却突然觉得有些蹊跷，她昨晚为何不问及我的佛罗伦萨之行，为什么不问我怎么获悉安布鲁斯死讯的，会不会是教父在信中隐瞒了此事而留给我向她说明？我心中暗责教父是个老混蛋、胆小鬼。可如今要我说出口时，发现我自己才是个胆小鬼。昨晚上，在我喝了酒的时候说就好了。现在呢，现在就没那么容易出口了，她或许会疑惑我为什么不早说，现在当然是个机会，是机会对她说“我曾见过桑格莱提别墅的花园，你不知道吗？”而她这时已向所罗门示意了一下，向前走去。

“我们能经过磨坊，穿过树林到另一边去吗？”她问。

我失去了机会，只好一起向家的方向走回去。穿过树林的时候，她不时地就一些树、小山的位置，别的一些景色说上几句，可我心中已经没有了下午那种轻松的感觉，不知怎么，我感觉该告诉她我去过佛罗伦萨的事，如果我不告诉她，她会从斯考比口中得知，或者星期天，教父过来吃饭时，从他口中获知。当我们离房子越来越近的时候，我的话也越来越少。

“我把你累坏了，你看我骑在马上像个女皇，而你一直步行像个苦行僧，请你原谅我，菲利普，我今天太开心了，你永远无法想象我有多么开心。”

“不，我不累，”我说，“我、我非常高兴你能够这么快乐。”无论如何，我不敢正视她那双坦然的、带有疑问的眼睛。

威灵顿等在门前，扶她下马。她上楼稍作休息，再更衣就餐。我坐在书房抽烟，绞尽脑汁地想，如何告诉她自己去过佛罗伦萨的事。最令人气愤的是教父没提这事，如果教父在信中提到过，那么就该由她聊起这个话题，我只需轻轻松松等她问就是了。事到如今，我得先主动，如果她是我一直想象的那种女人倒也罢了，可上帝啊，她完全不是那么回事，这就把我的计划搅得一塌糊涂。

我洗完手，换了衣服到餐厅去就餐，随手将安布鲁斯最后给我写的两封信装在口袋里。我走进客厅，本想能看到她坐在那儿，里面却空无一人。斯考比正好经过大厅，他说："夫人去了书房。"

现在她没有骑在所罗门背上，不再高高在上，加上包裹头发的长围巾已取掉，头发已梳得很平整，看起来比先前更弱小，更无助。在烛光的映衬下，脸色更苍白，相形之下，身上的黑色丧服更黑了。

"你不介意我坐在这儿吧？白天的时候感觉客厅特别好，可到了晚上，不知怎么，拉上窗帘，点起蜡烛，这房间似乎是最好的。况且，你和安布鲁斯以前总是一起坐在这儿。"她说。

现在或许是机会，该对她说"是的，我们别墅里可没这个"。我没有说，那几只狗闯了进来，又岔开了。晚饭后，我暗自想，晚餐后应当是个机会，我可不能再喝葡萄酒、白兰地之类的东西了。

就餐时，斯考比让她坐在我的右侧，他和约翰站在旁边侍候。她对那玫瑰花罐和烛台大加赞赏，斯考比上菜的过程中，她不时对他发表一些看法，我则十分紧张，唯恐斯考比说"夫人，这个，或者那个，是菲利普先生去意大利的时候弄的"。

我迫不及待地赶紧吃完晚饭，那样就可以剩我们两个人，尽管那也意味着要我面对难题，可总比现在好。我们坐在书房的火炉前，她拿出一些刺绣活做，我望着她灵巧的小手，深感惊奇。

"告诉我，你有什么心事，"过了一会儿她问，"不要说你没有，我清楚你没说真话，安布鲁斯曾说我有一种动物般的直觉，能察觉心事。今天晚上，我就感觉你有心事，实际上下午就有了，我说的话没让你伤感吧？”

好了，现在可以开始了，至少她给我开了个很好的头。

“你没说什么过分的话伤我，只是你随口说的一句话有点把我搞糊涂了，你能否告诉我尼克·肯达尔寄到普利茅斯的信中说了些什么吗？”

“当然可以，怎么了？”她说，“他感谢我给他写信，说你们俩已获悉安布鲁斯的死讯，说瑞纳提先生给他写了封信，并寄了死亡证明书和其他一些文件复印件，说你邀请我先到此暂住，再想以后怎么办。他还很客气地建议我离开这里以后要去派林。”

“他就说了这些？”

“是的，他的信很简单。”

“他对我曾离家出去的事只字未提？”

“没有。”

“我明白了。”我感到全身发热，她则静静地坐在那儿，继续做刺绣品。

于是我说：“教父说得不错，他和佣人们是从瑞纳提先生那里得知安布鲁斯死亡的消息的，但我不是，我是在佛罗伦萨，在你的别墅里，从你的仆人那里知道的。”

她抬起头看着我，眼里没有眼泪，也没有先前那种暗笑的影子，她的目光长时间盯着我，寻找着什么。从她的目光中，我似乎既看到了怜悯也看到了责备。

10

“你去佛罗伦萨了？”她说，“什么时候？多久以前的事？”

“大约三周前，”我回答道，“我去了那儿，回来时经过法国，在佛罗伦萨我只待了一个晚上，八月十五的晚上。”

“八月十五日？”我听得出她的声音有些变调，搜寻的目光说明她在回忆，“我是前一天才去热那亚的呀，这是不可能的事。”

“不但可能而且确实，”我说，“的确是这么回事。”

她手中的刺绣品落在地上，眼神中再次流露出那种奇怪的、近乎忧虑的目光。

“为什么你不早告诉我？”她埋怨道，“为什么我在这里待二十四小时了，你都对此事只字未提？昨天晚上，昨天晚上你就该告诉我的。”

“我以为你知道了，我让我的教父给你写信时提到这个。不管怎么说，事已至此，你现在总算知道了。”

有些胆怯的我希望此事能就此平息，希望她捡起绣品继续刺绣，但事情并不如我所愿。

“你去了别墅，”她仿佛在自言自语，“吉斯普一定让你进去了。他把门打开，看到你站在门口，接着，他会想……”她突然中断了，眼中掠过一丝迷雾，目光从我身上移到炉火上。

“我要你告诉我经过，菲利普。”她求道。

我把手伸进口袋，摸了摸里面的信。

“我曾经有好长时间没收到安布鲁斯的信，”我说，“从复活节或是降灵节起——我记不清确切的日期了，不过他的来信都存放在楼上。那时我越来越心焦，又过了好几周，我有些担心。后来，在七月份收到他的一封来信，只有一页。字很潦草，完全不像他自己写的，我把信拿给教父尼克·肯达尔看，他同意我马上去佛罗伦萨，一两天后我就去了，我要走的时候他又来了一封信，只有几句话。这两封信现在都在我口袋里，你想看吗？”

她没有马上回答，目光从炉火再次移到我身上，眼睛里透着某种逐渐逼近的压力，但既不是咄咄逼人的神情，也不是发号施令的气势，只是一种莫名的深邃，一种莫名的柔弱，仿佛她可以看出我不愿拿出来的心态，也知道其中的原因，所以鼓励我继续往下说。

“现在不想看，”她说，“以后吧。”

我不再凝视她的双眼，而是将目光下移到她的手上。她那小巧玲珑的双手紧握于胸前，一动不动。不知怎么搞的，我感到自己如果不直视她的眼睛，看着她的双手，说话会轻松很多。

“我到了佛罗伦萨，”我继续说，“乘了一辆马车去你的别墅。一个女佣开了门，我要求见安布鲁斯。她似乎有些吃惊，便去喊她丈夫出来，他来了，并且告诉我安布鲁斯已经死了，你也已离开了。他带我去看别墅，我看到了他临终的房间。就在我刚要走的时候，那位女佣人打开了一个箱子，把安布鲁斯的帽子交给我，那是唯一一件你忘了带走的东西。”

我停下不说了，继续望着她的手。她的右指在抚摸左手上的戒指。我注意到她把戒指捏得很紧。

“继续说。”她说。

“我回到佛罗伦萨市区，”我说，“那位佣人给了我瑞纳提先生的地址，我便去拜访他。他刚看到我时极为惊讶，但马上镇静下来，给我讲了安布鲁斯患病和死亡时的详细情况，并给了我一张写给守墓人的条子，如果我想去新教徒墓地可以用得上。可我没去，我询问你的下落，他说不知道。就这些，第二天我便踏上了归程。”

接下来又是沉默。她的手指松开捏着的戒指。“我能看看那些信吗？”她问道。

我从口袋中掏出信交给她，转头看炉火，我听到了她拆信时的窸窣声，接着是长时间的静默。然后听见她说：“就这两封信吗？”

“只有这两封。”我答道。

“你刚才说，复活节或降灵节后一直没来信，这两封信之前一直没信。”

“是的，一直没信。”

她一定把信读了一遍又一遍，像我一样把那信的内容一字不漏地背下，最后把信还给了我。

“你一定非常恨我吧！”她缓缓地说。

我惊讶地抬起头来，当我们相互注视的时候，我仿佛觉得她现在知道了我有过的一切想法，她看到了这几个月来我心里所勾画的一张又一张女人的脸。否认已毫无意义，抗议也显得荒谬，屏障已被拆除。这真是一种奇怪的感觉，仿佛我正一丝不挂地坐在椅子上。

“是的。”我说。

一旦说出来，就轻松多了。我暗自想到，或许这便是一个天主教徒忏悔的感觉，被洗涤净化的意义所在。负担卸了下来，内心反而觉得空寂。

“你为什么还要邀请我到这儿来？”她问道。

“为了谴责你。”我回答。

“谴责我什么？”

“我说不清，或许是谴责你让他伤心绝望，这等于谋杀，不是吗？”

“还有呢？”

“我还没想好。我最大的愿望就是让你痛苦，看着你受痛苦的折磨，然后，就让你离开。”

“这未免太宽宏大量了，叫我如何担待得起。不过你已经成功了，你已得到了你想要的东西。继续看着我痛苦吧，直到你满足为止。”

她看着我，眼里开始发生变化，脸色煞白，好一阵没有表情。即使我一脚把这张脸踩成粉末，那对眼睛也会依然存在，里面的泪珠永不会滚落脸颊，不会掉落。

我站起来，走到一边。

“这没用，”我说，“安布鲁斯总说我是不中用的士兵，我不会残忍地杀人，请到楼上或别的地方去，别再待在这里。我母亲在我记事以前就去世了，我从没见过女人哭。”我为她打开门，但她仍坐在火炉旁，一动也不动。

“到楼上去，瑞秋表姐。”我说。

我不知道自己说话的声音是过高呢，还是有些刺耳，正躺在地上的老多恩抬起头来看我，使我不由得注意到它那聪明的样子。它站起来伸了伸腰，张开嘴像是在打哈欠，然后又走过去将头靠在火炉旁她的脚上。她动了动，把手伸过去摸了摸它的头，我关好门又回到炉边，拿起那两封信丢进火里。

“这样做同样是没用的，”她说，“因为我俩都记住了信的内容。”

“我会忘掉的，”我说，“如果你也愿意忘掉的话，火能消除一切，什么也留不下，火灰是没什么意义的。”

“如果你年纪再大点，”她说，“如果你过的是另一种生活，如果你不是你，而是别的什么人，也没有爱他如此之深，那么我会和你谈谈这两封信的事，也可说是安布鲁斯本人的事。然而我现在不愿这么做，我宁愿让你来指责我，从长远来看，你这样做对我俩都有好处，如果你不介意，我想待到星期一之后再走，从那以后，你再用不着为我费神了。尽管有悖你的意思，但昨晚和今天我都很开心。祝福你，菲利普。”

我拨了拨火，余烬落了下去。

“我没责怪你，”我说，“事情根本没按我的想象发展，我无法憎恨一个不存在的女人。”

“可我的确存在。”

“你不是我所憎恨的那个女人，就这么简单。”

她继续抚摸多恩的头，多恩抬起头靠在她膝上。

“你大脑里这个女人的形象，是你在读信时才形成的，还是在那之前就有了？”她问道。

我想了一会儿，然后把想说的话一下子全抖落了出来，为什么要把这些事深埋心底呢？

“在那之前，”我慢慢地说，“从某种意义上，我收到信后倒解脱了，这些信给了我憎恨你的理由。在那之前，我没有任何理由恨你，便感到很羞愧。”

“你为什么会感到羞愧？”

“因为我相信没有别的东西能像嫉妒一样具有自我毁灭性，没有别的情绪能像嫉妒一样可鄙。”

“你嫉妒……”

“是的。真奇怪，现在竟可以说出口了。自从他来信告诉我他结婚时起，我就开始嫉妒。也许在那以前就有了某种潜在的情绪，只是我不太清楚。人人都很高兴，可我总是做不到。你听后肯定会觉得我的嫉妒太感情用事了，甚至有些荒唐可笑，或许我就一直是这个样子，像个宠坏了的孩子，问题是除了安布鲁斯之外，我再不认识其他人，也没爱过其他人。”

我在尽情抒发自己的思想，全然不顾她怎么看待我。我只想把以前自己都不敢承认的事全都说出来。

“这难道不也是他所面对的问题吗？”她反问道。

“此话怎讲？”

她的手从多恩的头上拿开，胳膊肘支在膝盖上，双手托着下巴，双目注视着炉火。

“你才二十四岁，菲利普，”她说，“你人生的路才开始，会有很美好的前程。毫无疑问你会娶个你所钟爱的妻子，还会有子女，你对安布鲁斯的爱将永不磨灭，但此爱定会终有所属，是一种儿子对父亲般的爱。然后对他来说，就不一样了，他婚结得太晚了。”

我单膝跪在火炉前点燃了烟斗。我没请求她的许可，我知道她不会介意。

“为什么太晚了？”我问道。

“他两年前去佛罗伦萨时是四十三岁。”她说，“我那时是第一次见到他。你熟悉他的容貌，他的言语，他的风度，他的笑容。从婴儿时起，这一切便成了你生命的构成部分，但你不会明白，他在一个生活并不幸福却对男人有不同看法的女人身上产生的效应。”

我没有表态，但我明白了她的意思。

“我不知道他为什么会注意到我，但他确实注意到了我，”她说，“有些事永远无法说得清，但往往确确实实发生了。为什么这个男子会爱上那个女子？我们血液中哪一种奇特的化合物使得我们相互吸引，谁能说清楚？对我这样一个孤独、焦虑、经历过太多感情挫折的幸存者来说，他无疑是一位救世主，或是一个祈祷者所获得的恩赐。他身体强壮，柔情似水，又绝不自高自大，我以前从未见过这种人，这真是意想不到的事。我知道他对我意味着什么。但是我对他……”

她突然住了口，眉头紧皱，凝望着炉火，手指又一次抚弄戴在左手上的戒指。

“他就像一个从睡梦中惊醒之后一下子发现了整个世界的人，”她说，“他发现了世界上所有的美丽以及不幸，如饥似渴。所有他以前不曾想过、不曾知道的事物都在他眼前展现，并放大到一个人身上，这个人碰巧，或者说命里注定——随你怎么认为，正好是我。瑞纳提——他所憎恶的人，大概和你一样反感的人——曾对我说安布鲁斯结识我正如有些人结识某种宗教一样。他以同样的方式深陷其中。可是一个笃信宗教的人可以走进修道院整天在祭坛上面对圣母玛利亚祷告，不管怎么样，圣母是泥做的，不会因人的祷告而有任何变化。女人可不是这样，菲利普，她们的心情每日每夜，有时甚至每时每刻都有变化，正如男人们一样。总之我们是人，这是我们的弱点。”

我不能明白她想通过宗教说明什么。我只能想到圣布拉泽的老伊萨，成为卫理公会信徒后光着头穿街走巷到处传教。他信仰上帝耶和华，说在上帝眼里他和我们所有人都是痛苦的罪人，所以我们必须去叩响新耶路撒冷的大门。不知道这些事怎么会和安布鲁斯联系在一起。当然，天主教徒就不一样了。她肯定是说安布鲁斯把她看成“十戒”中的偶像了。你用不着对他们鞠躬，也用不着朝拜。

“你是说，他对你期望很高，在某种程度上把你当作偶像崇拜吗？”我问道。

“不是的。”她回答，“我经历过如此艰辛的一生，倒真希望自己成为一座神像，神像上的光环是个好东西，只要你不时将它取下来，偶尔做做人。”

“然后呢？”

她突然显得很疲惫，叹息着，双手垂向两侧，后仰在椅子里，头靠在垫子上，双目紧闭。

“寻求宗教并不总能使人得到长进。”她说，“安布鲁斯醒来后发现了世界，但他并没有自救，他的性格变了。”

她的声音听上去很疲乏，平淡得有些奇怪。也许如果说我刚才想在忏悔室里忏悔过，那么她的腔调也像是在忏悔室讲话。她躺在靠椅里，双手摁住两只眼睛。

“变了？”我惊讶地问，“他性格怎么会变？”

我感到内心有种奇怪的惊吓，就像一个孩子突然听到死亡、邪恶或是残暴之类的事时所产生的惊吓一样。

“医生们后来告诉我说，那是他的病造成的，”她回答，“所以才无法自控。他生命中潜伏的一些东西最终以痛苦和恐惧的方式展现了出来，但我永远无法肯定他们说的话，不敢认定一切就非得这样发生。是我身上的某些东西引发出了他潜在的因素，发现我只会使他获得片刻狂喜，他马上就会感到失望泄气。你憎恨我是对的，如果他没去意大利，这会儿肯定还和你生活在一起，绝不会死的。”

我深感羞愧，局促不安，不知道怎么说才对。“在这里他同样会生病的，”我仿佛是在安慰她，“那样的话，承受压力的人就是我，而不是你了。”

她的手从脸上放下来，静静地看着我，脸上露出一丝笑容。

“他那么爱你，”她说，“仿佛你是他儿子，他为你感到自豪，总是说我的菲利普会这么做，我的孩子会那么做。噢！菲利普，如果这一年半以来你一直在嫉妒我，我想我们现在该扯平了，上帝可以作证，如果没有你的存在，我会好很多。”

我回头看着她，也慢慢笑了。

“你也在脑子里想象我的样子吗？”我问她。

“我从没停止过，”她答道，“那个宠坏了的孩子，我总是这样想，一直写信给他，而他只给我读信的大概内容，从不给我看。那是个十全十美丝毫没有缺点的孩子；那个孩子能理解他，我却不行；那个孩子占去了他心中四分之三的最佳位置，而我仅占了四分之一，且不是好位置。啊，菲利普……”她停止不说了，再次对我微笑。“天啊，”她继续说，“你说到了嫉妒，男人的嫉妒就像孩子的一样，是短暂而滑稽的，没什么深度，而女人的嫉妒则完全是成熟型的，迥然不同。”她把垫子从头后面抽出来拍了拍，又整了整长裙，然后从椅子上坐直身子，“我觉得今晚对你说得够多了。”她弯下身去，拾起了掉在地上的那块刺绣品。

“我不累，”我说，“时间长点，再长点都没关系，我可以不说话只听你讲。”

“我们还有明天一天时间。”她说。

“为什么只有明天一天时间？”

“因为我星期一要走。我来这里只是度个周末，你教父，尼克·肯达尔已邀请我去派林。”

她这么快换地方，我觉得荒谬且无意义。

“你没必要急着去那儿，”我说，“你才刚到这里，有足够的时间去参观派林，这里你才看了一半，我不知道那些佣人和其他当地人会怎么想，他们可能会很气恼。”

“是吗？”她问道。

“此外，”我说，“普利茅斯来的运输马车把所有的花木与插枝送到这里，你还得和塔姆林安排此事。另外还有一些安布鲁斯的东西要整理。”

“我想你一个人完全可以处理这些事。”

“本来可以两人一起办的事，为何要留给我一个人处理？”

我站起身伸了伸胳膊，然后又踢了一脚趴在地上的多恩。

“起来。”我喊道，“别打鼾了，和你的同伴一块儿回到狗舍去吧。”它动了动，发出呼呼的叫声。“懒家伙。”我又说了一句，瞥了她一眼，她正用一种奇异的目光看我，仿佛在透过我，看我身后的另一个人。

“有事吗？”我问道。

“没什么，”她回答，“什么也没有。菲利普，你能帮我找支蜡烛吗？好让我回房睡觉。”

“好的，”我说，“随后我再把多恩带到它的狗舍去。”

蜡烛就在门旁的桌子上，她拿了一支，我帮她点燃。大厅里很暗，但是在上面的楼梯转弯处，斯考比留了一盏灯照亮过道。

“这就行了，”她说，“我可以自己走了。”

她在一阶楼梯上伫立了一会儿。她的脸隐在阴影中，一只手握着蜡烛，另一只手撩着衣服。

“你不再恨我了吗？”她问我。

“是的，”我回答，“我说过我恨的不是你，而是另一个女人。”

“你能肯定的确是另一个女人吗？”

“十分肯定。”

“那么晚安，祝你好梦。”

她转身要走，我抓住她的胳膊把她拽了回来。

“等一下，现在轮到我问你一个问题了。”

“什么问题，菲利普？”

“你还在嫉妒我吗，还是你原本嫉妒的就是别人，根本不是我？”

她笑着把手伸给我，因为她站得比我高，看上去仿佛有一种我以前从未发现的优雅。她的眼睛在摇曳的烛光里显得格外大。

“你是说那个讨厌的孩子吗？那个骄横呆板的孩子吗？”她说，“昨天你一走进波比姑妈的闺房，他就消失了。”

她突然弯下身，吻了吻我的脸颊。

“这对你来说是第一次吧，”她说，“如果你不喜欢，你可以认为不是我在吻你，而是别的女人。”

她离开我走上楼梯，墙上映出了她的身影，暗淡而模糊。

11

星期天一直都有严格的日程安排。早餐迟一些，九点钟才用。十点过一刻，马车会来接我和安布鲁斯到教堂去。佣人们则坐一辆小型运货马车尾随其后。礼拜结束后，佣人们回去吃正餐，时间也有些晚，约下午一点钟。然后下午四点钟，我们自己吃正餐，一同用餐的有牧师和帕斯科夫人，或许还会有他们一两个尚未出嫁的姑娘。此外，我的教父和露易丝往往也在场。自从安布鲁斯出国后，我就没乘过马车，而是骑吉普西到教堂去。我想是这种做法引起了一些人的闲言碎语，但不知究竟为何。

这个星期天，为了表示我对客人的尊重，我像以前那样命人叫了马车。瑞秋表姐在斯考比给她端上早餐时，由他协助做好了一切准备，十点钟准时来到大厅。自前一天晚上起，我就有一种畅快感。我边看着她边想，以后一定要告诉她我心里高兴的事。再没有什么能阻拦我，不再有忧虑，不再有反感，甚至都不必拘泥于礼节。

我先祝她有个愉快的上午，然后对她说："先提醒一句，教堂里所有的眼睛都会盯着你，甚至那些经常找借口睡懒觉的落后分子今天也会到场，他们会站在走廊里，也许还会踮起脚尖。"

“你吓唬我，”她说，“我干脆不去了。”

“那将有失体面，”我说，“你我都会不可原谅。”

她表情严肃地看着我。

“我不太清楚到教堂后该干什么，我生来就是个天主教徒。”

“别乱说，”我告诉她，“我怎么做，你也怎么做，就不会出错。”

马车停在了门前。威灵顿戴着挺括的帽子，打着很整齐的领结。旁边站着的马夫一本正经，俨然像只凸胸鸭。斯考比身着礼拜服装，领巾十分整洁，庄严地站在门口。这是一生中重要的时刻，千载难逢的时刻，历史性的时刻。

我扶着瑞秋表姐上了车，然后坐在她身旁。她肩上披着一块黑色的斗篷，帽檐垂下的面纱遮住了脸。

“人们非常想看你的脸。”我对她说。

“那就让他们想去吧。”她回答。

“你不明白，”我说，“他们以前从未经历过这种事，近三十年来从没有过。我想那些年纪大的人还记得我姑姑和我母亲，但对那些年轻人来说，他们从未见过艾什利家的夫人到过教堂。此外，你还得填补他们的无知，他们会议论，说你来自于所谓奇异的怪地方。他们可能觉得意大利人是黑色人种。”

“请你安静点好吗？”她悄声说，“威灵顿尽管坐在上面驾车，但我可以肯定，他能听见你说的话。”

“我无法安静。”我说，“这事十分重要。我可以想象谣言将如何传播，所有公民回去吃饭时都会一边摇头一边说，艾什利夫人是个黑妞。”

“我在教堂里下跪时会揭起面纱的，但在此前不行。”她说，“到那时他们想看就可以看了，但是按道理他们是不会看到的。他们的目光会集中在祈祷书上。”

“教堂长椅周围绕着一圈长台，上面挂着帷幕，”我告诉她，“一旦跪倒就没人能看见你。只要你愿意，甚至都可以玩弹珠。我小的时候常这么干。”

“你小时候，”她说，“不用说了，我知道得很清楚，在你三岁的时候安布鲁斯是如何解雇你的保姆的，后来他又是如何脱下你的裙子给你换上裤子的，还有你学习字母的令人难以置信的方式。你在教堂里玩弹珠，这我丝毫不感到意外，我惊奇的是你竟然没出大乱子。”

“出过一次，”我说，“我在口袋里装了几只小白鼠，不知怎么搞的，它们跑到座椅底下去了，还爬上后排一位老妇人的裙子，她因此而精神失常，不得不被带离教堂。”

“安布鲁斯没有因此而打你吗？”

“噢，没有。是他让耗子满地乱跑的。”

瑞秋表姐指了指威灵顿的后背，他的肩膀挺得很直，耳朵红红的。

“你今天得乖点，否则我会走出教堂。”她对我说。

“那样人人都会以为你也精神失常了。”我说，“我的教父和露易丝都会跑过来帮你，啊，该死……”我突然中断，惊恐地拍了下膝盖。

“怎么了？”

“我刚想起来，我答应过露易丝昨天去派林看她的。我把这事忘了，她可能一下午都在等我。”

“你真缺乏骑士风度，不像绅士。”瑞秋表姐说，“我希望她能好好冷落你一回。”

“说真话，这应该怪你。我会说是你要求我带你去逛巴通的。”

“如果我知道你要到别处去，就不会要求你了，你为什么不早告诉我？”

“因为我把这事忘得一干二净。”

“如果我是露易丝，”她说，“我会从坏的方面去想。对妇女来说，再没有比你这样的借口更拙劣的了。”

“露易丝不能算作妇女，”我说，“她比我还小呢。我从她穿裙子到处乱跑的时候就认识她了。”

“这无济于事。她仍然会这么考虑。”

“她不会计较此事，就餐时她会坐在我旁边，我会告诉她，她布置的花真好看。”

“什么花？”

“房间里的话，你闺房里的花，还有卧室的花。她特意驾车过来布置的。”

“她考虑得真周到。”

“她不放心让斯考比布置。”

“真是无可挑剔。她把花布置得色调柔和，品味高雅。我最喜欢闺房里壁炉上的那盆和窗户旁的秋季藏红花。”

“壁炉台上和窗户旁各有一盆吗？”我说，“我没有注意到。不过我会照样恭维她的，希望她别让我详细描述。”

我笑着看她，她那双眼睛也在面纱后面微笑看着我，但她却摇着头。

我们下了一座陡峭的小山，又转过了一段小道，终于来到村里的教堂。如我所料，围栏旁汇聚了好多人。他们当中的大多数我都认识，但也有一些出于好奇而来的陌生面孔。当马车到了门口我们下车时，人群有些紧张。我摘掉帽子，把胳膊伸向瑞秋表姐。我见过教父和露易丝这么做过很多次。我们在人群的注视下走向教堂门口。我还以为自己会像个傻子，完全失去自我，但结果却恰恰相反。我信心十足，十分骄傲，而且异常兴奋。我目不斜视直朝前走，我们走过时，男士们脱帽致意，女士们则行屈膝礼。我记不得当我一个人来教堂时，他们有没有对我如此礼貌过。的确，这是一个激动人心的时刻。

我们走进教堂时，钟声响起。那些已在长椅上就坐的人们都回头来看。男人们脚下一片沙沙的鞋声，女士群里则传来裙褶的沙沙声。我们走上过道，经过肯达尔坐的地方，走向我们自己的位置。我看了一眼教父，他浓眉紧蹙，一副思索的表情。毫无疑问，他在想我这四十八小时都做了什么，他有良好的修养，因此既不看她也不看我，露易丝坐在一旁，身子挺得很直，一副傲慢的神情。我想我惹她生气了。但当我退到一边，让瑞秋表姐先进席位的时候，好奇心在露易丝身上发挥了作用。她抬起头来瞧我的客人，然后又看着我，疑惑地皱起双眉。我假装没有看见，随后关上了我们席位的门。参加礼拜仪式的人们跪下来祈祷。

席位里有个女人在我旁边，使我有种奇异的感觉。我的思绪回到了童年时代安布鲁斯第一次带我来这里的时候。那时我只能站在脚蹬上才能越过前排的长椅向前张望，我学着安布鲁斯的样子，手里拿着祷文，但往往倒着拿。开始吟唱祷文时，我也会模仿他的声音，但不懂其中的意思。等我慢慢长高了，我就把帷幕拉向一边去看其他人，看牧师和吟唱团。后来，从哈罗回来度假时，我竟像安布鲁斯一样，两臂交叉后仰在长椅里，布道太长时我还会打盹。现在我已成年，教堂成了我思考问题的地方。非常抱歉，我不是反思我的过错，而是为了下一周的日程做规划，在想农场或林场有哪些活儿要干，对住在海湾渔棚里的斯考比的侄儿要嘱咐什么话，还有要记得给塔姆林吩咐的任务。我独自一人坐在我家偌大的席位上，没有任何东西干扰，也无人影响我的思绪，我习惯性地附和着，唱着赞美诗。但这个星期天就不同了，我时刻都意识到她在我身边。毫无疑问，她知道该怎么做，可能以前每个星期天都去英格兰式教堂做礼拜。她静静地坐着，目光一动不动地盯着牧师。她跪的时候会完全下跪，不像我和安布鲁斯以前那样，跪的时候仍半坐在凳子上，她也不东张西望，把裙褶弄得沙沙作响，不像帕斯科夫人和她的几个女儿，她们常从牧师瞧不见的内侧过道席位上东张西望。唱圣歌时，她撩起了面纱，我看见她的嘴在动，却听不清她唱的词，坐下来听讲道时她又把面纱放下。

我在想最后一位坐在艾什利家族席位上的女人，也许是思慕副牧师的波比姑妈，也许是我从没见过面的菲利普大伯的妻子、安布鲁斯的母亲。也许我父亲在和法国作战牺牲前也在这里坐过，还有我年轻又柔弱的母亲，安布鲁斯对我说过，她只比我父亲多活了五个月，我从没怎么想到需要他们，安布鲁斯弥补了他们两个人的爱。但是现在，看看瑞秋表姐，我想起了我母亲。她是否在我父亲席位旁的那个脚凳上跪过？是否背靠椅子，双手交叉放在腿上细听布道？事后，她是否驾车回家把我从摇篮里抱出来？随着帕斯科先生单调而低沉的声音，我在想象孩子躺在母亲怀里时是一种什么样的感觉。她是否抚摸我的头发，亲吻我的脸蛋，然后笑着把我放回摇篮？我突然希望自己能记起母亲的样子。为什么孩提时代经历的事现在会想不起来？我只记得自己是个小男孩的时候，摇摇晃晃跟在安布鲁斯的后面，喊他等等我，仅此而已，在此之前的事，我一概不知……

“现在让我们向圣父、圣子和圣灵致敬吧。”听到牧师的这句话我站起身，他的布道我一个字也没有听进去，也没有计划下周的工作安排，我只是坐在那儿，一边看着瑞秋表姐一边遐想。

我拿帽子时碰着了她的胳膊。“你做得相当不错，”我悄声说，“但你真正的考验还在后面。”

“谢谢。”她也悄声说，“你也一样，你必须为你的失约负责。”

我们走出教堂，一小群人在等着我们。有佃户、熟人、朋友，其中有牧师的妻子帕斯科夫人以及她的几个女儿，还有我的教父和露易丝，他们一个接一个地被引见，好像宫廷觐见一般，瑞秋表姐撩起了面纱，我暗自决定没人时一定要禁止她这么做。

当我们走向静候我们的马车时，为了不让我反驳，她当着众人的面说——我从她的目光和她说话时的语气看得出她是故意的——她说：“菲利普，你不想和肯达尔小姐一同乘坐你的马车吗？好让我和肯达尔先生同坐他的马车。”

“你要愿意的话，当然好了。”我说。

“这样安排皆大欢喜。”她说着，冲教父笑笑。

教父向她颔首，并把胳膊伸向她。他们一同走向肯达尔的马车，我和露易丝只好登上第一辆马车了。我觉得自己像个挨了一记耳光的小学生。威灵顿朝马抽了几鞭，我们上了回家的路。

“露易丝，我很抱歉。”我马上开口，“昨天下午我根本无法脱身。我表姐瑞秋想去看巴通田园，我就陪她去了。根本没时间通知你，否则我会让人给你捎个信的。”

“噢，别道歉，”她说，“我等了你两个小时，但这无所谓。幸好昨天天气很好。剩下的时间我摘了一篮子的野草莓。”

“真是不凑巧，”我说，“我实在很抱歉。”

“我猜想可能是这种事让你走不开，”她说，“但是谢天谢地，总算没有出大乱子。我知道在她的整个来访过程中你心中的滋味。我非常担心你会大动干戈，也许会有可怕的分歧，她会突然跑到我家门口。好了，怎么样？你们到目前为止真的没有冲突吗？把所有一切都讲给我听听。”

我把帽子往前压了压，交臂而坐。

“所有一切？你说‘所有一切’是什么意思？”

“就是每件事，你对她说了什么？她有何反应？她是对你的话表示吃惊呢，还是一点儿负罪感也没有？”

她声音很低，威灵顿听不见，然而尽管如此，我还是觉得心烦，丝毫没有情绪，她怎么会选择这样的时间和地点谈这样的事？而且她凭什么非得盘问我？

“我们几乎没有时间交谈。第一天晚上她很累很早就睡了。昨天一天到处参观。早上看花园，下午在巴通田园。”

“那你们没有认真谈过话？”

“这要看什么样的谈话才算认真了。我所知道的是她与我想象中的她判若两人，你可以自己去看，只须稍微瞥一眼就清楚了。”

露易丝沉默了，她没有像我这样后仰在马车座位里，而是身子挺直坐着，两手插在皮手筒里。

“她很漂亮。”她最后说。

我把腿从对面座位上放下来，转过身望着她。

“漂亮？”我惊讶地说，“我亲爱的露易丝，你一定是疯了。”

“噢，不，我没疯。”她回答，“问我父亲，问问任何一个人。你难道没有注意到她撩起面纱时人们惊讶的目光吗？只是因为你对女人向来不屑一顾才没有注意到。”

“我生平从未听过这种傻话，”我说，“也许她有双好看的眼睛，但除此之外就再平常不过了。是我遇到的最平常的人，我可以对她说任何话，谈任何事，在她面前我不必装模作样，世上最轻松的事莫过于在她面前点烟斗。”

“记得你刚才说你没时间和她交谈呀。”

“别这么抠字眼，我们吃饭的时候，出去参观的时候肯定说话的。只是这种谈话都很随便，不是很严肃，很认真的。”

“显而易见。”

“至于说她漂亮，我以后一定要告诉她，她肯定会发笑的。人们会惊讶地看着她是很自然的，那只是因为她是艾什利夫人。”

“那也是原因之一，但并不完全如此，不管她平常与否，她似乎给你的印象颇深，当然她已到中年。我敢说她足有三十五岁了吧？你认为呢？或者还要小一些？”

“我一点也不清楚，我也不去关心，露易丝，我对人们的年龄不感兴趣，要我想她也许九十九岁了。”

“别开玩笑了。九十九岁的女人不可能有她那样的眼睛，也没有她那样的面色容颜。她穿着讲究，长裙和外套裁剪得都挺合身，丧服并没有使她显得死气沉沉。”

“我的天，露易丝，你不会是帕斯科夫人吧。我以前从未想到这种闲言碎语的话会出自你口。”

“我也没见过你有如此热情，看来彼此彼此。两天来你变化很大啊，也好，有人可以放心了，就是我父亲。他担心一旦你们见面就会有流血冲突，现在看来，他的担心是多余的。”

谢天谢地，已经到了山前，这样我可以下马车和车夫一道步行到山上，这一向是我们的习惯，好让马轻松一点儿。露易丝的态度真是惊人，我表姐瑞秋的来访进展得如此顺利，这不但没让她放心，反而使她表现得很离谱，甚至简直就是很生气。我已很难对她表示友好。到了山顶后，我再次钻进马车坐在她旁边，一路上我们谁也没说话，真有些滑稽。她不愿打破沉默，可我也学她的样子就不该了。我禁不住想，去教堂的路上比回来时可愉快得多啊！

我很想知道第二辆马车里的那两个人是如何相处的，看上去好像很不错。我们下了马车，威灵顿把车赶过去给他们让路，我和露易丝站在门口等教父和瑞秋表姐，他们像老朋友一样，谈得很投机，教父向来寡言少语不善言谈的，这会儿他用少见的热情紧紧抓住某个话题不放，听见他谈“可耻”和“国家并不代表它”，我立刻知道他又进入一向热衷的话题——执政党与反对党了。我暗自想他肯定没有下车步行上山，没让马轻松一会儿。

“你们一路很愉快吧？”瑞秋表姐审视着我的目光问道，她的嘴唇有些颤抖，她一定从我们紧绷的脸上看出我们一路是怎么回事。

“是的，谢谢。”露易丝边回答，边往后站了站，礼貌地让她先行，但是瑞秋表姐拉住她的胳膊说：“跟我去我房间，把你的外衣和帽子脱掉，我要感谢你布置了那么好看的花。”

教父和我刚洗完手，相互问候了一下，帕斯科一家人就到了，我只好陪同牧师和他的姑娘们到花园去。牧师心肠很好，但是这些姑娘，真是不该带她们进花园来。牧师的妻子帕斯科夫人，已经像猎犬追逐猎物一般冲上楼去找那两位女士了，她从未见过这个蓝色房间收拾得如此干净。这些姑娘们在大声赞扬瑞秋表姐，像露易丝一样承认她美丽漂亮。我笑着说她个子小，很普通，她们便发出抗议的尖叫声。“并不普通，”帕斯科先生用他的拐杖敲打着一朵绣球花说，“当然并不普通，也不像这些姑娘们说的漂亮，而应该说是具有女人味，可以肯定地说，她女人味十足。”

“但是，爸爸，”一个姑娘说，“你想象艾什利夫人就应该是这样吗？”

“亲爱的，”牧师说，“你一定会吃惊地发现，有很多女人缺乏她那种气质。”

我一下想起了帕斯科夫人那马一般的脑袋，马上给他们指点安布鲁斯生前从埃及带来的那株小棕榈，这株棕榈他们以前多次欣赏过，但我以为我又巧妙地转变了话题。

当我们回到屋内，走进客厅时，帕斯科夫人正在大声地对瑞秋表姐讲她们家的园丁如何引诱厨房女仆怀孕的事。

“我真不明白，艾什利夫人，他们哪有地方？她和我的厨师同住一室，而且就我们所知，她从不离开房子。”

“会不会是在地下室？”瑞秋表姐问道。

我们一进去，谈话声便戛然而止，自从两年前安布鲁斯离家以后，从没有哪个星期天过得像今天这般快。即使他在家时，也有几次过得很慢。他不喜欢帕斯科夫人，对她的姑娘们也漠不关心，他之所以能容忍露易丝，是因为她父亲是他交往最深的朋友。他总是设法让牧师和我教父来陪他，这样我们四人倒也轻松。只要有女客来访便有度日如年的感觉，今天却大有不同。

肉食品端上了桌子，银质餐具亮光闪闪，摆在我们面前，简直就像正式宴会。我坐在桌子一端安布鲁斯过去常坐的地方，表姐瑞秋坐在另一端，帕斯科夫人坐在我旁边，生平第一次她没让我看着就生气，四分之三的时间里，她询问似的大脸总是转向桌子的另一端，她边吃边笑，忘乎所以甚至对她丈夫龇牙咧嘴。牧师则生平第一次沉不住气，满脸通红，两眼冒火，开始引用诗文，帕斯科一家人兴奋得像盛开的玫瑰。我教父也从没像今天这样高兴过。

只有露易丝一言不发，一副心不在焉的样子，我尽力想缓和一下，但她毫无反应，或者根本就不愿有所反应。她僵硬地坐在我左侧，很少吃东西，手里一直摆弄着面包屑，面部表情生硬得像是咽下了一粒石子。如果她想生闷气，就让她生去吧！我没想很多，不愿跟她烦。我弓身坐在椅子里，胳膊搭着椅子扶手，笑着看瑞秋表姐，她正一个劲儿鼓动牧师继续背诗文。我暗自想着，这是我曾参加和享用过的最奇异的一次午餐。要是安布鲁斯也能坐在这儿，和我们一起就餐，那就真是高兴死了。当我们吃完甜点，葡萄酒被端上桌后，我不知道我该像往日一样起身去开门，还是得由我对面的女主人给些暗示。谈话一时中断，她突然看着我笑了，我也笑着看她。这一刻我们似乎心灵相通，的确很奇妙，一种以前从未有过的感觉遍布全身。

接下来我教父用低沉生硬的口气问道："艾什利夫人，是不是菲利普常使您想起安布鲁斯？"片刻的沉默，然后她把餐巾放回桌上说："是的，而且坐在这里用餐的时候，我就想，他们俩究竟有没有不一样的地方。"

她站起身来，别的女人也跟着站起来，我走过去打开门，等她们出去我又回到椅子上时，那种奇妙的感觉依然存在。

12

他们是六点钟左右离开的，因为牧师还得主持另一个教区的晚祷。我听见帕斯科夫人要求瑞秋表姐在本周内腾出一个下午给她，她们家的每个姑娘也都各有所求，一个想让她评价一幅水彩画，另一个想在一幅挂毯中织一套图案，却不知该用何种毛线，第三个每周四要给一位患病的妇人朗诵文章，这位妇人非常渴望见到瑞秋表姐，希望瑞秋能抽空陪陪她。“说真的，”我们穿过大厅往前门走时，帕斯科夫人说，“艾什利夫人，有好多人想结识你，我想你未来的四周内每天下午都可能有约。”

“她在派林也能这么做，”教父说，“我们住的地方更便于造访，比这里方便得多。我们非常希望一两天后她能与我们为伴。”

他瞅了瞅我，为了避免他们进一步纠缠，我赶紧搭话，回绝了他的邀请。

“这样不行，先生。”我说，“瑞秋表姐眼下要一直待在这里，在她接受外面的一切邀请之前，她要先看看所有的地产。我们明天先去巴通的茶园喝茶，别的农场也要得到相应的关照，如果她不按严格的程序去看望每家佃户，他们会对她产生极大的不满。”

露易丝睁大眼睛望着我，我未加理睬。

“噢，当然应该这样，”我教父说，语气中透着惊讶，“非常合理，非常得体，我本人也愿意替艾什利夫人带路，既然你愿意，就另当别论了，如果……”他转向瑞秋表姐继续说，“如果您在这里感觉有些不舒服——我知道菲利普会原谅我这样说，可是如您所知，这里已有好多年没招待过女士了，可能有些不方便——或者如果您想要个女伴的话，我想我女儿会很高兴接待您。”

“我的住宅里有间客房，”帕斯科夫人说，“如果你什么时候感觉孤独，艾什利夫人，请记住那间客房随时供你使用，我们将十分乐意和你在一起。”

“的确如此，的确如此。”牧师附和道，我猜想他是否又要说出一段诗文了。

“你们真是太好了，太客气了，”瑞秋表姐说，“等我在这里尽了心，我们再商量如何？我非常感激。”

又叽叽呱呱一阵说笑，啰啰唆唆告辞以后，大家才纷纷离去。

我们回到客厅，上帝知道，今晚过得多么愉快。但是我高兴的是他们终于走了，室内安静下来。她肯定也有同感，因为她站了一会儿，朝客厅四周看看说：“我喜欢聚会后房间里的安静，椅子不整，垫子乱放，一切都表明大家很开心。回到房间，聚会结束了，心里就很高兴，可以轻松地说，现在又只剩我们了。安布鲁斯过去在佛罗伦萨时常对我说，客人走后的那种清静的感觉，让人觉得招待客人虽很辛苦乏味，但却值得。他的话一点儿也不假。”

我看她抚平一把椅子的套布，又去整理垫子，便对她说：“你不必管那个，斯考比、约翰以及其他人明天会收拾的。”

“女人的本能。”她说，“别看着我，坐下抽烟吧，你玩得高兴吗？”

“高兴，”我侧卧在凳子上，“不知道为什么，以往我总觉得星期天很乏味，这是因为我不善与人交谈，今天我只需坐在椅子上由你替我说话。”

“这便是女人有用之处了，”她说，“这是她修养的一部分，如果谈话缺乏兴致，本能会告诉她们该怎么做。”

“是的，但是你表现得含而不露，帕斯科夫人可就不大一样了，她会不断地说呀说，听得人恨不得尖叫。以往的星期天，男士根本没机会说话，我想不通你今天是如何使这次聚会这么开心的。”

“那么就是说今天过得很愉快了？”

“对啊，我已经说过了。”

“那么你该赶快把你的露易丝娶过来，好有一个真正的女主人，不要仅留一只过路鸟。”

我直起身看着她，她正在镜前梳头。

“娶露易丝？”我说，“别开玩笑了，我不想和任何人结婚，她也不是‘我的’露易丝。”

“噢！”瑞秋表姐说，“我倒认为她是，至少你的教父让我感觉如此。”

她在一把椅子上坐下，做起刺绣来。这时小约翰进来拉窗帘，我没再说话，只是生闷气，教父有什么权利做出这种想当然的事？等约翰一走，我就问：“我教父是怎么说的？”

“我记不清了，总之，”她说，“我有印象，他认为这是不言而喻明摆着的事，从教堂回来时，他在马车里提到他女儿过来布置花的事，说像你这样一个在只有男人的家里长大的人，这种事实在太难为你了。你结婚越早，有个妻子照顾你，就越好。他说露易丝很了解你，你也很了解她。我希望你能为了昨天的失礼而道歉。”

“是的，我道过歉了，”我说，“但好像没什么用，我从没见露易丝情绪这么糟过。顺便说一下，她认为你很漂亮，帕斯科家的小姐们也是这么认为的。”

“多好听的恭维话。”

“但是牧师不这样认为。”

“多令人失望。”

“他发现你很有女人味，‘绝对’有女人味。”

“在哪方面？”

“我想在不同于帕斯科夫人的方面。”

她咯咯地笑着，从刺绣品上抬起头问：“你是如何区分的，菲利普？”

“区分什么？”

“我们女人味之间的区别，帕斯科夫人和我的。”

“嗯，鬼才知道，”我踢了一脚凳子腿，又说，“对这个问题我一无所知，我只知道喜欢看你而不喜欢看帕斯科夫人。”

“这是个简洁但令人满意的答复，谢谢你，菲利普。”

我本该对她的手发表相同的看法，我也喜欢看她的双手，而帕斯科夫人的手像两只煮熟的火腿。

“不管怎样，谈论露易丝毫无意义，”我说，“所以还是别谈她了，我从没考虑过让她做我的妻子，也没这种愿望。”

“可怜的露易丝。”

“真好笑，我教父怎么会有这种想法。”

“并非好笑，如果两个年龄相当的年轻人经常在一起，也喜欢在一起，旁观者很自然会想到婚嫁问题的。而且她长得很漂亮，又很能干，她一定会是你的好妻子的。”

“瑞秋表姐，你能不能不要说了？”

她再次抬头看我，笑了。

“还有一件事，你也不要再想了，就是那种无聊的做客。”我说，“什么住在牧师家里，什么住在派林，这屋子有什么不对劲吗？和我在一起有什么问题吗？”

“没有，目前为止还没有。”

“那么……”

“我会一直待到斯考比烦了为止。”

“斯考比无权干涉，”我说，“威灵顿和塔姆林也无权干涉，没有人能干涉。我是这里的主人，这事由我决定。”

“那我只好听你吩咐了，”她回答，“这也是女子修养的一部分。”

我看了她一眼，怀疑她是否在笑，然而她只是看着手里的活，我无法看见她的眼睛。

“明天，”我说，“我要按资历把那些佃户列个名单，在我家干活时间最长的将会最早受到接见，我们先照昨天安排的，从巴通开始，每天下午两点出发，直到把我家庄园里所有的人都见到为止。”

“好的，菲利普。”

“你没给帕斯科夫人和那些姑娘写个便条，解释你已另有安排。”

“我明天一早就写。”

“等我们拜访完自己人后，你每周得在家里待三个下午，我想应该是星期二、星期四和星期五，以备郡上有人来访。”

“你怎么知道星期几会有人来？”

“因为我听到帕斯科夫人和露易丝常谈论此事。”

“我知道了。到时是我一个人坐在这里呢，还是你陪着我，菲利普？”

“你一个人，他们来看的是你，不是我。招待郡上的人不是我分内的事。”

“如果有人邀请我到外面用餐，我能否答应？”

“不会有人邀请你的，你还在服丧，如有待客的事，我们可以在家应付，但一次一定不要超过两对。”

“是这里的规矩吗？”她问道。

“让规矩见鬼去吧，”我答道，“我和安布鲁斯从不遵守规矩，是我们自己的规矩。”

我看她的头低得快要碰到手中的刺绣品了，如果我没猜错的话，是在掩饰笑态。我说不上她在笑什么，我并没想说笑话。

“我在想，”片刻之后她说，“你能否帮我把所有规矩列出来？一套行为准则，我可以在这里等来访者时好好研究，不然如果有悖您的行为准则而有什么失礼之处将是很不幸的，会很丢面子。”

“你喜欢说什么就说什么，你喜欢和什么人讲就和什么人讲，”我说，“只是你必须在这里，在客厅里讲，千万不要让任何人以任何借口进书房。”

“为什么，书房有何不可？”

“因为我会坐在书房里把脚跷在炉台上。”

“也是在星期二、星期四和星期五吗？”

“不包括星期四，星期四我进城去银行。”

她把一束丝线拿近烛光看颜色，后又将其卷好包在绣品里，再把绣品卷起来放在一起。

我看了一眼表，时间还早，她这么早就要上楼去吗？我有些失望。

“等郡中所有世家都看过我之后，”她说，“我再干什么？”

“然后你肯定得回访他们，一家一家拜访，我每天下午两点叫人给你备好马车，请原谅，不是每天下午，是每个星期二、星期四和星期五。”

“我一个人去？”

“你一个人去。”

“星期一和星期三干什么？”

“星期一和星期三，让我想想……”我赶紧搜索枯肠，都没想出什么花样，“你会不会画素描或唱歌？像帕斯科家的小姐们一样，你可以星期一练习唱歌，星期三练习绘画。”

“我既不喜欢素描也不喜欢唱歌，”瑞秋说，“恐怕你给我安排的休闲活动并不适合我。如果我不是在这里等世家来访，而是去他们家里给他们教意大利语，可能会更适合我。”

她站起身，熄灭身旁高烛台上的蜡烛，我也站了起来。

“艾什利夫人教意大利语？”我故作惊恐地说，“说起来多难听，简直给夫人的名字蒙羞，只有无人赡养的老处女才去教课。”

“那么处于相同境地的寡妇该干什么呢？”她问道。

“寡妇？”我不假思索地站起来回答，“嗯，寡妇可以尽快再婚，或者卖掉戒指。”

“知道了，可我哪一样都不干，我宁愿去教意大利语。”她拍了拍我的肩膀，离开了房间，临走时回头道了句晚安。

我感到满脸发烧，天啊，我都说了些什么？我说话时竟然没有想到她的处境，忘了她是谁，也忘了她的遭遇，我竟然像以前和安布鲁斯讲话时一样与她说起了俏皮话，结果说漏了嘴。再婚，卖掉戒指，她该怎么看待我呢？

她会觉得我是多么愚蠢、多么无情、多么粗俗又缺乏涵养，我感到自己从后颈到头发根都红了，真是该死，道歉是没用的，只会让事情变得更糟，最好别管它，希望并且祈祷她会忘掉这事。谢天谢地，没有人在场，比如说我的教父，他知道了会把我拉到一边对我的失礼大加指责的。或者倘若此事发生在餐桌上，斯考比和小约翰在旁边站着又会是何情形？再婚，卖掉戒指，噢，上帝……噢，我的上帝……到底是怎么鬼使神差的？我今夜肯定睡不着，我会睁着眼睛辗转反侧，耳边一直回响着她犀利如电的答话：“我哪一样都不干，我宁愿去教意大利语。”

我唤来多恩，从角门走入庭院，我越走心情越糟。简直就是一个粗鲁、缺乏理智、头脑简单的粗俗笑话……那么她究竟是什么意思呢？是否她真的缺钱？那么她说的话就是当真的。艾什利夫人教意大利语？我想起了她从普利茅斯写给教父的信，信中说她打算休息一段时间后要去伦敦，我又想起瑞纳提曾说过她被迫要卖掉佛罗伦萨的别墅。我记得，或者更精确地说是充分意识到，安布鲁斯的遗嘱里什么也没留给她，一点东西也没有。他的每一份财产都属于我。我又一次想起了佣人们的闲言碎语，艾什利夫人没有经济来源，如果艾什利夫人去教意大利语，那么佣人、佃户、乡邻会怎么想？

如果是在三天以前，甚至两天以前，我都不会在意。那时她还是我想象中的另一个女人，即便她忍饥挨饿，那也活该。但是现在不行，情形已发生了变化，完全不同了。此事必须设法处理。但我不知该怎么办才好，我不可能和她正面商量。一想到和她商量，我就感到满脸羞红，十分窘迫。突然，我想起那些钱和家产在法律上还不属于我，要等到六个月后我生日的那天才生效。想到这个我顿时有一种轻松感。家产现在还由我教父掌管，他是这份产业的受托人，也是我的监护人，因此得由他与瑞秋表姐交涉，让一份产业给她。我一有机会就去找他谈此事，我不会让他提我，只把它当作一项法律事务来办，一件看上去符合本国法律条文的普通事务。对，这才是解决的方法。感谢上帝我终于想出了办法，意大利语课……多么耻辱，多么吓人。

我感觉心里轻松了许多，便朝屋子走去，但心头依然无法抹掉自己的蠢话。再婚，卖掉戒指……我走到前门东边草地边上，看着多恩在草地上东嗅嗅西嗅嗅，便轻轻地对它吹了声口哨，我的脚踩在碎石路上，沙沙作响。这时，一个声音从上面传下来：“你夜间常常在林中散步吗？”是瑞秋表姐的声音，她正坐在那蓝色卧室的窗口。窗开着，屋里没点灯，我又猛地想起了自己的蠢话，好在谢天谢地此时她看不清我的脸。

“偶尔，”我说，“心里有事的时候。”

“这就是说你心里有事了？”

“嗯，是的，”我回答，“我在林中散步时得出了一个很重要的结论。”

“什么结论？”

“我认为你未见到我之前不喜欢我的声音，认为我自大、鲁莽、任性，都是对的，正确的，我的确如此，甚至比这更坏。”

她往前凑了凑，胳膊撑在窗台上。

“这样的话，林中散步对你有害无益，”她说，“你的结论非常愚蠢。”

“瑞秋表姐……”

“什么事？”

但是我不知道该如何道歉，我在客厅说的蠢话那么容易就脱口而出，现在想弥补却一个字也说不出来。我站在她的窗下，羞容满面，无言以对。突然见她转过去，俯下身去，然后又倚过来，从窗口扔给我一个什么东西，打在我脸上，又掉在了地上，我捡起一看，那是她盆里的一株花，一朵秋季藏红花。

“别犯傻了，菲利普，回去睡吧。”她说。

她关好窗户，拉上窗帘。不知怎的，我的羞愧和犯罪感顿时消失了，感到浑身轻松。

这周的头几天不可能去派林了，因为我已计划好要去走访佃户，而且如果要去见教父，就得带瑞秋去见露易丝，现在我还没找到任何借口不带她去。星期四那天来了机会，运货车从普利茅斯运来了她从意大利带来的所有花木，斯考比把这个消息告诉了她——在我就要吃完早餐的时候——瑞秋表姐马上上楼换好衣服下了楼，她头上裹着长围巾，朝花园走去，餐厅朝过厅的门开着，我看见她经过，便走出去问候早上好。

“我知道，”我说，“安布鲁斯已告诉过你，说十一点之前女人们不宜出门。现在才八点半，你在楼下干什么？”

“货车来了，”她说，“在这九月的最后一个上午的八点半，我不是女人，我是个园丁，我和塔姆林有活儿要干。”

她看上去像个要得到好东西的孩子一样兴高采烈。

“你要去数一下这些花木吗？”我问道。

“数一数，不，”她回答，“我得看看经过颠簸有多少活下来了。对于哪些需要马上栽进土里，塔姆林不懂，而我懂。那些小树不用急，等我们有空时再栽，但花草得马上种上。”我注意到她手上戴了双十分粗糙的旧手套，与她娇小的体形极不相称。

“你不会亲自挖土吧？”我问她。

“我当然亲自挖，不信你看我就是了。我会干得比塔姆林和他那些手下还利索。别等我回来吃午饭了。”

“可是今天下午，”我抗议道，“我们说好要去蓝克利和库木比农场的，农场厨房擦拭一新，还会备好茶。”

“你只好送个信去推迟此行。”她说，“有花要栽时我就不管别的事了，再见。”她朝我挥挥手，走出前门上了碎石道。

“瑞秋表姐！”我从餐厅窗户喊她。

“什么事？”她回头问道。

“安布鲁斯提到妇女的说法是错的，”我喊道，“其实，早上八点半这个时间，她们非常好看。”

“安布鲁斯指的不是八点半，”她朝我喊道，“他指的是六点半，而且不是指楼下的妇人。”

我笑着转过身走向餐厅，看见斯考比正噘着嘴站在我旁边，他勉强向餐桌那边靠了靠，示意小约翰把菜碟拿走。今天栽种，至少有一点，用不着我。

我调整了上午的安排，命人给吉普西备鞍。十点我踏上了去派林的路，教父在他家书房，我开门见山直接表示来意。

“你看，”我对他说，“得马上做出安排，因为如果艾什利夫人打算去教意大利语的消息传入帕斯科夫人的耳朵，二十四小时内，整个郡将人人皆知。”

如我所料，教父露出了十分惊讶又痛苦的神色。

“噢，太不光彩了，”他同意我的看法，“实在太离谱了，绝对不行。当然，这事要慎重，你得给我时间考虑，看看怎么处理好。”

我有些不耐烦，我了解他那一板一眼的思考方法，他会把此事琢磨好几天。

“时间十分紧迫，”我说，“我比你更了解瑞秋表姐，她很可能会随时问某个佃户，‘你知道有人想学意大利语吗’？那样的话，我们又该如何？而且，我已从斯考比那里听说一些闲言碎语，人人都知道遗嘱里未给她留下什么东西，得马上修改一下。”

他咬着钢笔，若有所思。

“那位意大利律师并未提到她的状况，”他说，“很不幸，我不能和他商量此事。我们现在无法知道她的收入情况，也不知道她前一次婚姻有没有给她留什么财产。”

“我想一切都用来还桑格莱提的债了。”我说，“我记得安布鲁斯在给我的信中就这么说的，这也是他们去年没回家的原因之一。她的经济状况十分困难，毫无疑问这也是她必须卖掉别墅的原因。哎，她名下几乎一分钱也没有，我们必须为她做点什么，就在今天。”

教父收拾起散放在桌上的文件。“菲利普，”他从眼镜上面看着我说，“我很高兴你已经改变了态度。在你瑞秋表姐来之前，我感到十分不安，你那时准备和她闹翻，绝不为她做任何事，那样会引起丑闻，至少你现在知道原因了吧。”

“我那时错了，”我一言蔽之，“再别提了。”

“那好吧，”他答道，“我给艾什利夫人和银行各写一封信，向她和银行说明要做的一切。最好的办法是她开一个户头，每一季度从家产中抽出一部分，用转账支票汇入她的账号。以后她到了伦敦或别的地方，我们都会通知当地银行。六个月后，你就二十五岁了，就能自己处理此事。对了，你认为每一季度支付的钱数多少合适？”

我想了想，说了个数。

“你很大方，菲利普。”他说，“太大方了，她根本用不着这么多钱，至少现在用不着。”

“好了，看在上帝的份上，咱们别小气了。”我说。“如果我们要帮她，就像安布鲁斯可能做的一样，否则就干脆别帮。”

“嗯。”他一边应着，一边去记事簿上写下了一两个数字。

“行了，这些对她足够了，”他说，“足以弥补遗嘱中的缺憾了。”

一板一眼的思维是多么无情。他的笔在一些数字间画来画去，到底家产中能分出多少，每一先令每一便士都要算进去。上帝！金钱多么可恶！

“赶快，先生，”我说，“快写信，我可以顺便带回去，还可以骑马去银行，给银行把信送去。那样瑞秋表姐就可以马上取钱了。”

“我亲爱的小伙子，艾什利夫人不会那么急的。你真是从一个极端走向另一个极端。”

他叹了口气，抽出一页纸铺在记事簿上。

这一次他写的时候，我就站在旁边看着，顺便弄清楚他对她说些什么。他没有提到我的名字，只提到庄园的家产，说是家产本身有她一份，是庄园决定每一季度付给她的钱。我就像鹰一样地盯着他。

“如果你不想让人觉得与此事有关，”他对我说，“最好别带信，杜伯森今天下午要到你那里去，他可以替我把信带过去，这样会好一些。”

“好极了，”我说，“那我去银行。谢谢你，教父。”

“别忘了走之前看看露易丝，”他说，“我想这会儿她在屋里。”

我急着赶快走，不打算看她，但我不能这么说。她碰巧就在起居室，我从教父书房出来要经过那儿，正好门开着。

“我早就听见你的声音了，”她说，“你是打算来待一天吗？我给你取些蛋糕和水果吧，你一定饿了。”

“我得马上走，”我说，“谢谢你，露易丝，我骑马过来只是为了一些事务找教父。”

“噢，”她说，“我知道了。”她那刚看见我时还很开朗自然的表情，一下子变成了星期天那副呆板的神情，“艾什利夫人好吗？”她问。

“瑞秋表姐很好，她非常忙。”我说，“她从意大利带回来的花木今天早上到了，这会儿她正和塔姆林一起忙着往暖房里栽呢。”

“我应该想到，你还很有可能留在家里给她打下手呢。”露易丝说道。

我不知道这个姑娘是怎么了，但她语调的变化让人莫名其妙地恼火。这使我突然想起了以前我们一块儿在花园里跑着玩的时候，就在我玩得起劲时，她会无缘无故地甩甩头对我说“我不想玩了”，然后站在旁边，也用这种难缠的表情看着我。

“你很清楚我对园艺一无所知。”我说，然后又恶作剧地加一句，“你还心情不好吗？”

她站直身子，满脸通红。“心情不好？我不明白你的意思。”她很快说了一句。

“噢，你当然知道。”我答道，“你整个星期天心情都极度不好，谁都看得出来。我奇怪的是帕斯科家的姑娘们竟没谈论这事。”

“帕斯科家的姑娘像其他所有人一样，可能正忙着谈论别的事呢。”她说。

“谈论什么事？”我问道。

“像艾什利夫人那样的女人玩弄你这样一个年轻男人该是多么易如反掌。”露易丝说。

我转身离开了房间，否则非揍她不可。

13

我从派林骑马回去。经过树林，来到镇上，最后回到家中。我走了近二十英里路，在镇码头的小酒馆里，我停下来喝了点苹果酒，但没吃东西，所以到四点钟时，我简直快饿死了。

房顶钟塔上的钟刚好在报时，我骑着马直奔马厩，扫兴的是威灵顿正等在那儿，而非我的马夫。

看见吉普西大汗淋漓，他咂着舌头说："这样不行的，菲利普先生，主人。"我下马时像以往从哈罗回来度假一样，觉得很是内疚。"你知道马跑得太热，是会着凉的，现在你让它这么大汗淋漓地回来。如果你一直在让它追逐猎犬的话，它现在绝不适宜再追了。"

"如果我们一直在追猎狗，恐怕这会儿还在波得敏的沼泽地里。"我说，"别蠢了，威灵顿，我有正事去拜访肯达尔先生，然后进了趟城，把吉普西搞成这样，我也很难过。可没办法，我想它不会有什么事儿吧。"

"但愿它没事，先生。"威灵顿说着，将手在马肚子上来回抚摸，好像我刚让马参加了场越野赛跑。

我回到屋里，走进书房，火烧得正旺，不过没有我表姐瑞秋的影子。我摇铃叫来斯考比。

“艾什利夫人呢？”见他进来我问道。

“夫人是三点过一点儿回来的，先生。”他说，“从你走后，她就一直和花匠们在园子里忙活，塔姆林现在和我一起在管家房里，他说他从未见过这种事，从没见过她那种做事的方式，他说她是个奇迹。”

“她肯定累坏了吧。”我说。

“我也担心她累坏了，先生。我让她去睡会儿，可她不听。‘让伙计们给我拿几桶热水，斯考比，我要洗个澡。’她对我说，‘我还得洗洗头。’我正准备让人去叫我侄女，让夫人自己洗头，好像不合适吧，可她依然不同意。”

“叫伙计最好也给我弄点热水来，”我对他说，“我这一天也累坏了，而且饿得要命，我想早点吃饭。”

“好的，先生。四点四十五好吗？”

“好吧，斯考比，如果你能办到的话。”

我吹着口哨上了楼，准备脱掉衣服，坐进卧室炉前热气腾腾的浴盆里。家里的几条狗从表姐瑞秋的房里出来，沿着走廊向我走来，它们已经习惯了家里的这位客人，而且跟着她到处转。老多恩在楼梯顶上使劲朝我摇尾巴。

“嗨，老伙计，”我说，“你可知道，你不忠实，你背叛我，去投靠一个女人。”它用黏糊糊的舌头舐着我的手，讨好地朝我挤眉弄眼。

伙计拿来一桶水倒在浴盆里，我盘腿坐在盆里，一边给自己搓澡，一边哼一曲不成调的歌，飘在水汽里，真是好惬意呀。当我用毛巾擦身上的水时，我注意到在我床边的桌上有一瓶花，是一枝枝从林子里采来的花，有兰花，还有仙客来。以前从没有人在我的房里摆过鲜花，斯考比想不到这一点，伙计们也想不到。肯定是表姐瑞秋，见到这些花，我的情绪更加高昂。她可能从早到晚在摆弄那些花草、灌木，但她竟还有时间插上一瓶鲜花。我系上领带，穿上用餐外套，嘴里依然哼着不成调的歌，然后穿过走廊，敲了敲表姐的门。

“谁呀？”她在里面问。

“是我，菲利普。”我答道，“我来告诉你今晚晚饭要早点吃，我饿极了。而且听说了你的事后，我想你也和我一样吧。你和塔姆林究竟做了什么，让你非得洗澡洗头不可？”

回答我的是一阵爽快的笑声，极富感染力。

“我们就像在地下室打洞的鼹鼠一样。”她在屋里高声说。

“你没让眼睫毛都粘上土吧？”

“到处都粘的是土，”她说，“我已经洗完澡了，这会儿正在弄干头发呢，我已经收拾妥当，现在看来像极了波比姑妈，你进来吧。”

我打开门，走进她的房间，她就坐在炉前的凳子上，我竟没有马上认出她来。她脱了丧服的样子大不一样，身上裹了件白色的罩衫，领口和袖口都系了带子，头发不再从中分开，而是全都别在头顶上。

我还真没见过谁打扮得比这更像波比姑妈，或其他随便什么姑妈的了，我站在门口直瞪眼。

“过来坐吧，别一副目瞪口呆的样子。”她对我说。

我关上门，走过去坐在椅子上。

“请原谅，”我说，“关键是以前我从未见过女人着便装的样子。”

“这不能叫着便装，”她说，“我吃早饭时就穿这身衣服，安布鲁斯以前总把这叫修女衫。”

她抬起胳膊，开始往头发上别发夹。

“二十四岁了，”她说，“你早该见惯像波比姑妈梳头这类家常事了，你觉得尴尬吗？”

我两手抱在胸前，跷起二郎腿，继续打量着她。

“一点也不尴尬，”我说，“只是有点儿吃惊。”

她笑了笑，将发夹全衔在嘴里，然后再一个个取出来。她将头发先卷起来，再按常规在脑后梳了个低低的发髻。整个过程只花了几分钟，或者是我觉得只花了几秒钟。

“你每天都这么快就能梳好头吗？”我惊奇地问。

“噢，菲利普，你知道得太少了，你太少见多怪了。”她对我说，“你从来没见过你的露易丝梳头吗？”

“没有，我也不想看。”我回答得很干脆，突然记起我离开派林时，露易丝那番临别的话。瑞秋表姐笑了起来，把一只发夹丢在我腿上。

“作个纪念，”她说，“把它放在你的枕头底下，明早吃早饭时，注意看斯考比的表情。”

她走进对面的卧室，门敞开着。

“你就坐在那儿，我换衣服时，你跟我说话得大声点儿。”她喊道。

我偷偷地看了看那张小写字台，想看看那儿有没有教父的信，但什么也没有。我不知发生了什么事，或许她把信拿到那间卧室里去了。她可能不会对我说什么，可能会将这看成我教父与她之间的私事，但愿如此。

“你这一天都哪儿去了？”她朝我喊道。

“我进城去了，”我说，“那儿有几个人我必须去见见。”我用不着提银行的事。

“跟塔姆林和花匠们在一起干活，真是太高兴了。”她喊道，“几乎所有的花草都留下了，菲利普，你知道，那花园里仍有很多事要做，草地边的灌木丛需要清理掉，要铺条小路，把整块地都种上山茶花。这样，不到二十年，你就能有一个春意盎然的花园了，整个康沃尔的人都会来看花。”

“我知道，”我说，“安布鲁斯早有此愿。”

“这需要仔细规划，”她说，“不能光靠碰运气，也不能光靠塔姆林，他人不错，但他的知识太有限了，你为什么自己不在那上面多花点心思呢？”

“我不太懂那些事，”我说，“而且，那也从来不归我管，安布鲁斯知道的。”

“一定得有人帮你，”她说，“你可以从伦敦请个设计师把它规划一下。”

我没搭腔，我可不想再从伦敦寻个设计师来，我敢肯定，她比任何设计师都更精于此道。

就在这时，斯考比出现在走廊上，但踟蹰不前。

“怎么了，斯考比？晚饭准备好了吗？”我问道。

“还没有，先生。”他答道，“肯达尔先生的仆人杜伯森骑马给夫人送来封信。”

我的心一沉，这个讨厌的家伙准是在路上什么时候停下来喝酒，才耽搁到这么晚，这会儿我得赶上看她读信了，真不是时候。斯考比去敲那扇开着的门，然后把信送了进去。

“我想，我还是下楼在书房里等你吧。”我说。

“不，别走。”她喊道，“我穿好了，一起下去，这儿有一封肯达尔先生的信，大概是邀请我们一起去派林。”

斯考比沿着走廊走了，我站起来希望能跟他一起走。突然，我觉得不自在，有点儿紧张，那间蓝色的卧室里寂静无声，她肯定在看那封信。仿佛过去了几个世纪，她才终于从卧室里走出来，站在门口，手里拿着已打开的信。她已经打扮好了，准备吃晚饭了，或许是她的皮肤与那身丧服形成的反差，她看上去显得很苍白。

“你都做了些什么？”她说。

她的嗓音与刚才截然不同，有点莫名的嘶哑。

“做了什么？”我说，“没什么，怎么了？”

“别撒谎了，菲利普，你知道怎么了。”

我站在炉前，手足无措，眼睛乱转，不敢看那双充满责备和疑问的眼睛。

“你去派林了，”她说，“你今天骑马去找你的监护人了。”

她说得对，我真是无可救药，无用之极，连个谎都撒不了，无论怎么说，在她面前我就是这样。

“也许是你说的那样，”我说，“那又怎么样？”

“你让他写的这封信？”她说。

“不是的，”我说，显然有些理亏，“我没做过这种事，是他主动写的。当时，有些事需要商量，我们谈到一些法律事务时，他便写了这封信，而且……”

“而且你告诉他你的表姐瑞秋要去教意大利语，是这么回事吧？”她说。

我觉得忽冷忽热，浑身不自在。

“不全是。”我说。

“你当然明白，我当时这么说只是在跟你开玩笑。”她说，可她如果当时只是在开玩笑，干吗这会儿非得对我发这么大的火？

“你不明白自己都做了些什么，”她说，“你让我感到莫大的羞辱。”她走到窗前，背对我站着，“如果你想羞辱我，”她说，“上帝作证，你达到目的了。”

“我不明白。”我说，“你为什么这么傲慢？”

“傲慢？”她转过身，乌黑的大眼睛愤愤地看着我，“你怎么敢说我傲慢？”她说。我注视着她，感到十分愕然，刚才还和我有说有笑的人，瞬间就发这么大脾气。接着，令我自己大为吃惊的是，我的紧张感一扫而空，竟走过去站在她旁边。

“我就是要说你傲慢，”我说，“这还不够，我要说你简直是傲慢无理，被羞辱的不是你，而是我。你不是在开玩笑，当你说到教意大利语的事时，你的话是那么的干脆，根本不像是在开玩笑，你之所以那么说，是因为你就那么想的。”

“就算我是那个意思，”她说，“教意大利语有什么让你觉得很耻辱的呢？”

“对一般人来说，这没什么，”我说，“但你这样，就不一样。安布鲁斯·艾什利夫人教意大利语就是耻辱，这给她的丈夫蒙羞，他因为疏忽没有在遗嘱中对她有所安排，而我，菲利普·艾什利，他的继承人，不允许这样。你可以每季度拿到那笔生活费，瑞秋表姐，当你从银行取这笔钱时，请记住它不是这座庄园给你的，也不是这座庄园的继承人给你的，而是你的丈夫，安布鲁斯·艾什利给你的。”

说这番话时，我心里的怒气丝毫不亚于她，让一个人站在那里指责我羞辱了她，我简直罪该万死，如果她拒绝本来就属于她的那笔钱，那我更是万劫不复。

“怎么样？你明白我对你说的这一切吗？”我说。

有一会儿工夫，我以为她会扑过来揍我，可她只是静静地站在那儿，盯着我。接着，她的双眼溢满泪水，然后她推开我，回到卧室里，一把将门摔上。我走下楼，来到餐厅，摇铃叫斯考比，对他说“可能艾什利夫人不会下来吃饭了。”我给自己倒了杯红葡萄酒，独自坐在餐桌的一端。上帝！我心里想，女人就是这样吗？我从来没有这么生气，这么精疲力竭过。即便收获的季节里和男人们一起整日整日在外面干活，即使跟拖欠房租的住户们争辩，或者处理与邻居的争执，所有这一切都比不上和一个女人五分钟的相处，她的满心喜悦，一眨眼就变成了敌意。而且，眼泪总是她们的杀手锏吗？是不是因为她们非常清楚眼泪对于旁观者的效果？我又倒了杯红葡萄酒，斯考比就在我旁边打转，我恨不得他离我远远的。

“夫人是不是身体不适，先生？”他问我。

我或许该告诉他，夫人并非身体不适，而是在发脾气，说不定过一会儿就会摇铃叫威灵顿驾车送她去普利茅斯。

“不是的，”我说，“她头发还没干，你最好让约翰送一份到她房间里去。”

我想这就是男人婚后面对的生活吧。摔上门，然后无声无息。饭只能一个人吃了，到处跑了一整天所激起的食欲，澡盆里的那份轻松，还有炉火边宁静的夜晚，一边看着那双白皙的小手悠然地做着绣品，一边和她闲聊的那份安逸，都慢慢地消失了。我心情愉快地换好衣服，准备吃饭，又兴致勃勃地走过走廊，敲响她的房门，看见她坐在凳子上，身上裹着那件白色晨衣，头发别在头顶，当时心情多好，我们多融洽，多亲密，亲密得让人觉得整个晚上都将在愉快的气氛中度过。可现在呢？独自一人坐在餐桌旁，前面放着块牛排，却觉得那不过就是一块跟我毫无关系的皮鞋皮。这会儿，她在做什么？在床上躺着？蜡烛灭了吗？窗帘放下了吗？屋子里是不是一片漆黑？或者，已不在气头上了，是不是眼中的泪水已干，正静静地坐在自己的房中，吃送上去的饭菜，只是想给斯考比做做样子？我无从知道，也无所谓了，安布鲁斯曾经说过的话是对的，他过去常说，女人是一种聚也匆匆，散也匆匆的人。有一点现在可以肯定，我绝不结婚……

吃过晚饭，我来到书房坐下，点上烟斗，将脚搭在火具上，想让自己在饭后的小睡中平静一下心情，这种小睡平常是悠然、恬静、从容的。但今晚，一切都索然无味，我已经习惯了看着她坐在我对面的椅子上，肩膀微侧，正好让灯光照在她手里的活上，多恩就卧在她脚边，可现在那张椅子莫名地空着。好了，见它的鬼去吧，一个女人何以竟能搅了整个夜晚。我站起来从书架上找了本书，翻了几页。我肯定是打了个盹，因为我再抬起头时，房间角落里那台钟的指针差不多指到九点了，那就上床睡觉吧。火已经灭了，再坐下去也没什么意思。我把狗牵回狗窝——变天了，外面刮着风，飘着零星小雨——然后，我闩上门，回到自己房里。就在我刚要把脱了的衣服扔在椅子上时，我看见了一张字条，就放在我床头桌子上那罐花的旁边。我走到桌边，拿起纸条，读了起来，字条是瑞秋表姐留的。

“亲爱的菲利普，”字条上写着，“如果可能的话，请原谅今晚我对你的无礼，在你的家里，我这么做，实在是令人难以原谅。我并没有什么理由来解释我的言行，只是因为最近这些天里，我很反常，所有的情绪都会随时表现出来。我已经给你的监护人写了封信，感谢他的来信，而且，我将接受那份生活费。感谢你们俩的慷慨与善意，感谢你们为我着想。晚安，瑞秋。”

我把这封信读了两遍，然后放进口袋里，她的骄傲与怒气都已烟消云散了吗？是否这些情绪都随着泪水一起消融了？她接受了那笔生活费真是卸掉了我的一个负担。我曾设想要再去一次银行，作进一步的解释，撤回先前的传票，然后便是与教父的面谈，想象着会有不止一次的争论。整个事情最糟糕的结局就是瑞秋被扫地出门，独自回到伦敦，住在那些简陋的小屋里，教她的意大利语。

我不知道她是否花了很大的努力才写成这张字条，想到她费了很大劲儿才迫不得已这么做，真是难受。从骄傲变为委曲求全？我对她不得不这么做很反感。自从安布鲁斯去世以来，我头一次为发生的一切事怨他。毫无疑问，他应该早作打算的，谁都可能生病，甚至猝死，他应该也知道，由于他没有作出任何安排，他的妻子便生活在我们的怜悯和慈悲中。只要当时给我教父写封信就不会出现这种状况了。我想着她坐在波比姑妈的房间里给我写这张字条。不知道她是否已离开那间屋子回去休息了。我犹豫了一会儿，然后沿着走廊走过去，站在她套房旁的拱门下。

她房间的门开着，卧室的门紧闭着，我敲了敲卧室的门，没人答应，过了一会儿，她问道：“谁呀？”

我没有回答，而是开着门走了进去。房间里很黑，借着我手上蜡烛的光，我可以看到床上的帐子半掩着，可以看见床罩下她的轮廓。

“我刚看了你的字条，”我说，“我想为此来感谢你，并对你道声晚安。”

我以为她会坐起来，点亮蜡烛，可她没这么做，依然静静地躺在帐子里面的枕头上。

“我还告诉你，”我说，“我绝不是在施舍什么，请你相信这点。”

帐子后面传出的声音平静、柔和得令人奇怪。

“我从来没认为你是在施舍。”她答道。

我们彼此都沉默了一会儿。然后她说：“教意大利语这件事并不让我心烦，在这类事上，我没有什么自傲可言，我受不了的是你说我这么做有损于安布鲁斯。”

“确实是这样，”我说。“可现在不提了吧！我们没必要再去想它了。”

“你完全是善意的，而且也是出自你的本意，才骑马到派林去见你的监护人，”她说，“我那会儿一定非常粗鲁，一点儿规矩都没有，我不能原谅自己。”她声音又带上了哭腔，我被什么触动了，喉咙一阵发紧，身体也一阵发紧。

“我宁可你打我一顿，”我对她说，“也不愿让你哭。”

她在床上挪动了一下，摸到手帕擤鼻涕，那种姿势和声音再平常简单不过了，可此时出现在帐子后面的黑暗中却让我有点支撑不住的感觉。

紧接着她又说：“我会接受那笔生活费，菲利普，不过从下周起，我不能再打搅你了。如果合适的话，我想下周一离开这儿，搬到别处去，或许是去伦敦吧。”

她的话令我一阵茫然。

“去伦敦？”我说，“为什么呢？到底怎么了？”

“我原本只打算来一两天的，”她说，“我已经待得比预期的长。”

“但你还没见过所有的人，”我说，“你还没有做完你该做的事。”

“那又有什么关系呢？”她说，“反正，那好像也没什么意义。”

这话听起来简直不像她说的，声音有气无力。

“我原以为你喜欢做这些事。”我说，“在庄园里到处走走，拜访一下佃户们。每天我们一起出去逛的时候，你看上去是那么的高兴，而且，今天你还和塔姆林一起收拾那些花木呢。难道这一切只是做做样子，还是仅仅出于礼貌？”

她没有马上答话，过了一会儿说：“有时候，菲利普，我觉得你什么都不理解。”

或许我是那样的，我很不高兴，感到受了伤害，而且我也不在乎了。

“好吧。”我说，“如果你想走，那就走吧。这会引起许多闲话，不过这也没什么。”

“也许，”她说，“如果我待在这儿，会有更多的闲话。”

“你留下来会有闲话？”我说，“你什么意思？难道你没有意识到，你就是属于这儿的，按理说如果不是因为安布鲁斯神志不清，这儿难道不就是你的家？”

“噢，上帝，”她勃然大怒，对我大发雷霆，“那你觉得我是为什么别的原因才到这儿来的吗？”

我又说错话了，轻率和莽撞使我总说错话，我忽然有种无望和力不从心的感觉。我走到床边，拨开帐子，俯视着她。她倚在枕头上，两手抱在胸前，好像穿了件白色的什么衣服，领口一圈褶边，很像唱诗班那些男孩们穿的罩衣。她的头发松散着，用一条丝带系在脑后，就像我记忆中露易丝小时候的样子。她一下子看上去这么年轻，竟让我感到震惊。

“听着，”我说，“我不知道你为什么事，不知道你做那些事情的动机是什么，对于你，对于任何女人，我全不了解。我只知道，现在我喜欢你待在这儿，我不想让你走，这很复杂吗？”

她把手捂着脸上，几乎是在抵挡，好像我在伤害她一样。

“是的，”她说，“非常复杂。”

“那么是你把事情搞复杂的，”我说，“不是我。”

我两手抱在胸前，注视着她，装出一副轻松的样子，其实我一点儿都不轻松，只是从某种程度上说，我站在那儿，而她躺在那儿，让我有种优势。我不明白一个头发松散的女人，脱去女人的身份，重新回复一个女孩的模样，怎么还会生气。

我看见她眼睛扑闪着，就好像心里在寻找一些借口，寻找一些新的理由来解释她为什么该离开。突然，我灵机一动，想出一条妙计。

“今晚你曾告诉我，”我说，“我应该从伦敦请个设计师来规划一下那些花园，我知道这也是安布鲁斯过去一直想做的事。问题是我一个设计师也不认识，而且，如果我请这么个家伙跟在身边，我会气疯的。如果你对这块地方还有点感情，知道它对安布鲁斯意味着什么，你或许能在这儿再待几个月，替我把这件事做好。”

这些话说得恰到好处，只见她手里抚弄着那枚戒指，凝视着前方，我已经注意到，这只是她掩饰自己心事的把戏。我继续扩大成果。

“我从来就搞不懂安布鲁斯从前做的那些计划，”我对她说，“塔姆林和我一样也搞不懂，我知道，他能创造出奇迹，但他必须有人指导才行。这一年来，他不止一次地跑来向我请教，而我却根本不知道该跟他说什么。如果你留在这儿——就等过了秋天，这期间有很多园艺方面的活儿——那就帮我们解决所有问题了。”

她将那枚戒指在手指上套来套去：“我想问问你，教父是什么想法？”她对我说。

“这跟我教父没关系。”我说，“你把我看成什么了，一个未成年的小学生？你只需考虑一件事，你自己是否愿留下来，如果你确定想走，我也不强留。”

令我吃惊的是，她平静地低声说：“为什么你要那么问？你知道我想留下来。”

我的天，我怎么知道？她嘴里说的一直是相反的话呀！

“那么说，你会留下来，再待一段时间，”我说，“来照顾花园？就这么定了，你不会反悔吧？”

“我会留下来，”她说，“再待一段时间。”

我使劲忍住不笑，她的眼睛是严肃的，我有种感觉，如果我笑，她就会改变主意，我心里清楚，我赢了。

“那么，好吧，”我说，“我该向你道声晚安就走了。你写给我教父的信呢？要不要我去把它放到邮袋里？”

“斯考比已经拿去了。”她说。

“那你现在可以睡了，别再生我的气了。”

“我没生气，菲利普。”

“可你确实生气了，我都以为你会揍我。”

她仰头看着我。

“你有时真傻，”她说，“傻得让我觉得，说不定有一天我真会揍你，过来。”

我靠近了些，膝盖碰到了床罩。

“弯下腰。”她说。

她把我的脸捧在手里，吻了我。

“现在去睡吧，”她说，“做个乖孩子，好好睡觉。”说完推开我，拉上帐子。

我手里拿着烛台，跌跌撞撞地走出了那间蓝色的卧室。我觉得头重脚轻，还有点儿晕晕乎乎的，好像喝了白兰地，而且当我站着俯视她倚在枕头上时，心里感到高于她的那种优势，此刻全都消失殆尽，最后的决定是她作出的，最后的态度是她表明的。那种小女孩似的模样和那件像唱诗班男孩子的罩衣一样的衣服让我产生了某种错觉，她一直就是一个女人。不知为什么，我很开心。误会解除了，她已经答应我留下来，再也没有眼泪了。

我没有立即上床就寝，而是又回到了楼下的书房，给我的教父写了封短信，让他放心，一切都进展得很顺利。他不需要了解那个我们两人之间令人烦恼的夜晚，我随便涂了几句，去大厅将它放进邮袋里，以便早晨送走。

斯考比和往常一样，将邮袋放在了我的桌上，钥匙搁在旁边。我打开邮袋，有两封信落在我手里，都是瑞秋表姐写的，一封是写给教父肯达尔的，她刚才已经说到了，另一封是写给佛罗伦萨的瑞纳提先生的，我将这封信端详了一会儿，便将它和另一封都放回了邮袋里。我真傻，或许根本就是愚蠢又荒唐，那个男人是她的朋友，难道她不应该给他写封信吗？但等我上楼去睡觉时，我确实觉得好像被她揍了似的。

14

第二天，瑞秋表姐下了楼，我和她一起在花园劳动。她自始至终都显得兴奋且无所顾忌，似乎我们之间从未有过不和，她对我的态度唯一不同的是她显得更加体贴和温柔了。少了些揶揄，不再是嘲笑而是朝我微笑。她殷勤地问我对花木种植的见解，不是为了向我请教，而是为了使我观赏时能感受到乐趣。

“随心所欲地干吧，”我对她讲，“可以吩咐伙计们把树篱砍掉，把树放倒，把灌木堆在那边的田埂上。你想出来的都错不了，我对园艺规划没有什么鉴赏力。”

“但我希望结果会令你欢喜，菲利普。”她说，“这一切都是你的，终有一天也将属于你的孩子们，如果我使这些地方有所改观，而结果使你不高兴的话，该怎么办呢？”

“我不会不高兴，”我说，“你也别提我的什么孩子们，我已下定决心做个单身汉。”

“做单身汉根本就是自私又愚蠢的。”她说。

“我不这样认为，”我答道，“我觉得当个单身汉可以省去许多精神上的痛苦和忧虑。”

“你想过你将失去什么吗？”

“我有一个精确的猜测，”我告诉她，“所谓婚姻中无比的福分远非人们所吹嘘的那样。如果它是一个人所需要的温馨和舒适，是一个人所珍视的美好的东西，那么他完全可以在自己的屋子里得到这一切——如果他真正喜欢这间屋子的话。”

令我惊诧的是，她对我的陈词大笑不已，招得塔姆林和种植园尽头劳动的园艺工们都抬头看我们。

“总有一天，”她对我说，“当你坠入爱河，我会让你重温你的这些高论，二十四岁的年纪了，竟然认为温馨与舒适都是从石墙里蹦出来的。哦，菲利普！”她说着又哈哈地笑起来。

我看不出有什么如此可笑。

“你的意思我清楚得很，”我说道，“可惜我偏巧从未那样动过心。”

“显然，你会让你的邻居伤心欲绝的，那个可怜的露易丝……”

我可不准备把话题转向露易丝，也不愿再论述爱情和婚姻，我倒更愿意看她做园艺活儿。

十月的天气温和晴好，头三周几乎没下一点雨，因此在瑞秋表姐的指导下，塔姆林和伙计们的种植工作突飞猛进。我们还抽空依次看望了庄园里的所有佃户。一切都如我所料，皆大欢喜，人人满意。小时候我就已经认识了每个佃户，而且也惯于不时地看望他们，这也是我的一部分工作，但这对瑞秋表姐来说却是一项新鲜活动。她在意大利长大，生活截然不同，然而她待人接物实在得体不过，看她与他们相处真是让人着迷。她的庄重和友善，使得佃户们立刻对她肃然起敬，但又不敬而远之。她的问话全都恰到好处，答话也是合情合理。而且——有一样使她深得大伙喜爱的东西——她似乎能诊断佃户们所有的小病，并提供疗法。她告诉他们：“我对园艺的爱好，使我有了草药方面的知识。我们在意大利常研究草药。”她会用某种植物制成药膏涂在哮喘病人胸上，又会用某种植物制成油液来治疗烧伤。她会教塔姆制作治疗消化不良和失眠的药饮——应该说是世界上最好的睡前酒，她对他们如是说——并向他们讲解如何把有些水果的果汁用来治疗从咽喉肿痛到眼睑麦粒肿等几乎全部病症。

“你知道会发生什么事吗？”我对她说，“本区的接生婆会被你取而代之，他们会在夜里请你接生，而且一旦你这样做了，就休想再有丝毫安宁。”

“这方面也有一种药饮。”她说，“是用木棉叶和蓖麻叶做的，如果产妇在生产前喝六个月，她就能无痛分娩。”

“那是巫术，”我说，“人们会认为我这样做不合适。”

“胡说！为什么女人就得受痛？”瑞秋表姐说道。

有时，常常是在下午，如同事先我警告过她的那样，会有乡绅来拜访她。她和这些“体面人”——这是斯考比命名的——打交道，正如她与那些卑微乡民们相处，都很游刃有余。我很快就得知斯考比现在近乎生活在天堂，星期二或星期四的下午三点，马车停在门口时，他总在大厅守候，虽然还穿着丧服，但外套崭新，是专为这种场合穿的。倒霉的约翰则承担着为客人开前门，然后把他们带到主人那里的任务。他的主人以缓慢而庄重的步调（我事后从约翰那里得知的这一切）带领客人们穿过门厅走向起居室。他会一边用炫耀的姿势开门，一边像宴会上的司仪一般通报客人的名字（这是从瑞秋表姐那里得知的）。她告诉我，他会预先与她谈论，到场的这个或那个客人的相似之处，向她提供他们家从古到今的简要概况。他通常都能正确预言谁会光临，我们都怀疑是否有某种从一户人家到另一户人家通过仆人来传递信息的方法，这简直如同丛林中野人的击鼓传信。比如斯考比会告诉瑞秋表姐，他断定特丽马妮夫人正吩咐人准备好星期四下午要用的马车，并说她会带着已出嫁的女儿高英夫人和她的未嫁女儿伊索贝尔小姐。他还告诉瑞秋表姐与伊索贝尔小姐交谈时一定要当心，因为这个年轻的小姐有语言障碍。要么就说潘瑞恩老太太可能星期二来，因为她总在那天去看望离我们有十英里远的孙女，他提醒瑞秋表姐一定要记住在她面前不能提狐狸，因为潘瑞恩太太在她的大儿子出生前被狐狸惊吓过，儿子的左肩上至今还留着一个痣点胎记。

“而且，菲利普，”瑞秋表姐后来说，“我和潘瑞恩太太在一起的时候，我始终把话题从狩猎转移开来，可这也没用，就如同耗子闻到奶酪一般，她又回过来谈这个话题，最后，为了堵住她的舌头，我只好杜撰一个在阿尔卑斯山捕捉野猫的故事。而其实这种事是不可能发生的，没人干过。”

每次从后面穿过林中小道回家，看着最后一趟马车顺利驶向车道，瑞秋表姐总用某些来访者的故事来款待我，我们会在一起大笑。她对着镜子梳理好头发，再把坐垫拉直整理好。我则会把客人面前摆放的所有甜品吃光。整个过程就像一场游戏，一种合谋，我觉得她坐在客厅里说话很快活，那些人以及他们的生活都让她感兴趣，无论他们的思维方式，还是他们的所作作为。她总对我讲：“你不理解，菲利普，在佛罗伦萨那个截然不同的社会里生活之后，这里的一切都新鲜有趣。我一直在想象英国的生活，乡村的生活，现在我开始有所了解了，我珍爱这里的每一分每一秒。”

往往这时，我会从糖碗里拿块糖，嘎吱吱地嚼，再切一片甜籽饼吃。

“我想不出还有什么比逢人就讲普遍性共同性更乏味了，”我对她说，“无论在佛罗伦萨还是在康沃尔。”

“啊，你真是无可救药了，”她说，“而且最终的结果是心胸狭窄，脑子里能想到的除了萝卜就是甘蓝。”

我一屁股坐在椅子上，故意要让她把我那沾满泥污的靴子放到凳子上，眯着一只眼睛看着她，她从不指责我。即便发现我的意图，也不这样。

“讲啊，”我说，“说说郡里的最新丑闻。”

“如果你不感兴趣，”她会说，“我何苦要这么做。”

“因为我喜欢听你讲话。”

这样，在我们上楼换衣服就餐之前，她会说些郡里的琐碎事情让我开心，包括新近的婚嫁丧葬，或者谁将要分娩这类事。她从一个生人二十分钟谈话中探听到的消息，比我从一个熟人那里花一生时间获得的还要多。

“正如我所猜测的，”她告诉我，“你令方圆五十里的母亲们绝望。”

“怎么会这样？”

“因为你对她们的女儿都不屑一顾。你高大、体面，从哪方面讲都是合适的女婿。艾什利夫人，一定要请你多劝你表弟多出去走走。”

“你如何回答？”

“说你发现你所要的全部温馨与乐趣都在此院墙内。转念一想，”她又说，“这也许会被误解，我可得留心自己的话。”

“我才不管你和她们讲什么，”我说，“只要你不把我搅到某个邀请中，谁的女儿我都无意去看。”

“露易丝最好看，”她说，“好多人说她会最终得到你。帕斯科家的三小姐则有竞争的机会。”

“上帝！”我惊讶道，“贝琳达·帕斯科？我宁愿娶洗衣服的凯蒂·塞尔。真的，瑞秋表姐，你或许能帮我。为什么不散播那些比如我是个遁世的人，一闲下来就涂些拉丁诗之类的闲话？这或许会让她们动摇。”

“什么都无法动摇她们。”她说，“余地很小。我可以告诉你，我也没能从沦为谈资中逃脱。有一份合适的鳏夫名单，其中西康沃尔就有一个合适的人选，五十岁，是笔财产继承人，有两个已成家的女儿。”

“不会是老圣·伊夫吧？”我气哼哼地问道。

“噢，对，我想是这个名字，人们都说他有魅力。”

“有魅力，就他？”我对她说，“他总在中午喝醉，然后就在走道上爬着追女仆。巴通来的比利·洛威有个侄女在那里帮佣，就给吓回家了。”

“是谁此刻在散布谣言？”她说，“可怜的圣·伊夫老爷，如果他有个妻子，就不会在路上爬了。这当然取决于妻子。”

“好了，你不能嫁给他。”我肯定地说。

“你可不可以邀请他来吃顿饭？”她建议说，那一向透着庄重的双目这会儿露出调皮的神情，“我们可以办个晚会，菲利普，为你邀请最漂亮的年轻姑娘，为我邀请最讨人喜欢的鳏夫。不过我想我已选择好了，如果要我说的话，我会选择你教父，肯达尔先生，他有一种让我敬佩的公正直率的说话方式。”

也许她是有意这样说的，但我却中了圈套，我大发雷霆。

“你绝不可这样想，嫁给我教父？真见鬼，瑞秋表姐，他快六十了，总有点感冒受凉的病。”

“那表明他无法像你一样在屋子里寻找到温馨舒适。”她回敬了一句。

我意识到她要笑，于是和她一起笑起来，但后来我又对此疑神疑鬼。当然，教父每个周日来的时候都是最彬彬有礼的，他们相处得极好。我们在他们那里吃过一两次饭，教父总是神采奕奕，我还从没见过他这样，但他已做了十年的鳏夫，肯定不会异想天开要博得瑞秋表姐的芳心，而表姐也肯定不会毅然接受。这想法令我焦躁不安，瑞秋表姐在派林，我的瑞秋表姐，艾什利夫人，成了肯达尔夫人，多可怕。如果这老人有如此不知天高地厚的荒唐想法，那我还要继续邀请他参加周日的聚会简直就是该死。但终止邀请就等于打破多年的常规，这不可能。我还得照旧行事。接下来的星期天，坐在表姐右边的教父俯下身子朝表姐侧着他的聋耳朵，又突然直起身子，笑着说道：“噢，妙极了，妙极了。”我恼怒地猜想这是什么兆头。为什么他们在一起笑得这么欢，我暗自思忖，这，或许是女人的另一种花招，抛下诱饵，等待上钩。

周日宴会上，她精神极佳，心情非常好，左有牧师，右有教父，两人都谈笑风生。我如果像露易丝第一个周末一样，表现出愠怒和寡言是毫无道理的。餐桌的两头，我们简直像在参加贵格教友会。露易丝坐在那里盯着自己的盘子，我盯着我的盘子，冷不丁一抬头，看到了贝琳达·帕斯科，她正用那对圆眼睛盯着我。想到乡人们的闲言碎语，我更不吭一声了。我们的沉默大概搞得表姐费了九牛二虎之力来掩盖。她和教父、牧师三人来回吟诗酌句。我越来越恼火，幸亏帕斯科夫人因病没有光临。露易丝无足轻重，我没必要非得跟她说话。

但等他们都离去以后，瑞秋表姐就开始拿我问罪了。“当我招待你的朋友时，”她说，“指望你能配合，你是怎么了，菲利普，坐在那里闷闷不乐，拉着脸，对你的邻座不发一言。那些可怜的姑娘们……”她很不满地向我摆摆头。

“你那里欢乐四溢，”我回敬道，“我看我没必要再锦上添花了。全都是些希腊话的‘我爱你’之类的胡言乱语，牧师用希伯来语对你说了什么‘我心之悔’听上去满不错的嘛！”

“是这样。”她说，“他舌头一卷脱口而出，给我留下的印象很深，你教父想让我看月光下的信号灯头，他告诉我说，会一见难忘。”

“好了，他不能向你展示信号灯头，”我回答，“信号灯是我的财产。有一样陈旧的土木建筑是属于派林庄园的，让他给你展示那个东西吧，它被荆棘盖得严严实实。”我说着朝火里扔了块煤，希望噼啪声使她烦乱。

“我不明白你是怎么了，”她说，“你失去了幽默感。”她拍了拍我的肩膀上楼了。这是让人对一个女人最为气恼的事了，总是由她们下结论，让人怒不可遏，她们自己却心安理得。似乎一个女人永远都不会错。要么即使她错了，都要让自己错得很有理，反倒像是别人错了。她毫无顾忌地说一些刺耳的话，什么与教父月下散步，或其他诸如去洛斯威勒市场逛逛一类的活动，她会一本正经地问我她是否该戴伦敦邮来的新圆帽——那顶圆帽的面纱网孔很大，遮不住她的脸，而教父说过，她戴上那个显得很漂亮。而当我烦躁起来，说我才不管她要不要用面纱遮面时，她心安理得，情绪更高涨，这次谈话是在周一用餐的时候，我皱着眉头坐在那儿，她就有意和斯考比谈话，更衬托得我愠色满面。

后来在书房，因为没有旁人在场，她就宽厚些，虽然依旧心安理得的样子，但多了些温顺。她既不笑我缺乏幽默感，也不抱怨我郁郁寡欢。她请我给她拉线，让我选择我最喜欢的颜色，因为她想给我做个庄园办公室里使用的坐垫。她心平气和地问我一些白天的事，问我见过谁，做过什么，这样我所有的气都消了，感到很舒心。看着她的手在丝线中从容游移，我心里在想为什么不一开始就这样，干吗先要唇枪舌战，怒语相伤，破坏了气氛，然后又费一番周折平息和缓呢？似乎我情绪转好会让她欣喜，但我却一点都不明白为什么会这样。我只知道她刺我时我很反感，很难过，而她温柔时，我就感到快乐安逸。

到月底时，天气变了。连着下了三天雨，没有园艺活儿，我在庄园也无事可做，骑马来回被雨浇得透湿。郡里所有的来访者都和我们一样被困在了家里。倒是斯考比提议说这个时间是清理安布鲁斯遗物的好机会，对此我们两人好像一直都退避三舍。一天上午，当我和瑞秋表姐站在书房窗口，望着外面的瓢泼大雨时，他提出了这个建议。

“我在办公室，”我说道，“你在闺房待一天。这些伦敦运来的箱子怎么办？是不是还有外套要整理？试试再还回来？”

“不是外套，”她说，“是窗帘罩，我觉得波比姑妈缺乏眼光，蓝色卧室应该名副其实，但目前它是灰色调的，根本不是蓝色调，而且被褥里有蛀虫。可别告诉斯考比，是多年的蛀虫。我已给你选了新的窗帘和被褥。”

就在这时，斯考比进来了，看到我们显然无事可做就说：“天气这么糟，先生，我想是不是派个男佣打扫一下室内？你的房间需要打扫。但他们却无法除尘，因为艾什利夫人的箱子把地板占满了。”

我瞟了她一眼，生怕这种不老练的言辞会伤害她，她也许会转身走开，但令我惊讶的是，她坦然处之。

“你说得对，斯考比，”她说，“箱子不收拾，男仆们就无法打扫房间，我们拖得太久了，菲利普，你说呢？”

“很好，”我说，“只要你觉得行就行，我们让人把火生着，房间暖和了我们就上楼。”

我觉得我们彼此都在竭力掩饰感情。我们尽量使自己的言谈举止都欢快轻松。为了我，她努力掩盖自己的不快忧伤，而我呢，也同样希望她能少受煎熬，装出一副对我来说全然违背性格的好脾气。雨抽打在我的旧房间的窗户上，屋顶出现了一块湿斑。从去年冬天就生起来的火，不合时宜地发出毕剥声，箱子在地上排成行，等人打开。一个箱顶上放着一条记忆犹新的藏蓝色旅行毯，毯角上两个很大的黄色AA字样。我忽然记起在他坐车离开的最后一天，我曾把它盖在他的膝头。

瑞秋打破了沉默。

“来，”她说，“我们是否先把衣箱打开？”

她的语气生硬而平板，故意摆出一副就事论事的腔调。我把钥匙递给她，这是她一到这儿就让斯考比代管的。

“随你。”

她把钥匙插进锁里，旋转，打开箱盖。他的旧睡衣放在最上面。我太熟悉它了，是件深红重磅真丝睡袍。拖鞋也在，又长又大。我站在那里看着这些东西，仿佛重返往昔。我记得有次早餐他剃着胡须，走进我的房间，脸上还有肥皂沫。“看，孩子，我在想……”他边说边走进我们现在站着的这个房间，当时就穿着这身睡衣，穿着这双拖鞋。瑞秋把它们从箱中取了出来。

“我们怎么处理这些东西？”她问道，先前生硬的声音也变低了，变柔和了。

“我不知道，由你定吧。”

“如果给你，你会穿吗？”她问。

这太奇怪了，我戴了他的帽子，用了他的手杖，他最后踏上旅程时留下的那件肘部有块皮的猎衣，我也常穿。而这些东西，睡衣、拖鞋——简直像打开棺材看到死了的他一样。

“不，别这样。”

她没说什么，而是把它们放到床上。接着翻出一套衣服，一套轻巧外套——肯定是他热天穿的，我不太熟悉，但她肯定很清楚。衣服已在箱里压皱了，她掏出来，把它和睡衣一起放在床上。“得熨一下。”她说。突然，她快速地从箱中把一样样东西取出来，堆成一堆又一堆，几乎不碰它们。

“我想，”她说，“菲利普，如果你不需要，这个庄园里敬爱他的人可能会乐意要。你该清楚哪些能送，又该送给谁。”

我觉得她并不明白自己在做什么。我站在一旁看她狂乱地从箱中取东西。

“箱子呢？”她说，“箱子总是有用的。你看怎么用？”她抬头看着我说，声音有些发颤。

突然她扑到我怀里，头贴在我的胸口上。

“噢，菲利普，原谅我。我应该让你和斯考比整理。我真蠢，怎么能上楼来。”

真奇怪，如同拥着一个小孩，一个受伤的动物，我脸颊贴在她头上，手抚摸着她的头发。

“没关系，”我说，“别哭，回到书房去，我可以一个人干完。”

“不，”她说，“我这么差劲，这么傻气，对我对你其实都一样，你爱他爱到这么……”

我的嘴唇在她的头发上蹭来蹭去，真是一种奇怪的感觉。小巧的她靠着我站在那儿。

“我不介意，”我说，“一个男人能做到这些，但对女人来讲太不易了，让我做吧，瑞秋，到楼下去。”

她稍站开了点，用块手帕擦眼泪。

“不用，”她说，“现在好些了，再也不会这样了。我把衣服都取出来了。如果你把它们送给佃户们，我会很感激的，你喜欢的都可以穿。别担心，我不介意，我会高兴的。”

那些书籍离火比较近。我给她搬了个椅子，放在离火近的地方，然后跪在其他箱边，一个个打开。

我希望她没有注意到——连我自己也几乎没有意识到——我第一次，没叫她表姐，只叫瑞秋。我不知怎么回事，想必一定是站在那里拥着她，她显得比我小了许多的缘故。

书籍比衣物少了些他本人的味道，有一些他至爱的书，旅行时总要带在身边，她递给我，我就放在我的床边。还有他的衬衣袖扣、领扣、表和笔——这一切她都要我收下，我也欣然接受。有些书我从未见过，她就向我介绍，捡起一本，再来一本。现在做这些事已不再那么让人忧伤了。这本书，她说，是他在罗马买的，是本特价书，他很满意。那本装帧很古旧的和另外那本，是从佛罗伦萨买到的。她向我描述着购物的地方，那个卖书的老人。听着她闲聊，似乎气氛已缓和，随她的泪水一起拭去了。我们把书在地板上一本本摆好，我给她找来个拂尘，她就开始擦拂尘土。有时她给我读一篇文章，告诉我这一段如何使安布鲁斯开怀，或让我看幅画，看尊雕刻，我看到她在某些美好回忆的书页间微笑。

她发现了一卷花园格局图。“这对我们会很有用。”她说着从椅子上站起来，走到窗边光亮的地方好看个清楚。

我不经意地打开另一本书，一张纸从书页中掉出来，上面是安布鲁斯的笔迹。像是一封信中的一段，从什么上撕下来，遗留在书里的。“这当然算是一种病，我常听人说起过，像偷窃癖或者什么其他的病，毫无疑问是她那挥霍成性的父亲亚历山大·科林遗传给她的，她到底深受其害有多久，我也说不上，恐怕永远也不清楚，当然这很大程度上解释了至今为止困扰我的原因。孩子，我确实清楚我不能，也不敢再由她掌管我的钱袋，否则我就完了，庄园也就惨了，现在迫切需要你提醒肯达尔，如果有机会……”句子中断了，话没说完，纸上也没注明日期，笔迹很正常。正在这时她从窗口转了回来，我赶紧把纸揉成一团。

“你拿的什么？”她问。

“没什么。”我回答。

我把纸扔进火里，她看着纸燃烧，看到了纸在火焰中蜷缩时上面的笔迹。

“是安布鲁斯的笔迹。”她说，“是吗？是信吧？”

“只是他记的一点笔记，”我说，“一张很旧的纸。”我感到自己的脸在火中发烧。

然后我从箱子里拿另一本，她也继续取书。我们肩并肩继续整理书籍，但两个人都沉默不语。

15

到正午时，书籍全部整理完毕。斯考比打发约翰和小亚瑟来找我们，看看吃饭前，是否有什么东西需要他们搬到楼下去。

“约翰，把那些衣服留在床上，”我说，“随便用什么在上面罩一下，我会叫斯考比帮我打包，先把这堆书搬到书房去吧！”

“亚瑟，请把这些书搬到我的房间去。”表姐瑞秋说道。

这是我烧掉那张碎纸片以后她第一次发话。

“菲利普，我把这些园艺方面的书放在我的房间，可以吧？”她问道。

“噢，当然可以，”我回答道，“你知道，所有的书都是你的。”

“不，”她说，“安布鲁斯肯定是要把其他那些书放在书房里的。”她站了起来，拽了拽衣服，把拂尘递给了约翰。

“下面有冷餐，夫人。”他说。

“谢谢你，约翰，我不饿。”

男仆们搬着书走了，我站在敞开的门边犹豫了一阵，问她：“你不愿去书房帮我整理这些书吗？”

“我不想去了。”她说完，停顿了一下，好像要补充些什么，但欲言又止。然后便沿着走廊回她房里去了。

我独自吃着午餐，凝视着餐厅窗外，雨哗哗啦啦依旧下得那么急。想出去是不行了，但又无事可干。最好叫斯考比帮我整理那些衣服，请他帮忙，向他请教，他会很开心的。哪些该给巴通的人，哪些给特里南特的人，哪些该给东庄的人，一切都得仔细斟酌，精挑细选，这样谁都不会对自己的所得不满了。这事我们俩得干整整一下午。我努力对此事全神贯注，然而令人气恼的是，就像突然发作旋即又逝的牙痛一样，我的思绪总拐到那纸片上去。怎么会在那本书里夹着？什么时候撕下来，忘在书里的？它在书里夹了多久了？六个月，还是一年，或者更长？安布鲁斯是否给我写过一封信，但一直没送到目的地？或者还会有其他纸片，也是同一封信的一部分，因为某种不可知的原因仍夹在某本书里？那封信肯定是他病前写的，写得很清楚，语气很肯定。那么很可能是在去年冬天或去年秋天……我感到一阵羞愧，到底与我何干，干吗要追溯过去，去琢磨一封我根本就未收到的信呢？那不关我的事，我对天祈祷，别让它再来烦我。

整个下午，我和斯考比都在收拾那些衣物，斯考比把它们打成一个个包裹，我写一些说明性纸条放在一起。他建议在圣诞节来临时将这些包裹送出去，这在我看来不失为一个好主意，也会合佃户们的意。我们收拾完毕后，我又下楼去了书房，并将那些书摆放到了书架上，在放每本书之前，我总不由得抖动一下书，我这么做时，心里有种鬼鬼祟祟的感觉，就如同犯了错误以后的那种负罪感。

“……一种病，当然啰，比方说，盗窃癖，或是另一种毛病……”为什么我不由自主地想起来这些字眼？安布鲁斯究竟是什么意思呢？

我找来一本词典，查“偷窃癖”这个词的意思。“存在于人们意识中的，不为贫穷处境所诱逼的一种不可抑制的偷窃倾向。”那不是他定的罪名，他只说她是一个既浪费又奢侈的人。奢侈怎么会成为一种病呢？这不像是安布鲁斯所为，他是那种非常宽容的人，不会因为人有这种习惯就责备人家。我刚把词典放回书架上，门开了，表姐瑞秋走了进来。

我有一种犯罪感，好像我正在行骗时被她逮着似的。“我刚把那些书整理完。”我说道，心里在想自己的语气很不真实，她是否也听出来了。

“噢，我明白了。”她说，然后走过去坐在炉火旁。她已经换好了用餐装束。我竟然没意识到都这么迟了。

“我们已经整理完了那些衣物，”我说道，“斯考比帮了很大的忙。如果你不反对，我们打算圣诞节时把这些东西送出去。”

“对。”她说，“他刚才已告诉我了，我认为这再合适不过了。”

搞不清是我言谈举止的问题，还是她不对劲，我们之间确实存在一种紧张气氛。

“雨一整天都不停在下。”我说。

“就是。”她答道。

我看了看自己的双手，手已经被书上的灰尘弄脏了。“如果你不介意的话，”我说，“我去洗洗，换衣服准备吃饭。”我到楼上换好衣服，等我下来时，桌上已摆好饭菜，我们默默坐下。

平时我们谈话时，斯考比总会打岔，这可是他的老习惯了，用餐时，他有什么话想说，就会毫不介意地插进来。今晚，当我们差不多吃完时，他才对瑞秋表姐说："夫人，你给菲利普先生看了那些新的装饰布没有？"

"没有，斯考比，"她答道，"还没来得及，如果他愿意看的话，饭后就可以让他看看，或许可以叫约翰把它们拿到楼下的书房去。"

"装饰布？"我有些困惑地问，"什么装饰布？"

"你不记得了吗？"她答道，"我告诉过你，是为那间蓝色的卧室订做的装饰布。斯考比已经看过了，给他的印象挺深的。"

"噢，是的，"我说，"是的，我现在想起来了。"

"先生，我今生从未见过那样的装饰布，"斯考比说，"这个地方肯定没有哪家的装饰物能与此相比。"

"呃，斯考比，那都是从意大利进口来的，"瑞秋表姐说道，"在伦敦只有一个地方可以买到。我是在佛罗伦萨听说的。菲利普，你想看看那些装饰布吗？还是没兴趣？"

她不无期待，又不无忧虑地向我提出这个问题，那种情景是在等我回答，又怕我回答说没兴趣。

我不知所以然，只觉得自己的脸有些发热。"噢，有兴趣，"我说，"我很乐意看一下。"

我离开饭桌走进书房。斯考比紧随其后，不一会儿他和约翰把装饰布拿下来展开。

斯考比说得对，在康沃尔再没有装饰布能与此相比。我在任何地方都未见到过，不管是在牛津还是在伦敦。有很多种，有华丽的绣缎，还有重磅丝绸，是那种博物馆里用的东西。

“先生，这适合你的身份。”斯考比说，他的声音压得很低，像是在做礼拜。

“这蓝色的我想做窗帘，”瑞秋表姐说，“窗帘和床罩的颜色则分别是深蓝色和金黄色，菲利普，你说呢？”

她急切地看着我，我不知该怎么回答她。

“难道你不喜欢吗？”她对我说。

“我非常喜欢，”但是——我感到自己的脸又有些发热——“这些东西不会太贵吗？”

“噢，很贵，”她答道，“这样的都很贵，菲利普，但是能用好几年。噢，等你的孙子、重孙睡在那间蓝色卧室里的时候，床上还是这床罩，窗户上挂的还是这窗帘。对吧，斯考比？”

“是的，夫人。”斯考比说。

“菲利普，唯一要紧的是，你是否喜欢？”她又问道。

“噢，当然。”我说，“谁能不喜欢呢？”

“那就给你了，”她说，“是我送给你的礼物。斯考比，拿走吧。我一大早会给伦敦那边写信，就说我们留下了。”

斯考比和约翰叠起那些布，然后拿出房间。我有一种感觉，她的目光正凝视着我，我没有迎视她的目光，而是拿出烟斗点着，吸得比平时时间长。

“好像有什么不对劲，”她说，“是什么？”

我拿不准该怎么回答，我不想伤害她。

“你不该给我那样的礼物，”我笨拙地说道，“会花你许多钱。”

“但是我想送给你，”她说，“你为我做了这么多，作为回报，这不过是一点小礼物罢了。”

她的声音轻柔而恳切，当我抬眼望她时，看到她的眼睛里流露出一种受伤的神情。

“你真好，”我说，“不过我还是认为不该这么做。”

“让我做主吧，”她说，“我知道等我把房子收拾好，你会高兴的。”

我感到很难过，很不舒服，倒不是因为她送我礼物。她这么慷慨，这么热切，假如还是在昨天，我会不假思索地接受。然而今晚，我已经看到了那封该死的信，就开始提心吊胆，怕她为我这么做反而会使她陷入不利的境地。而且，假如我同意，就等于我盲目接受了某种我没有真正明白的东西。

过了一会儿，她又对我说：“那本园艺书会对我们这里的规划很有帮助，我竟忘记我早就给了安布鲁斯。你看看那些版画，当然并不完全适用于这个地方，但有些方面可以借鉴，比如，从地里到海边，可以修一条台阶路。另一边修一个低洼充水花园——我以前去过罗马一处别墅，那里就有一个。那本书里有这样一幅画。我知道该选哪块地方，但那是那堵老墙过去的位置。”

我搞不清是怎么回事，怎么会马上不假思索地用一种非常随便的语气问她：“你出生以来，是否一直住在意大利？”

“是的，”她说，“安布鲁斯没告诉过你吗？我的母亲是罗马人，我父亲亚历山大·科林这个家族都是四处漂泊的人，总难找永久栖身之地。他在英国住不了，我想他和康沃尔的家人也处得不好。他喜欢罗马的生活，而且他和我母亲十分般配。但他们过着朝不保夕的生活，手头很拮据。我小时候已经习以为然，但随着年龄的增长，这种生活让我觉得很不踏实。”

“他们都过世了吗？”我问道。

“噢，是的，我十六岁时，我父亲去世了。我和母亲单独生活了五年，直到我和科西莫·桑格莱提结婚。那是让人一想起来就心有余悸的五年，我们不断地从一座城市搬到另一座城市，连下一顿在哪儿吃都不知道。菲利普，我的童年是一段颠沛流离的岁月。我上个星期还在想我跟露易丝差别太大了。”

那么她第一次结婚是二十一岁，和露易丝一样的年龄。我在想她和她母亲，在她遇到桑格莱提之前，她们都是怎么过的。或许就是教意大利语，就像她想在这里做的那样，或许这也就是她想这么做的原因。

“我母亲十分漂亮，”她说，“除肤色外，跟我很不同，个子很高，很壮实。但她和许多同一类型女人一样，身体一下子垮了下来，姿色衰退，体形发胖，变得不起眼了，幸亏父亲没能活着看到这种样子，也不知道她后来所做的很多事，以及发生在我身上的相似情形。”

她完全是就事论事的口气，话里不带任何辛酸的味道。看着她坐在书房炉火旁，我在想我对她以及她过去的那段生活实在是了解得太少了。她说露易丝未曾颠簸，的确如此。我突然想到我也一样，二十四岁的我，除了在哈罗和牛津有过几年循规蹈矩的日子，我对五百英尺土地以外的世界一无所知。像我表姐瑞秋这样的人，从一个地方迁到另一个地方，再搬一个地方，嫁一个人，再嫁一个人，那会是何种感受呢？她是像关门一样把过去的事抛到脑后不去回忆，还是日日被往事缠绕呢？

“他比你年龄大很多吗？”我问她。

“科西莫吗？”她说，“噢，不，只大一岁左右，在佛罗伦萨，有人介绍我母亲认识了他，她一直就想认识桑格莱提家的人。他用了将近一年的时间，才下定决心在我母亲和我之间作出了选择。她自此失去了容颜，也失去了他，真够可怜的。这份交易使我负债累累，身负重荷。安布鲁斯肯定已经写信把整件事都告诉你了，那的确不是让人快乐的事。”

我正要说不，安布鲁斯比你所了解的要内向，如果有什么事伤害了他，或使他感到震惊，他会装作没那回事，装作什么都没发生过。他从来没有说过任何有关你嫁给他以前的事，只是提到桑格莱提是在一次决斗中死的。但我没这么说。我突然意识到，我也不想了解她的过去，不管是桑格莱提的事，还是有关她和她母亲在佛罗伦萨的生活情况，我想永远关闭过去，把它锁起来。

“是的，”我于是说，“是的，安布鲁斯已写信告诉我了。”

她叹了口气，顺手拍了拍脑后那个垫子。

“唉，”她说，“一切都显得很遥远了，经历了那些岁月的那个女孩早已是另外一个人了。知道吗？我嫁给科西莫·桑格莱提差不多有十年。但即便现在能给我整个世界，我也已不再年轻，于是我便有了成见。”

“你说话的口气像是七老八十了。”我说。

“对于一个女人来说，确实如此。”她说，“我都三十五岁了。”她看着我微笑了一下。

“噢？”我说，“我还以为你不止三十五呢。”

“绝大多数女人会把你这话当作一种侮辱，而我却把它当作赞赏，”她说，“菲利普，谢谢你。”不等我答话，她又继续说道，“今天早上你烧掉的那张纸上究竟写的是什么？”

这突然一击使我毫无防备。我望着她，使劲咽口水。

“纸？”我闪烁其词，“什么纸？”

“你十分清楚，”她说，“那张纸上面是安布鲁斯的笔迹，你把它烧掉是为了不让我知道内容。”

我暗自思忖，说一点总比完全撒谎好。尽管我的脸又发起烧来，我还是鼓足勇气迎视她的目光。

“那是一封信撕下来的一片纸，”我说，“我想那封信是他写给我的，他只不过简单地表达了一下他对花销方面的忧虑，只有那么一两行字。我是担心让你看到他的信，你会更伤心。”

她那急切的目光露出如释重负的神情，抓着戒指的手随即放到了大腿上。这使我相当吃惊，但同时也使我放心了。

“就这么多？”她说，“我还一直……无法明白。”

谢天谢地，她总算相信了我的解释。

“可怜的安布鲁斯，”她说，“那一直是他忧虑的事，他总认为我很奢侈。我想你并不是很了解，那边的生活跟他在家的生活截然不同。他根本无法适应——噢，上帝，我怎么能责备他呢？——我知道他内心深处非常讨厌我们相识之前我所不得已过的那种生活，那些可怕的债务，他全部还清了。”

我没有说话，只是一边抽着烟，一边看着她，心里轻松了许多，不再紧张。我的急中生智获得了成功，这使得她同我说话时不再存有戒备。

“刚开始几个月他很大方，”她说，“菲利普，你想象不到那意味着什么，我终于能有了可依靠的人，令我更加欣喜的是，我找到了我能爱的人，假如我想要世上任何东西，他也会给我。那就是为什么当他生病时……”她突然不说了，眼中充满了不安和忧虑，“那就是为什么他的变化会令人难以理解。”

“你是说，”我说，“他不再慷慨了吗？”

“不，他还是很大方，”她说，“但不是相同的做法，他会给我买很多东西，礼物、珠宝，从某种程度来说，几乎像是在考验我，我说不清。但如果我向他张口要钱，用作家里的一些小开支，花一些我们非花不可的钱——他不会给我钱，而是用一种奇怪的怀疑的目光看我。他会问我为什么要钱，问我打算怎么花，是不是把钱给别人……最终我不得不去找瑞纳提，菲利普，我不得不去向瑞纳提要钱给仆人付工资。”

她又一次停下来，看着我。

“安布鲁斯发觉了吗？”我问道。

“是的，”她说，“他从来就没把瑞纳提放在眼里，记得我对你说过的。但是安布鲁斯知道我去找瑞纳提要钱时……就完了。他无法容忍瑞纳提再来别墅。菲利普，你简直难以相信，我不得不在安布鲁斯休息时，偷偷摸摸地去找瑞纳提，为的是给家里弄点钱来。”她突然比画着站了起来。

“噢，上帝，”她说，“我并不想把什么都告诉你。”

她走到窗边，拉开窗帘，望着外面的大雨。

“为什么不呢？”我问道。

“因为我希望他在你心目中，永远都是他在这里时的样子，”她说，“你有他在这屋里的印象，他便是你的安布鲁斯，就到那为止。最后那几个月是属于我的，我不想任何人与我共有，尤其是你。”

我不想与她共有，我希望她能一点一点把过去淡忘。

“你知道怎么了吗？”她说着从窗口转过身来望着我，“我们打开楼上那房间里的箱子就错了。箱子本该原封不动的，我们错就错在动了他的东西。当我一打开箱子看到他的晨衣和拖鞋时，我就感到错了，我们开启了某种本来深藏的东西，某种心酸的情感。”她的脸变得苍白，手紧紧攥在一起。我还没有回答，她又说，“你扔进火里烧掉的那些信件，我尽力不去想它们，而现在，既然我们已经打开了那些箱子，就好比我又把这些信重读了一遍。”

我站起来，背靠火炉站着。看她在屋里踱来踱去，我不知该对她说些什么。

“他在信中说我在监视他，”她接着说，“当然我要监视他，他跟自己过不去，伤害自己。瑞纳提要我找些修道院的修女来帮我，但我不想这么做，假如我那么做了，安布鲁斯肯定会说她们是我找来监视他的，他什么人也信不过。医生都很好，很耐心，但他不愿见医生。他要我把仆人一个一个地辞掉，最后只有吉普西留了下来。他信任他，说他有狗一般忠实的目光……”

她打住话，背过身去。我想起了别墅大门口仆人房出来的那个仆人，想起了他想替我分担痛苦的样子。奇怪的是安布鲁斯也像我一样信任那双诚实可靠的眼睛，虽然我只见过那仆人一面。

“现在没必要再谈论那些事了，”我对她说，“这对安布鲁斯没有任何好处，只会折磨你，至于我自己，你们之间发生的事与我毫不相干。一切都过去了，结束了，也已经被遗忘了。别墅不是他的家，也不是你的家。你嫁给了安布鲁斯，这里才是你的家。”

她转过身来看着我。“有时候，”她慢条斯理地说，“你和他相像得让我觉得可怕，你的双眼，带有和他相同的神情，望着我的时候，我好像觉得他根本就没死，经历过的一切还要再经历一次。我再也受不了那种猜测，那份痛苦，日日夜夜折磨着我。”

她说话的时候，我头脑里显现出一幅十分清晰的桑格莱提别墅的画面。我看到了那个小庭院，那里的金链花树好似阳春三月绽放的黄色花朵，我看见安布鲁斯正坐在椅子上，身边放着他的拐杖。我又感受到了那个地方整个环境的幽静，闻到了空气中的霉味，看见了滴水的喷泉，而且从上面阳台俯视的女人不再是虚构的人物，而是瑞秋，她那目光充满了悲痛和祈求。我突然觉得自己十分苍老，熟谙世事，而且充满了一种无法理解的新的力量。我向她伸出双手。

“过来，瑞秋。”我说。

她从那边走到我跟前，把手放在我的手心里。

“在这间屋里不会有心酸感，”我对她说，“这屋是我的，心酸已随死人而去。那些衣服都被收拾走了，不再与我们有任何牵连。从今往后，安布鲁斯在你心目中的印象和在我心目中的一样，我们会把他那顶旧帽子放在大厅里的高背椅上，把那根拐杖和其他东西一起放在架上。你现在就像他和我一样属于这里，我们三个共同构成了这里的一部分，你明白吗？”

她抬头看着我，手没有收回去。

“明白。”她说。

我感到出奇地激动，似乎我的全部言行都早有准备和计划好的。同时一个低低的声音从某个黑暗的地方传来，“此刻永不再来，永不……永不……”我们就那么握着对方的手站着。她对我说：“菲利普，你为什么要对我这么好？”

我曾记得早上她哭着扑进了我的怀里，我用双臂拥着她，好一阵，我把脸贴在她的头发上。我想再来一次，这种愿望比对任何东西的愿望都强烈。可今晚她并没有哭，她没有过来，没把头贴近我的前胸，她只拉着我的手，站在那儿。

“我对你并不好，”我说，“我只想让你开心。”

她走开去，拿起烛台回去睡觉。当她走出房门时对我说：“晚安，菲利普，上帝保佑你，终究有一天，你会了解我曾一度经历过的幸福。”

随即传来她上楼的脚步声。我坐下来盯着书房里的火炉。在我看来，这里却有一种辛酸的气氛，但不是来自于她，也不是来自安布鲁斯，而是深埋于我心中的一粒种子，这一点我绝不会告诉她，她无须知道。我本认为已被遗忘和深埋的嫉妒之恶又一次出现了。但这次我嫉妒的不是瑞秋，而是安布鲁斯，这个世界上我至今了解最多，也爱得最深的人。

16

十一月和十二月一晃就过去了，至少在我看来是这样。以往，当白昼慢慢变短，气候逐渐变冷时，户外活动会变少。四点半，天色已暗，我感到室内漫长的夜晚非常乏味。我不是一个喜欢读书的人，也不善交往，不喜欢同邻居一道去狩猎，或和他们一起出去吃饭。过去，总盼着年末，圣诞节一过，随着一年中最短的白天过去，就可以期盼春天的到来了。在西部，春季通常早早就来临，甚至在元旦前，第一批草木就发芽了。然而今年的秋季却没有单调乏味的感觉，树叶落了，棵棵树都光秃秃的，褐色的巴通大地被雨水浸得透湿。寒风掠过海面，蒙上了一层灰色，而这一切并未使我触目伤怀。

我和表姐瑞秋已形成一种惯例，很少有改变，而这种惯例似乎也很适合我们。如果天气好，她会一上午指点塔姆林和园丁们栽种，或者检查我们已决定建造的台阶路的进展情况，这项工作除了林里的工人外，还需雇佣额外的人。而我则忙于庄园的日常事务，骑马往返于各个农场，或者去看有我地产的外围地区。我们十二点半聚在一起吃顿简餐，通常是凉食、火腿、馅饼或是蛋糕之类。那正是仆人们吃饭的时间，我们就自己动手，这个时候往往是我一天里第一次见她，因为她通常在自己的房里吃早饭。

当我外出在庄园四周游荡，或待在办公室里，只要听到钟楼上午钟敲响，随即铿锵的收工钟声也敲响的时候，心底就油然而生出一种兴奋，我会猛地兴致勃勃起来。

我手边的活会突然一下子显得平淡无味，如果我骑马出去，比如在草场或是在树林里，或附近的田野上，钟声和铃声回荡在空中——顺风传得很远，以至于三英里外都能听得见——我会不耐烦地调转吉普西往家奔去，好像怕在外面再多滞留一会儿，就会误了午饭时间。如果在办公室里，情形也是如此。我本来两眼盯着面前桌上的资料，嘴里咬着钢笔，靠在椅子上，突然间，会觉得正在写的东西一下子变得毫无意义。信可以先放放，数字也可以先不算，其他事务可以另找时间去完成。我得推托身边的所有事情，离开办公室，穿过庭院，回到家里去。

她往往会早我一步到那儿迎我，向我道声“早上好”。她常常会把一个枝状的饰物放在我的碟子边，作为给我的一份礼物，我就别在纽扣眼里。有时我会品尝到一种新的药饮，某种香草酒。在她手中，这种酒可以有百余种配方，不断让厨师试。过了几周以后，斯考比才偷偷告诉我，说厨师每天都背着他去向她讨教，那就是我们现在能吃得这么好的原因。

“太太不想让艾什利先生知道此事，以免认为她太专横跋扈。”斯考比说。

我只是笑笑，假装还不知道。但有时候，我会开玩笑地对我们正吃的饭菜吹毛求疵。“无法想象他们在厨房里究竟干了些什么，这些伙计都变成法国厨师了。”

这时，她会很天真地问：“你喜欢吗？是不是你以前吃过的更可口些？”

现在大家都称她为“太太”，我并不介意，反而很高兴，这使我有种自豪感。

我们吃完午饭，她就上楼去休息。如果这天是星期二或星期四，我会给她叫辆马车，威灵顿便驾车带她到邻里回访来过的客人。有时如果我顺路有事，便和她一起坐车走约一英里，然后我从马车上下来，让她一个人继续走。在她回访时，她会对人表示出深切的关心。她披着最好的披风，带着新的面纱和帽子，我背朝马匹坐在马车里，这样就能看着她了。而她呢，故意逗我，不把面纱掀起。

“为了能听到那些闲言碎语，”我说，“为了能听到一些新鲜事或传闻什么的，我愿变作墙上的苍蝇。”

“跟我一起去，”她回答道，“会对你有好处的。”

“我可不想去，吃饭的时候，你会全部讲给我听的。”

我站在路中间看着那辆马车轱辘而去，车窗内会伸出一块手帕逗趣地朝我舞动。在这之后，我只有到五点吃晚饭时才能见到她，这段时间像是晚上见面前非穿插不可似的。这期间不管我是有差事，还是在忙庄园的事，或是和人们闲谈，都一直有种急不可耐的感觉。几点了？我看看安布鲁斯的手表，唉，才四点半，时间怎么过得这么慢。只要回到家里，经过马厩，我就知道她是否已经回来了，因为可以看到马车是否已停在车棚里，马是否吃了料，饮了水。进了家门，经过书房和客厅，两间房子要是空荡荡的，就知道她已经上楼休息去了。她在饭前总要休息的。那时我会先冲个澡，或洗洗脸，换好衣服后，再到下面的书房去等她。随着钟表指针接近五点，我开始越来越焦躁不安，我开着书房门，以便能听见她的脚步声。会先听到狗的嗒嗒脚步声——现在我对它们来说已无足轻重，它们像影子似的跟着她——接着听到的是长裙拂过楼梯的沙沙声。我想这是一天中我最欣赏的时刻。声音里有某种期待中的心悸，一种急切的渴望。以至于她进来时我几乎忘记该说些什么，做些什么。我不知道她的长裙是用什么材料做的，不管是挺括的丝绸，还是缎子，或者是棉缎，她行走时不时地擦着地板，不知是长裙本身在飘动，还是因为由她穿着，行走时步态优雅，反正那本来暗淡简朴的书房，她一进来，就会突然焕发出光彩。

烛光中的她有着白天没有的温柔，就好像早上明媚的晨光和下午暗淡的色彩都被工作和劳务所掩盖，生机勃勃，但实实在在。当夜幕降临，百叶窗紧闭，风平浪静，回到家的氛围中，她那一直掩盖着的光彩便四溢开来，她的面颊和秀发更加光彩夺目，目光幽远，无论她转过身来说话，到书橱取书，还是弯下身子轻轻拍拍伸着懒腰躺在火炉前的多恩，举手投足自然优雅，显得那么迷人。此时此刻，我真想不通我以前怎么还会认为她很普通的。

斯考比通知晚餐已备好，我们便走进餐厅，在自己的位置上坐下来。我坐在桌头，她紧挨我右侧，这在我看来已是寻常事，没什么新奇可言了。我再不是一个人坐在那儿，穿着那件旧夹克，也不换衣服，面前放着一本书，免得和斯考比说话。然而假如过去经常都这样，我就不会像现在这样兴奋了。吃喝的过程，现在都在某种意义上变成了一种新的历程。

几个星期过去了，兴奋的感觉并未减弱，反而还有所增强，结果我总不由自主得找借口去屋里转上一阵子，哪怕每次只五分钟也好，就为了能看她一眼，这样除了中午和晚上的正常相聚外，还能增加一点机会。

她要么是在书房，要么有事正好经过大厅，或者也有可能在客厅里等候来访者，她会稍带一点惊讶地笑着对我说："菲利普，怎么这会儿回家来了？"她这么问，我还得编点理由。至于那些花园里的事，过去安布鲁斯总设法引起我的兴趣，而我总是见了哈欠连连，躲之不及的，如今只要有种植方面或台阶路建设方面的事，我会毫不犹豫亲临现场。每天晚饭后，我们又会共同研究她从意大利带来的书，把其中的图案作一些比较，再争论一番，看哪个能效仿。现在想想，即便她建议我们在农场的田地上建一个罗马废墟的复制品，我想我都绝无二话。我或者说可以，或者说不行，或者说的确好，或者还摇摇头，但实际上我从来都没有真正在听，我的乐趣只在于看着她满怀兴致地忙碌，看着她对比着插画深思熟虑，看她皱着眉头，手拿钢笔在纸上做标记，还看她的手翻了一本又一本。

我们并不总坐在下面的书房里。有时她邀我一同上楼，到波比姑妈的闺房去，我们把书和花园设计图铺上一地。我是楼下书房的主人，但在她的闺房里，她是主人。我说不清是不是觉得在这儿更好，我们彼此都不拘谨而更随意。斯考比不打扰我们——她巧妙地免了那道送银茶盘的程序——她亲自给我俩配置药饮，她说这是一种大陆上的习惯，这种药饮对眼睛和皮肤都有很好的作用。

饭后的闲暇转瞬即逝，我希望她忘掉时间，而钟楼上讨厌的钟声不知不觉就在我们头顶敲响十点，打破这份静谧。

“我不知道都这么晚了。”她经常会说着站起来合上书。我懂得这意味着分别，即使站在门口继续说点什么，这样的小伎俩也无济于事，十点钟的钟声响了，我就得马上回去。有时她让我吻她的手，有时让我吻她的面颊，有时她像拍小狗一样拍拍我的肩头，她再也没有靠近过我，也没有像那天晚上她躺在床上，双手捧着我的脸。我没有追求这些，甚至也不希望这样，但在我给她道过晚安，顺走廊回到自己的房间，打开窗户，看着窗外寂静的花园，听着那片林子下面的小海湾里回荡着远处大海隐隐约约的涛声时，我就如同假日已结束的孩子一般，感到莫名的惆怅。

一整天时时刻刻热切盼望的夜晚就这么结束了，下一个这样的夜晚又似乎是那么遥远。无论我的心还是我的肉体都还不能安歇。过去，她来这儿之前，冬天晚饭后，我总在火炉旁打个盹儿，打着哈欠，伸伸懒腰，然后拖着重重的脚步到楼上去，舒舒服服钻进被窝，一觉睡到第二天早上七点钟。而现在，完全是另一种情形了，我简直可以整夜踱来踱去，或者一直聊天聊到天亮，前者的做法很傻气，后者的做法则没有可能。于是我便一屁股坐到窗前的靠背椅上，一边抽烟，一边望着窗外的草地。有时凌晨一两点钟，我才会脱衣睡觉，我就那么一直坐在椅子上发呆，脑子里一片空白，无声无息地让时光白白流走。

十二月月圆时，第一次霜冻就到了，这样的不眠之夜变得更加难熬，但同时又有一种美感，晴朗的夜色，丝丝寒意，深深打动了我，我真有些如痴如醉。窗外长长的草坪，连着草地伸向远方，一直伸到大海边。所有一切都披上了一层白色的霜衣，在月光的映照下银光闪闪。草坪周围昏暗的树木十分幽静，几只兔子跑出来在草地上乱刨，然后又一哄而散各自回洞里去了。一片静寂中，突然传来一声雌狐的尖叫，接着是低低的啜泣声，十分怪异，那不像是平常夜里发出的其他叫声，但不会有错，接着我看到一个瘦小的躯体钻出树林，在草坪上一闪，瞬间又躲到树密的地方去了。一会儿又从远处空旷的公园里传来几声那样的尖叫。此时那轮满月爬上枝头，悬挂在空中，窗前的草坪又恢复了寂静，我不知道瑞秋是否已在蓝色卧室里入睡，还是也像我一样，窗帘拉开着。十点钟让我睡觉的钟声又敲响了一点、两点，我多么希望我身边这丰富的美丽能两个人共享。

不强求的人会拥有一个平淡的世界。这并非现实世界，而是仙境，所有这一切都属于我，而我不想一个人独占。

于是我便像晴雨表一样，由狂喜和兴奋一下子跌到灰心、失望中去。想起她曾说留下和我待一小段时间，我不知道还有多久，不知道会不会一过完圣诞她就冲我说："菲利普，我下周要去伦敦了。"由于天气的缘故，种植工作都停了下来，春季来临前的这段日子里，估计都不会有太大进展。路则差不多能修好，因为现在气候干燥，会进展得顺利一些。可是只要按计划做，即使她不在场，工人们也会干出个名堂来的。万一她哪一天要离开，我无法找到理由来挽留她。

过去安布鲁斯在家时，到了圣诞节前夜，他总会给佃户们准备一顿晚餐。前几个冬天，他不在家的时候，我们放弃了这种活动，因为在他旅游归来后，他会举行一次仲夏聚餐。现在我决定按照老习惯举行一次这样的聚会，因为瑞秋还留在这儿。

在我小的时候，圣诞晚餐是圣诞节最激动人心的时刻。通常在圣诞夜的前一周，工人们会搬来一棵高大的冷杉树，把它抬进马车房上面的那间长形房间，也就是我们举行圣诞晚餐的地方。

树放好了，往往不让我知道。但一般情况下，中午仆人们吃饭的时候没人在眼前，我就绕到后面，爬上楼梯，来到通往长形房间的侧门旁，于是我就能看到那棵大杉树了。它就在房间尽头那个树缸里，靠墙脚堆着还没排列整齐的长搁板饭桌。我开始帮着布置是我第一次从哈罗回来度假的时候。这种身份的转变不同寻常，让我感到从未有过的骄傲。以前还是小孩子的时候，我常坐在安布鲁斯身边，身份转变后，就能单独坐在餐桌的一头了。

现在，我又一次打发那些林木工人去挑选圣诞节用的杉树，事实上我也亲自去了林子。瑞秋别提有多高兴了，远比任何庆典都更使她开心，她诚恳地请教斯考比和厨师，又去看了食品库、储藏室以及游艺室。她甚至还说服了我的男管家，同意由她指导两个巴通姑娘做法兰西风格的糕点。一切都令人激动不已，同时又充满了神秘色彩，因为我不让她事先看到那棵树，而她也对圣诞晚餐的菜肴严格保密。

她一收到包裹，就让人拿到楼上去。我去敲她的闺房门，可以听见撕纸的声音，然后像是过了一个世纪，才传来她的声音说："进来吧。"只见她屈膝跪在地板上，眼睛放光，两颊绯红，地毯上零乱地放着几样东西，上面用布盖着，不让我看。

我又一次回到了童年时代，回到了以前那种兴奋中，那时我穿着睡衣，踮着脚尖站在楼梯上，偷听下面的窃窃私语，安布鲁斯会突然从书房出来，笑着说："睡觉去，小混蛋，不然我就剥了你的皮。"

有件事让我伤脑筋，我拿什么做礼物送给瑞秋呢？我花了一天时间，转遍了特鲁洛镇的所有书店，目的是找一本园艺方面的书，但无功而返。更有甚者，哪一本也比不上她从意大利带来的书。我对什么样的礼物才能取悦于女人一无所知。我教父以往给露易丝送礼物时，常常会买些布料做件衣服。但瑞秋只穿丧服，我不能送她这些东西。记得有一次露易丝很喜欢从伦敦带回来的一个项坠盒，有个星期天，她就戴着那个项坠和我们共进晚餐。想到这儿，我马上有了主意。

我们家收藏的那些珠宝中，一定有可以作为礼物送给瑞秋的饰物。这些东西没和艾什利家的文件资料一同放在家中的保险柜里，而是保存在银行里，安布鲁斯考虑得十分仔细，这样做是为了防止万一发生火灾。但我不知道那儿都有些什么，只依稀记得小时候有一天曾和安布鲁斯一道去过银行，他拿出一串项链，微笑着告诉我，说它是我们祖母的，我母亲结婚时曾戴过，但只是在婚礼那天，而且是借用的，因为我父亲不是直系。安布鲁斯还说，如果我表现好，他会允许我送给我妻子。现在我意识到，银行里存放的任何东西都属于我，或者说，在三个月后将属于我，但这不过是个措辞问题。

我教父当然知道银行里存放着些什么样的珠宝首饰，不巧的是他因事去了伊塞特，要到平安夜和露易丝来参加圣诞晚餐才回家。我决定自己去银行，要求看看那些珠宝。

柯奇先生以他惯有的客套礼貌接待了我，带我进入他那面朝海港的私人储室，细听我的要求。

“肯达尔先生有无可能反对？”他问。

“当然不会反对，”我不耐烦地说，“这完全可以理解嘛！”实际不是这样。但我不到几个月就要过二十五岁生日了，如果一点小事还要征求教父同意，简直是荒唐可笑的，想起来都令人生气。

柯奇先生去保管室取那些珠宝。这些珠宝被装在封死的盒子里，他启了封，在他面前的桌子上铺开一块布，把珠宝一件件放到上面。

我没想到存放的珠宝这么好，有戒指、手镯、耳环、胸针，其中许多都是配套的，例如有一个红宝石头饰和红宝石耳环的套饰，还有一个蓝宝石的手镯、项链垂饰和戒指套饰，然而我看着这些东西，都不愿用手去碰。我有些沮丧，因为我想起了瑞秋还穿着丧服，不宜戴彩色的宝石，如果我给她这些，没什么用，它们对她毫无用处。

接着柯奇先生打开了最后一个盒子，从里面挑出一条珍珠项链。项链有四股，像箍带那样紧绕着脖颈，连接处是一块钻石，我立刻认出来了，它就是我小时候安布鲁斯给我看的那条项链。

“我喜欢这件，”我说，“这是所有饰物中最好的一件，我记得安布鲁斯堂兄曾给我看过的。”

“哦，或许想法不一样。”柯奇先生说，“要让我说的话，红宝石价值最高。不过那条珍珠项链有一种家族感情，你祖母安布鲁斯·艾什利夫人当新娘时，在英国宫廷上戴着它。接着当地产继承权传到你伯父时，这条项链自然就给了你的伯母菲利普夫人。这个家族的不同成员在婚礼上都戴过它。你母亲也是其中之一。事实上，我认为她是最后一位戴这条项链的人。你堂兄安布鲁斯先生是决不允许它出这个郡的，如果在别处举行婚礼，就不能戴这条项链。”他手里拿着这串项链，窗口射进来的光照在那些圆滑的珍珠上，光彩夺目。

“这确是一件精美的东西，”他说，“戴过它的女人没人能佩戴超过二十五年，我参加了你母亲的婚礼，她长得漂亮，戴上这条项链更是增色不少。”

我伸手从他手中拿过那条项链。

“呃，我想现在就拥有它。”我说，然后把那条项链连同包装布一同放进盒子里，他吃了一惊。

“艾什利先生，我不知您这样做是否明智，”他说，“如果丢掉或者没放好，后果将不堪设想。”

“不会丢掉的。”我简单地说了一句。

他看上去不大高兴。我急着脱身，唯恐他争得更厉害。

“如果你担心我的监护人会说什么，”我告诉他，“请放心好了，等他从伊塞特回来，我会谈妥的。”

“希望如此，”柯奇先生说，“不过我更希望他现在就在这儿。当然等你四月份成了财产合法继承人，那你把这些珠宝全拿走也理所应当，想怎么样就怎么样，我不该要你服从这种程序，但这是很严肃的法律问题。”

我把手伸给他，祝愿他圣诞快乐，然后得意洋洋地骑马回家了。纵使我搜遍整个国家，我都找不到比这一件更好的礼物给她。谢天谢地，珍珠是白色的，而且想想还有一点顺理成章，因为最后一个佩戴这件珍珠的是我母亲，我会把这告诉她。现在我可以心情愉快地迎接圣诞节了。

还需等两天……天气晴好，霜也只有薄薄一层，看来圣诞晚餐会在晴朗无雨的夜晚举行。仆人们都非常兴奋，圣诞前夜的那天上午，房子里的餐桌和长椅就已被摆放整齐，而且刀、叉和盘碟一应备齐，窗梁上挂满常青藤，我叫斯考比和小伙子们和我一起装饰圣诞树，斯考比决定自己担任这项仪式的主持人。他站在离我们远一点的地方，以便看得更清楚。我们把那棵树朝这边转转或再朝那边转转，把这根树枝抬高点，再把那根树枝抬高点，使树上的松果轻重协调。他朝我们比画着手势，俨然一个弦乐队的指挥。

“菲利普先生，我觉得这个角度并不好，”他说，“树如果稍稍向左偏一点，效果会更好。啊！太远……对，好一点。约翰，右边第四根树枝弯了，抬起一点，哎，哎，动得太厉害了，把枝条展开，亚瑟，把枝条展开。要把树摆放得像长在那儿一样，吉姆，别踩着枝条上的圣果。菲利普先生，就现在这样吧。再动一点的话，整个效果就破坏了。”

我从来没想到他居然会有这样一种艺术品位。

他身子后仰，手背在后面，眯着眼睛。

“菲利普先生，”他对我说，“我们已经达到完美的境界了。”我看见约翰捅了捅亚瑟的肋部，然后离开了。

晚宴定于五点钟开始，肯达尔父女和帕斯科一家将是唯一名符其实的“马车老友”，其他人将乘坐四轮轻便马车或两轮轻便马车而来，甚至有些住在附近的会走路过来。我已将所有的名字都写到了纸上，然后放在适当的盘子里，谁要是识字有问题或根本就不识字的话，邻座可以帮忙。一共有三张餐桌，我坐第一张桌的首席，瑞秋坐末席，第二张桌由巴通来的比利·洛威坐首席，第三张的首席则是库木比来的彼得·约翰。

按照惯例，五点一到，所有的人都在那间长形房间集中坐好。大家坐好后，我们再进去，晚宴结束时，我和安布鲁斯会把圣诞树上的礼物分发给大家，通常给男人们的是钱，给女士们的是新围巾，以及给每人一只装满食物的篮子。礼物从未变过，改变任何一点程序都会使他们感到惊讶，但这个圣诞节我已让瑞秋同我一道分发礼物。

在着衣准备就餐前，我已经把那串珍珠项链送到了瑞秋房间中，装在盒子里，在里面附上一张小纸条，我在小纸条上写着：我母亲最后一个佩戴它，现在它归你了，我希望你今晚戴上它，直到永远——菲利普。

我洗完澡，穿上晚装，在五点差一刻就做好了一切准备。

肯达尔父女和帕斯科一家不会来屋里打招呼，按照习惯，他们会径直去那间长形房间，同那些佃户闲聊或者帮忙砸冰块。安布鲁斯一直认为这主意不错，仆人们也在那里。我和安布鲁斯经常穿过房子后面的石廊，走过庭院，出去后再上那排台阶来到马棚上面那间长形房间。今晚，我将和瑞秋一起去那个房间。

我下了楼，在客厅等她。我站在那儿，心里有些惶恐，因为我从来就没给女人送过礼物，或许那样做是失礼的，或许只有鲜花、书或者画是适宜的。假如她生气了怎么办呢？就像她上次对生活费的事一样，或者又莫名其妙地以为我这样做是为了侮辱她？想到这儿，我不禁毛骨悚然，现在的每一分钟，对我都是慢性折磨。终于，我听见了她下楼的脚步声，今晚没有狗跑在她前面，它们早早就被锁到了窝里。

她缓步而来，那长裙熟悉的窸窸窣窣声越来越近。门开了，她走进来，站在我面前。正如我预料的那样，她穿着深黑的衣服，但长裙是我从未见过的。长裙很宽松，只是胸和腰部收了点，她的衣服有一种光泽，就好像有光照在上面。双肩露在外面，头发梳得比平时高一些，发髻高高扎在脑后，耳朵露在外面，脖子上佩戴着那条珍珠项链，这是她身上唯一的珠宝，贴着她的肌肤，闪着温和的银色光芒。我从未见她如此光彩照人，如此神采奕奕，露易丝和帕斯科一家都说对了，瑞秋确实很美。

她站了一会儿，注视着我，然后伸手给我，叫“菲利普”。我朝她走去，站在她面前，她伸开双臂，搂住了我，眼睛里充满了泪花，但今晚我并不介意。她的双手从我肩上挪到我的脑后，抚摸着我的头发。

她吻了我，但和以前不太一样。我拥着她，站在那儿想：不是因为想家，也不是因为得病，不是大脑发热——而是因为这个，安布鲁斯才死的。

我回吻了她，这时钟楼上的钟敲响了五点，她没说话，我也没有。她把手伸给我，我们一块儿走下黑暗的厨房通道，穿过庭院，走向马车房上面那间灯火通明的长形房间，走向那欢声笑语和那些满怀期待的兴奋面孔。

17

我们一走进去，大家就都站了起来，和着脚步蹭地声，桌子都被推到了后面，嗡嗡的说话声顿时静了下来，大家都抬头看着我们。瑞秋在门口停了一下，我想她大概没曾想会见到这么多面孔。接着她看到了放在房间尽头的圣诞树，高兴地叫了起来。寂静被打破了，看着她惊奇的表情，大家有同情也有高兴地又嗡嗡起来。

我们走到各自的座位上，瑞秋坐了下来。大家也都跟着坐下，立刻就响起了一阵闲侃和说话的嚷嚷声，伴随着叮叮当当刀叉盘碟相撞的声音。大家挤来挤去，一边嬉笑，一边说着些表示歉意的话。坐在我右边的是来自巴通的比尔·洛威夫人，身穿薄纱衣，想在来客中出风头。我注意到坐在我左边，从库木比来的约斯夫人用一种不屑的目光看着她。我一心为了社交礼节，却忘了她们彼此不“讲话”，只因有个集日因为鸡蛋产生的误会，隔阂就延续了十五年。没关系，我会精心关照两人，遮掩一切不快的。酒会助我一臂之力，我抓起旁边的大酒罐，大大方方给她们斟上酒，也给我自己倒上酒，接着把话题扯到菜单上。厨房工作完成得很出色。在我漫长的记忆中，我们的圣诞晚宴从来没有这么丰盛过。烤鹅、烤火鸡、牛、羊的肋条、硕大的熏火腿四周点缀着一些花边，还有各种各样大小不一的甜点和馅饼、塞满干果的布丁。在比较油腻的食物中间是香脆酥松的面点，这是瑞秋和巴通来的女仆们一起烹制的。

客人饥饿的面孔上露出期待和贪婪的微笑，我也一样。这时已有阵阵笑声从其他桌子传来，那儿没有“主人”在场的拘谨。有些贪吃的佃户已经随意地解松了腰带，解开领口，我听见神气十足的杰克·利比嘶哑着嗓子——我想他大概来之前就已经喝了一两杯酒了——对他的邻座说：“上帝……在我们享用完后，他们可能把我们喂公鸡，我们却一点不知道。”我左边小薄唇的约斯夫人手指像夹毛笔一样拿着叉子扎她的鹅翅膀，这个家伙低声对我说：“亲爱的，用拇指和食指，用指头撕。”说着朝我眨了一下眼。

就在这时，我注意到我们每个人的盘子边有一个盒子，上面是瑞秋的笔迹。每个人似乎这时都注意到了，在短短一刹那，食物被抛到了脑后，大家都在兴奋地撕着包装纸，我看着大家，等了一会儿才打开我自己的盒子。我突然一阵心悸，意识到了她所做的一切。她给所有在这儿的男女准备了礼物，她亲自把礼物包好，每份礼物里各附一张纸条，不是什么大东西，但能使大家很开心，这就是她在闺房后那些神秘的包装品，我一下子全懂了。

当所有邻座又开始吃起来时，我才打开我的盒子。我是在桌子下面放在膝盖上打开的。我认定只有我自己能看她给我的礼物。是一个金钥匙链，上面有一块小牌子，刻有我们名字的首字母P.A.P.A.，字母下面是日期。我在手里握了一阵，然后偷偷装进了外套口袋。我抬起头笑着看她，她也正面带微笑望着我。我向她举起杯，她也朝我举起杯子，天哪！我太开心了。

晚宴在喧嚣和欢乐中继续，我还没回过神来，堆着油腻食物的盘子就被腾空了，酒杯添了又添，坐在桌子中间的一个人唱起歌来，其他桌上的人也都跟着唱了起来。靴子有力地踩着地板，刀叉叮叮当当地在碟子上敲着节奏，身子随着节奏摇来晃去，库木比的约翰夫人告诉我，作为一个男人，我的睫毛太长了，我给她斟上了更多的酒。

最后，我想起了安布鲁斯是如何让这一刻达到高潮的，我使劲敲了敲桌子，说话声便静了下来。“如果不反对的话，请出去一会儿，然后再回来。”我说，“我和艾什利夫人五分钟后把树上的礼物送给大家，谢谢，女士们，先生们。”

如我所料，门口一下很拥挤。我含笑看着斯考比身板挺直、端正地向前挪，以防脚底打滑，趴倒在地。那些留在房内的人把凳子和桌子推到墙边，因为等我们把礼物从树上取下来送给大家并告退之后，那些还有精力的就可以挽着舞伴在此跳起舞来，一直狂欢至午夜。我还是小孩子的时候，常在婴儿房的窗子旁听着脚踩地板的声音。今晚我朝着树边的那几个人走去，那儿有牧师、帕斯科夫人、她的三个女儿以及一位副牧师，另外还有我教父和露易丝，露易丝看上去心情不错，但面色有些苍白，我同他们都握了手，帕斯科夫人张着大嘴对我说：“你已经超越了自己，我们从来没这么开心过，姑娘们都非常高兴。”

他们三个还有副牧师看上去确实很高兴。

“你们认为这次宴会不错，这让我很高兴，”我边说边转向瑞秋，“你开心吗？”

我们的目光碰到了一起，她笑了。

“你觉得呢？”她说，“我都高兴得想大喊。”

我朝教父行了个礼。“晚上好，先生，圣诞快乐。”我说，“伊塞特那地方怎么样？”

“冷，”他简要地回答，“而且沉闷。”

他的态度很无礼，站在那里，一只手放在背后，另一只手摸着胡子，我在想是不是餐宴的什么事让他不快，是不是酒喝得太随意了？后来我发现他盯着瑞秋，目光落在她脖子上的那条项链上。他看我盯着他便将目光移开了，有一阵儿，我觉得又回到了哈罗的第四教室，老师发现了我藏在拉丁语书下面的作弊纸条的情形。我继而耸了耸肩，我是菲利普·艾什利，今年二十四岁，这个世上的人，谁都不能对我指手画脚，当然，也包括我教父。我想给谁送或送不送圣诞礼物都由我自己说了算。不知道是不是帕斯科夫人已发表了一些尖刻的意见，如果有涵养的话，她就不至于这么做。不管怎样，她应该不知道项链的事，因为我母亲在帕斯科先生任职前就已经去世了，露易丝已注意到了，这显而易见，我看见她蓝蓝的眼睛朝着瑞秋眨了眨，又垂了下去。

人们跌跌撞撞地回到房间，我和瑞秋刚在树前站好，他们就推推搡搡，说笑着来到树跟前。我弯腰拿起礼物，念出名字，然后把礼物递给瑞秋，他们一个接着一个来拿各自的礼物。她站在树前，脸颊微红，快乐地笑着。我只是念名字没有看她。“谢谢你，上帝保佑你，先生。”他们对我说，又对她说，“上帝也保佑你，夫人，谢谢！”

给大家发送礼物，再对每人说句话，花了差不多大半个小时。当这一切发放结束，最后一个接受礼物的人行了个屈膝礼，突然一片沉寂，大家一起靠墙站着，看着我。“祝大家圣诞快乐！”我说。他们异口同声地喊：“圣诞节快乐，先生，艾什利夫人。”

紧接着前额上黏着一缕头发的比利·洛威尖声喊道："让我们为这一对欢呼。"欢呼声穿透这间房子的房檐，整个地板都几乎晃动起来，大家差点都掉到下面的车厢上。我看了一眼瑞秋，她眼里满是泪水，我朝她摇了摇头，她笑了，朝我眨了眨眼，不让眼泪流出来，把手伸给我。我看见教父拉着个脸盯着我们，竟不可思议地想起了小学生反对别人批评时说的话，"你不喜欢，走就好了……"这些话再合适不过了。然而我并没有这么说，只是笑着，把瑞秋的手拉过来挎着我的胳膊，领着她从长形屋子回到正屋。

有人已在分发礼物的空当回到客厅，在那里摆上了蛋糕和酒，这人可能是小约翰，因为斯考比似乎一直在朝远处挪动，我们两个都吃得太饱了，什么也没动，而副牧师在嚼一块甜果子面包，或许能吃三块。忽然，帕斯科夫人，这个多亏上帝开恩才来到这个世界上的人，却用她那喋喋不休的舌头来搅和人们之间的和谐，她转向瑞秋，对她说："艾什利夫人，原谅我，我确实必须说几句，你戴的珍珠项链太漂亮了，我一晚上都没看其他东西。"

瑞秋朝她笑了笑，手指摸了摸项链说："是的，拥有这个确实让人感到自豪。"

"确实让人自豪，"我的教父干巴巴地加了一句，"它是一笔不小的财产。"

我想，只有瑞秋和我注意到了他说话的语气，她看了看教父，又看了看我，一副迷惑不解的样子。她正要说什么，我上前去说："我想车已来了。"

我走到客厅门口站着，甚至连一向对辞行的暗示置若罔闻的帕斯科夫人也从我的态度里看出晚会已经到头了。“来，姑娘们，你们一定累了，明天我们还要忙呢，对牧师家来说，艾什利先生，圣诞节是没有休息时间的。”我送帕斯科一家到门口，幸运至极，我的推测没错，他们的马车已在等候了，他们把副牧师也一起捎上，他就像一只小鸟一样蜷在两个羽翼已丰的女儿中间。他们刚离开，肯达尔父女的马车又靠上前来，我转回客厅，发现除了我教父，那里没别人。

“其他人到哪儿去了？”我问道。

“露易丝和艾什利夫人上楼去了，”他说，“她们马上就下来，我非常高兴能有机会跟你说句话，菲利普。”

我走过去，站在壁炉前，手放在后面。

“是吗？”我问，“什么事？”

他好一阵子没回答，显然很尴尬。

“我去伊塞特以前没机会说，否则早就说了。”他说，“是这样的，菲利普，银行通知我一件事，令人很不安。”

我想肯定是项链的事，那是我自己的事。

“我想是柯奇先生通知你的吧？”我对他说。

“是的，”他回答道，“这是他的职责，他告诫我，艾什利夫人的账上已透支几百磅了。”

我脸冻得通红，感到浑身发冷，瞪着他，气氛十分紧张。

“哦？”我说。

“我不明白的是，”他踱着步继续说道，“她在这儿几乎不需要什么开销，作为你的客人，她的需求也并不多，而且她在往国外汇钱。”

我站在火旁，心在咚咚咚狂跳。“她非常大方，”我说，

“你今晚一定注意到了这一点，她给我们每个人一份礼物，这不是花几个先令就能做到的。”

“几百英镑是礼物开销的十几倍都不止，”他回答说，“我并不怀疑她的慷慨，但仅仅礼物的支出无法解释她的透支。”

“她还承担了家里的花销，”我说，“买了那间蓝色卧室的装饰布，这些你都应考虑进去。”

“有可能，”教父说，“但问题是，她所支取的钱是我们每个季度给她钱数的两倍甚至三倍，我们将来怎么办？”

“是我们现在给的数目的两倍、三倍，”我说，“那么很显然，我们所给的是不够的。”

“但这实在太荒谬了，菲利普，”他叫道，“没有一个像她这样生活的女人能花这么多钱。在伦敦，一个品行端正的女士不会像她这样浪费。”

“她或许欠了债，”我说，“我们对此一无所知，可能有些逼着要钱的债主又回到佛罗伦萨了，这不关我们的事，我想让你增加对她的生活费，以填补透支。”

他紧闭着嘴站在我面前，我想赶快结束这场谈话，我的耳朵一直在留意着楼上的脚步声。

“还有一件事，”他很不安地说，“菲利普，你没有权利从银行拿走那条项链，你应该意识到这是家产的一部分，也是财产的一部分，你无权动它们。”

“那是我的，”我说，“我可以处置我的财产。”

“财产还不是你的，”他说，“还得再过三个月。”

“那又怎样，”我打了个手势，“三个月过起来很快，项链在她的保管下不会有任何问题。”

他瞅了我一眼。

“我没把握。”他说。

他的言外之意让我非常生气。

“上帝，你是在暗示什么？”我说，“难道她会拿走项链卖掉不成？”

他又好一阵子没说话，摸了摸胡子。

“去了伊塞特后，”他说，“我开始对你的表姐瑞秋有所了解。”

“你这是什么意思？”我问道。

他的目光从我身上移到门上，又移了回来。

“我碰巧遇到了一帮老友，这些人你不认识，他们走过许多地方，在法国和意大利过冬已有好些年头了。他们好像见过你的表姐，那时她刚嫁给第一个丈夫桑格莱提。”

“什么？”

“两个人都因为花钱毫无节制而臭名昭著，而且还得加一句，生活放荡不羁。桑格莱提死于一场决斗，是因为另外一个男人。这些人说，当他们得知安布鲁斯·艾什利与桑格莱提伯爵夫人成婚都感到惊恐万分，他们预测她将在几个月内花完他所有的财产。幸运的是，情况并非如此，在她还没来得及这么做前，安布鲁斯就死了。我很抱歉，菲利普，但这消息使我非常不安。”他又一次踱起步来。

“我认为你还不至于相信这些游荡者的故事吧。”我对他说，“这是些什么人？他们怎么敢这么恶作剧，重复十多年前的流言？他们绝不敢在我表姐瑞秋面前说。”

“这些你现在不用管。”他答道，“我关心的是那些珍珠，我很抱歉，但因为我还要继续给你当三个月的监护人，我必须要求你让她归还项链，我要把它同其他珠宝一起继续存放在银行里。”

轮到我不知不觉踱起步来了。

“归还项链？”我说，“但我怎么可能要求她这么做？今晚我把它作为圣诞礼物送给了她，这是世界上我最不愿干的事。”

“那么我来为你做。”他回答道。

我突然憎恶起他那张冷峻固执的面孔，他那呆板的站立方式，以及他对一切情感的冷漠态度。

“如果你这样做的话，我就不是人了。”我对他说。

我恨不得他离我一万八千里，恨不得他死掉。

“菲利普，过来，”他突然改变了口气，“你还年轻，极易受影响，我完全理解你想送给你表姐一件尊贵的礼物，但家族的传世珍宝分量太重。”

“她有权拥有它们，”我答道，“上帝知道，如果有人配得上戴这条项链的话，那一定是她。”

“如果安布鲁斯还活着的话，这确实不错，”他回答道，“但现在并非如此，菲利普，这些珠宝是要留到你结婚时给你妻子的，另外，那条项链本身也有一定的意义，这就是今天在座的年纪大点的佃户们在讨论的，它是艾什利家的任何一位先生婚礼那天让新娘戴的唯一饰物，这就是我们这里的人热衷的家族迷信，我已经说了，他们当中年纪稍大的了解这一切，你这样是要倒霉的，而且也会引起谣言，我想，从艾什利夫人的角度讲，最不希望如此。”

“今晚这儿的人，”我不耐烦地说，“如果要费心揣摩的话，也会认为这条项链是我表姐自己的东西，我一生中从未听过这样的无稽之谈，她戴上这条项链就会引起闲言碎语。”

“那不用我说，但我确信很快就会有风言风语。有一件事我必须态度坚决，菲利普，那就是项链必须返还到银行的保险箱中，它还不属于你，你还不能随便送给别人，你无权未经我许可就从银行保险箱中拿东西。我再重复一遍，如果你不让艾什利夫人还，那就我来让她还。”

我们争论得难以开交，结果没有听到楼梯上长裙的沙沙声，一切都晚了，瑞秋站在门口，后面跟着露易丝。她站在那儿，脸转向教父，教父这时正面对我站在客厅中央。

“对不起，我不小心听到了你们的谈话，请你们两位都不要为我而陷入困境。菲利普让我今晚佩戴这条项链，实在是一片诚意，肯达尔先生，要求归还也非常合情合理，给你。”她抬起手，把项链从脖颈上解了下来。

“不，”我说，“你为什么非要这么做？”

“请不要这样，菲利普。”她说。

她拿下项链，递给了我教父。他一副很难过的样子，但如释重负。

露易丝用同情的眼光望着我，我扭过头去。

“谢谢你，艾什利夫人。”我教父生硬地说道，“你明白这条项链确实是托管财产的一部分，菲利普无权把它从银行拿来。这是一种愚蠢、轻率的举动，但年轻人很容易冲动。”

“我完全明白。”她说，“我们不要再说了，需不需要包一下？”

“谢谢，不必了，”他回答说，“我的手帕就可以了。”

他从前胸口袋里拿出一块手帕，把项链小心翼翼地放到中间。“现在，”他说，“我和露易丝该说晚安了。菲利普，谢谢你准备这样一顿场令人欢喜的宴会，很成功，我祝你们俩圣诞快乐。”

我没有回答，走进门厅，站在前门旁，一言不发地扶着露易丝上了马车。她同情地按了按我的手，但我心情很不平静，竟无法回答她。我的教父也爬进去坐到了她身边，然后就走了。

我慢腾腾走回客厅，瑞秋站在那儿，凝视着炉火，没有了项链，她的脖颈看上去光溜溜的。我一言不发地看着她，又生气，又难过。她一看到我，就伸开双臂。我迎上前去，我心里由于想说的话太多反而说不出来，觉得自己就像一个十岁的孩子，马上就能哭出来。

“别，”她用她那特有的温情温柔地说，“别介意，菲利普，请不要介意，能佩戴一次我也相当自豪了。”

“我想让你戴着。”我说，“我想让你永远保存，他该死，让他下地狱。”

“嘘，”她说，“亲爱的，别说这种话。”

我心中苦闷，愤怒至极，真想立刻骑马冲到银行，冲进储藏间，把所有的珠宝都拿来，把每一块宝石，每一块美玉都送给她，还有银行里所有的金子银子，恨不得给她整个世界。

“唉，一切都砸了。”我说道，“整场晚宴，整个圣诞节，一切都废了。”

她紧紧搂着我，笑着说：“你像一个孩子，空着双手向我跑来，可怜的菲利普。”我退后一步，俯视着她。

“我不是孩子了，”我说道，“再有该死的三个月我就二十五岁了，我母亲婚礼那天戴过这些珠宝，之前是我伯母戴过，再前面就是我祖母戴过，难道你也不懂我让你戴的意思？”

她把手搭在我肩上，又一次吻了我。

“当然，”她回答道，“所以我才这么开心。你想让我戴是因为你清楚如果我是在这儿结的婚，而不是在佛罗伦萨，安布鲁斯会在我们婚礼那天把它给我。”

我什么也没说。几个星期前，她说我很迟钝。今晚，我可以用同样的话来说她。过了一阵儿，她拍了拍我的肩膀，上楼睡觉去了。

我在口袋里摸索着她给我的那把金钥匙，如果我一无所有，我拥有这个。

18

圣诞节那天我们过得很愉快，一切由她安排。我们骑马去看了庄园的农场，还去了农舍和山庄，把安布鲁斯的衣服送给那儿的居民。到每一家，他们都要请我们吃馅饼和品尝布丁，以至当夜幕降临，我们回到家中的时候，都饱得吃不下饭了，而我和她则在客厅的壁炉上烤栗子吃。

接着，仿佛回到了二十年前，她命令我紧闭双眼，笑着上楼去了她的闺房。然后又下来往我的手里塞了一棵小树。她把小树装饰得稀奇古怪，极为漂亮，上面挂的礼物都用很艳的彩纸包着，每份礼物都非常滑稽，我明白她这样做是想让我忘记圣诞前夜那场丢失珍珠项链的闹剧。可我忘不掉，而且我也不原谅那件事。圣诞节以后，我和教父之间关系冷淡。他听信那些无稽之谈，使我很反感，但更让人烦的是，他死咬住遗嘱的话不放，非要再做三个月的监护人。就算瑞秋花费的比我们预料的要多，那又怎么样？因为我们并不了解她的需要，不论是安布鲁斯还是教父都不理解佛罗伦萨的生活方式，也许她过日子是很奢侈，但这能说是罪行吗？对那儿的社交方式，我们无法定论。我的教父一生过得很节俭，再加上安布鲁斯也从没特意为自己开支什么，因此教父想当然地认为这儿所有的东西属于我之后都得继续保存下去。我几乎无所需，而且我和安布鲁斯生前一样，不想为自己花钱。然而我教父这么吝啬，反而激起我一股强烈的反感，我决定我行我素，花自己的钱。

他指责瑞秋挥霍给她的生活费，那样的话，他也可以指责我在家乱花钱。我决定新年过后，把家园再进一步开发一下，不过不只是花园这部分，还有修建中的巴通田上的台阶路，再就是路边挖空造蓄水池花园，这是模仿瑞秋书上图画修建的。我还决定修复一下房子，很长时间以来，我们一直凑合着，每月叫庄园的石匠纳特·敦来修房时，他在房顶上从一架梯子爬到另一架，修好那些被大风卷起的石板瓦，边干边背靠烟囱吸着烟管。现在该是整理整个屋顶的时候了，换上新砖、彩瓦、新水道，再加固那些长年因风蚀雨淋而受损的墙壁。大约两百年以前，议会会议一场洗劫，使我的祖先们无法避免房屋遭到毁坏，但从那以后，基本上没怎么修复过。现在我可以弥补以往的疏忽，如果教父觉得因此铺张而不高兴，就让他见鬼去吧。

于是我随自己的意思行动起来。一月份还没过，就请了大约十五到二十人，有的修复房顶，有的修楼，也整修了屋内。他们按照我的旨意，装修了天花板和墙壁。一想到我把装修花费的账单交给教父时，他脸上可能出现的表情，我就有种莫大的快意。

装修房子为我提供了不接待来访者的借口，于是就暂时停掉了星期日聚餐，我免去了帕斯科一家和肯达尔父女的常规来访，也就看不到教父的影子了，这正是我的意图之一。同时我也根据斯考比喜欢扎堆的特点，他在仆人中四处张扬说艾什利夫人因为客厅有工人在干活，目前无法接待来访客人。于是那个冬天和初春，我们过着隐士般的生活，这正合我意。波比姑妈的闺房——瑞秋坚持用这个名字——现在成了我们的聚居地，每天的事忙完后，瑞秋会在这儿坐着做一些针线活，或者看看书，而我则注视着她。自从圣诞前夕的珍珠事件后，她的言行举止更优雅得体，那事尽管让人难以置信地感受到了温情，但有时还是难以接受。

我想她并不知道我内心有着怎样的波动。当她从我的椅子旁经过时，她那双手一会儿搭在我肩膀上，一会儿抚摸着我的头，一边谈论着花园或其他一些事务，这使我心跳加速，无法平静下来。看着她的一举一动都是一种快乐，有时我甚至会想她是否故意从椅子上站起来，走到窗前，手搭着窗帘，望着外面的草坪，因为她知道我在注视她。她用自己特有的方式叫我的名字，菲利普，对于其他人，我的名字是个简短的词，念的时候常把重音放在最后一个字母上。而她叫我的名字时，故意拖长中间音节的发音，这种发音方式在我听来，多了一层我喜欢的音调。小的时候，我一直希望被称作安布鲁斯，而且直到现在我还有这种愿望。现在令我高兴的是，我的名字的发音，比安布鲁斯还意义深远。工人把铅管立在墙上，用作从屋顶到地面的导水管，当他们安装好开关时，我抬头看见低端匾牌上刻着我名字的字母缩写“P·A”，下面是日期，再下面是我母亲的狮子饰章，我心里油然升起一股莫名的自豪感，似乎属于我的某种东西将一直延续到未来。瑞秋站在我的身旁，挽着我的胳膊对我说：“到现在才觉得你很自豪，菲利普，我因此更爱你了。”

是的，我非常自豪……然而也伴随着空虚感。

屋里和地里的装修工作继续进行着，初春的到来夹杂着痛苦和欢乐。乌鸦和苍头燕雀开始在窗下歌唱，把我和瑞秋从睡梦中唤醒，中午我们见面时都提到了这事，她的房间在房子东侧，加之窗户宽大，阳光最先照到她枕头上，我那边迟一些，穿衣服时才有阳光。向窗外望去，越过草坪可以看到大海，可以看见马群及远处小山上人们在犁地，海鸥在上空盘旋，附近一带的牧场上有群群母羊和小羊，舒适地相互依偎着。弧形的小道上，一群麦鸡扑腾着翅膀跑来。一会儿它们成双而飞，雄鸡翱翔天空，兴奋地翻着筋斗。远处海岸上麻鹬发出尖锐的啼叫声，那些捕捞牡蛎的人们身着黑白相间的衣服，像牧师一样，为了一份早餐，一本正经地弄着海草。在太阳光的照衬下，空气略带一股咸味。

就是在这样的一个早晨，斯考比来找我，并告诉我说，东庄的山姆·贝特现在生病了躺在床上，非常希望我能去看他，因为他有件重要的东西要给我。他还暗示说东西太重要了，所以不能交给他的儿子或女儿。我并不太在意。这些乡下人，他们常在一些小事上大做文章，故作神秘，自觉很有意思。不过到了下午我还是沿着大道来到路口，这是四条路的交叉口，我拐向农庄去找山姆聊一聊。他坐在床上，面前的毛毯上，放了一件安布鲁斯的衣服，是圣诞节那天我们送给他的。我发现衣服颜色是淡色的，我没见过，我想一定是安布鲁斯天气炎热时在欧洲大陆买的。

“哎呀，山姆，”我说，“看见你卧病在床上真难过，你怎么了？”

“老毛病，咳嗽，菲利普先生，每年春天都犯，”他答道，“在我之前，我父亲就患这种病，再过一个春天我也会像父亲一样进坟墓了。”

“别胡说了，山姆，”我说，“都是些骗人的老话，儿子怎么会因为父亲害有此病而因此短命呢？”

山姆·贝特摇了摇头。“不，这其中是有道理的，先生，”他说，“而且你也是知道的，安布鲁斯先生和他父亲也就是你伯父不就是这样吗？同样患了大脑疾病！没有什么办法能违背自然规律，我在牛身上也发现过类似的事。”

我什么也没说，同时也感到纳闷，山姆怎么知道安布鲁斯得什么病死的，我对谁都没说过呀，真不可思议，谣言已传遍了整个乡村。

“你该让你女儿向艾什利夫人要些药剂来治咳嗽。”我对他说，“她对此颇有研究，用桉树油就是她的一种治疗方法。”

“我会的，菲利普先生，我会的，”他说，“但首先我觉得该请你亲自来一下，因为有封信的事。”

他压低说话声，表情一本正经。

“什么信，山姆？”我问道。

“菲利普先生，”他答道，“圣诞节那天，你和安布鲁斯夫人善意地给了我们一些这位已故主人的衣服之类的东西，我们都很骄傲，我们每人都分到的是同样的东西。现在你看，床上这件衣服是给我的。”他停一下，抚摸着衣服，敬畏的神情正如当天接受衣服时一样，“当天晚上我把这件衣服拿了出来，先生。”他继续说道，“我对女儿说，如果我们有玻璃柜，就把它放在玻璃柜内，但她叫我少胡说，说衣服就是穿的。可我绝不会穿的，菲利普先生，那样我就太放肆了。你明白我的意思吧，先生。我把它放在那边的衣柜里，时不时地拿出来看一看。后来，我不停地咳嗽，就躺在床上了，我也不知为什么，竟突然想穿这件衣服，就是像现在这样躺在床上的时候，衣服不太重，后背很轻巧，菲利普先生，我昨天第一次穿上了它，于是我发现了这封信。”

他停了下来，在枕头下摸了一阵，拿出一个小包。“菲利普先生，就是这个。”他说，“信肯定是滑进衣服的内层，夹在了里面。拆叠打包的时候肯定是没发现，只有像我这样穿上它又怀着惊叹的心情抚摸时才能发现，我摸到纸张样的东西，所以大胆地用把刀打开了夹层。在这儿，先生，明明白白一封信，封着呢，是安布鲁斯先生给你的信，我认得他旧时的笔迹。看到信，我吃了一惊，就好像，你明白吗？就好像我从死者那儿收到信一样。”

他把信给了我，是的，他说得对，是安布鲁斯写的，写给我的信。看了那熟悉的笔迹，我的心猛地一揪。

“山姆，你这么做很明智，”我说，“叫我亲自来是对的，谢谢你。”

“不用谢，菲利普先生，不要谢。”他说，“我只是在想，怎么这封信几个月了一直在那里，它本应早就给你的。可怜的主人虽然过世了，但希望有人看到信，而且可能想让你看。因此我想最好亲自告诉你，比让我女儿送到你屋里要好。”

我再次谢过他，把信放进贴身口袋，又跟他说了一会儿话，然后就离开了。出于某种直觉，我不知道是什么，我告诉山姆不要对任何人讲这件事，甚至对他的女儿也不要说。原因和他对我说过的一样，是对死者的尊敬。他答应了，我便离开了农舍。

离开后我并没有直接回家，而是穿过树林来到一条小路上，这条路穿过庄园高地，紧挨特里南特的田地和那条林荫大道。安布鲁斯最喜欢这条道，除了南边的灯塔外，这几乎是我们田园的最高处，整个树林以及通向辽阔大海的山谷，都一览无遗。小路两旁的树是安布鲁斯和他父亲种植的，给小路带来了一些阴凉，不过长得还不太高，还挡不住视线。到了五月，满山遍野都是风铃草。小路尽头，树林的顶端，在往峡谷中守林人的农舍去的坡上，安布鲁斯立了一块花岗石。“这块花岗石，”他半开玩笑半认真地对我说，“可以作为我死后的墓碑，你就想我在这儿，而不是和其他艾什利一起在家族墓穴里。”

当他把花岗石立在那儿时，他没有想到，他根本不会躺在家族墓穴里，而是躺在了佛罗伦萨的新教徒墓地。在这块石碑上，他记上了他曾旅行过的地方，并在下面附了一首打油诗，我们一起看时，都忍俊不禁，笑了起来，尽管都是无稽之谈，但都是出自他内心的感慨。他离家的最后那个冬天，我经常爬上这条小路，穿过森林，站在这块花岗石旁，俯视着眼前他所钟爱的这一切。

我今天又来到这块花岗石旁。我双手扶着石碑，站立了片刻，无法作出决定。下面，守林人家的炊烟袅袅升起，他家那条狗，他不在的时候总用一条链子拴着，时不时毫无来由地叫几声，或许是因为叫声能与它为伴。白日的光芒即将消失，此时比白天冷了一些，乌云也慢慢布满天空。我看见远处的牛群从兰克里山下来，在林边的沼泽中饮水，在沼泽地那边的海湾里，大海失去了太阳的照射，变成蓝灰色。

一阵轻风吹向海岸，吹得下面的树叶沙沙作响。

我坐在花岗石旁，从口袋里拿出安布鲁斯的信，把它倒扣在膝盖上。信上的红戳印很醒目，上面是他戒指的图样，红嘴山鸦的头，信包并不厚，里面除了一封信什么也没有。我并不想打开这封信，我不知道是什么忧虑阻止着我，不知是一种什么样的怯懦本能，我把头埋在手中，像沙中鸵鸟一样把头藏起来。安布鲁斯死了，一切往事都已随他而去了。我过自己的生活，按自己的意思行事，也许这封信中会进一步提到我打算忘记的那件事。如果安布鲁斯指责瑞秋的奢侈，他也可以用同样的言辞来说我，也许理由还更充分，这几个月光花在房屋上的钱就要比他在几年内花的还多，可我并不觉得这是一种叛逆。

但要是不读这封信的话……不知他会怎么说？如果我现在把它撕成碎片扔掉，永远不知道内容，他会责备我吗？我拿着信，在手中掂来掂去，看还是不看？上帝，为什么要让我抉择呢？在家中，我对她一片忠诚，在她的闺房里，注视着她的脸，她的手，看着她的笑容，听着她的声音，就不会有什么信缠绕着我。而在这儿，坐在这块石头旁，他的力量巨大无比。这里是我俩常常一起来的地方，他手中就拿着我现在手里拿的这根拐杖，还穿着同样的衣服。像一个小孩向上帝祈求在他生日那天天气晴朗一样，我现在祈求上帝，希望信中的内容不会使我感到任何不安。然后我就打开了信封，上面的日期是去年四月，因此这信是他死前三个月写的。

我亲爱的孩子：

如果我没常写信给你，并不是因为我忘了你。我心中一直想着你，也许这几个月比以前更惦念你。但信可能递错地方，或被别人看到，我不希望这种事发生，因此一直都没写信，或者即使写了信，也几乎没什么内容。我一直在生病，发高烧，头痛。现在好一些，但能好多久，我说不准，还会发烧，还会头痛，发作的时候，我的言行就没准了。这一点是肯定的。

但我搞不清楚到底是什么引起的，菲利普，我的孩子，我很烦，应该说还不只是烦，我处于极度痛苦中。我记得冬天给你写了信，在那以后不久就生病了，所以记不得自己是怎么处置那封信的，很可能在病痛发作的时候把它给撕了。我在信里肯定说了她的问题，令我非常关注的毛病。这些缺点是否遗传，我不敢说，但我是这样认为的。而且我还相信我们，失去了几个月大的孩子对她造成了不可弥补的伤害。

顺便说一句，关于这件事，我以前给你的信中都未提过。当时我俩都受到了很大震动，对于我来说，我有你，还能以此感到安慰，但对于女人来说，伤痛会深得多。她制订了一大堆计划和设想，可大约四个半月后，一切都落空了。而且医生告诉我她不能再生了。她的痛苦可想而知要深得多。我敢肯定，从那以后，她的态度就变了，越来越大手大脚花钱，我能感受到她开始躲避我，对我说谎，这同她刚与我结婚时表现的热情态度截然相反。后来几个月，我发现她与那个叫瑞纳提的男子来往密切，我以前几封信中提及过此人。他是桑格莱提的朋友，可能还是他的律师，她常去找他问这问那，而不来找我。我相信这个男人对她产生了很坏的影响，而且我怀疑他暗恋她好几年了，可能桑格莱提活着的时候就爱上她了。尽管不久以前我丝毫不相信她和他有那种关系，但现在，自从她对我的态度改变以后，我再不能完全相信她了，每当提及这个名字时，她眼中的阴影、话中的语气，都能唤醒我脑中最可怕的疑虑。

她的父母都是那种不负责任的人，她出嫁前和第一次结婚后过的生活，都是我们之间避而不谈的话题，但我能感受到她的举止行为与我们家族的人迥然不同。那桩婚姻并不圣洁。我怀疑，事实上我敢肯定，她从他那里能拿到钱，金钱——愿上帝原谅我这么说——是现在唯一能打动她的东西。我相信，如果孩子还在的话，就不会这样。我多么希望当时医生劝我不要旅行，我不听他的话就好了，那样就能把她带回家，我们现在就和你在一起，大家都会很开心。

偶尔她又好像恢复成正常的她，一切都很好，好得让我觉得像是做了场噩梦，醒来后又回到了结婚最初几个月的幸福中。然后，只要一句话或者一件事，一切就又消失了。我来到平台上，就会看见瑞纳提在那儿。一看见我，他俩就都不说话了，我不由得揣测，他俩在说些什么。有一次她走进屋去，剩下我和瑞纳提单独在一起，他突然问起我的遗嘱。我们结婚后，他偶然见到过遗嘱。他说按照现在的遗嘱，如果我死了，我妻子将什么也不会得到。这点我清楚，无论如何我会再立份遗嘱纠正这个错误，而且在上面签上我的名字，如果我能肯定她开支过大的毛病只是一时的而不是根深蒂固的，我会请人连署。

顺便说一下，我立的这份遗嘱会给她房子和庄园，但只能供她活着时享有，她死后归你，而且还有一个附加条件，那就是庄园应完全由你管理。

遗嘱还没有签字，原因我已经说了。

注意，是瑞纳提问到遗嘱的，也是瑞纳提让我注意到目前这个遗嘱的漏洞。瑞秋并没问过我，但是不是他俩在一起时说到过？我不在场的时候他俩会谈些什么呢？

这件关于遗嘱的事发生在三月份，应该承认，当时我感觉并不好，头脑糊涂。瑞纳提提及的事可能是他已谋算好的，认为我活不太长了。可能是这样，也可能他俩并未在一起谈起过，我无法查证。现在我常感到她看我的眼神充满了警觉，显然很陌生，我抓着她时，她好像很害怕，有什么可害怕的？害怕谁呢？

两天前，我产生了写这封信的想法，因为我又像三月份一样发起高烧。发作很突然，一阵剧痛，一阵恶心，迅即感到头痛难忍，几乎要发疯了，晕得站都站不住，接着，疼痛消失，又一阵难以抑制的困意袭来，我便四肢无力，跌倒在地，或倒在床上。我想不起来我父亲是否也曾这样。目前只是头痛和情绪恶化，暂时没有其他症状。

菲利普，我的孩子，你是这世上我唯一能信赖的人，告诉我这是怎么回事，如果可能的话，来找我。对尼克·肯达尔什么也别说，对谁都不要说，尤其是千万不要写回信，只要来就行了。

有一个想法一直使我不得安宁，他们是不是想毒死我？

安布鲁斯

我把信按原先的折痕折好。下面农舍花园的狗不叫了，听见主人开了大门，狗朝他发出迎接的叫声，接着传来水桶碰撞声、关门声。对面山上穴鸟从树林中飞出，盘旋在上空，呱呱地叫着，后又黑压压地成群飞到沼泽地旁的树头。

我没撕掉信，我在花岗石下面挖了个洞，把信夹在我的笔记本中，一同埋入黑土里，然后我用手把坑填平，走下山去。我穿过林子来到下面的大道上，等爬上回家的路坡，我听见收工的工人的笑声和谈话声。我在那里站了一会儿，看着他们吃力地大步穿过公园。那些工人整日工作的地方，这时只有脚手架靠在墙上，一片空旷苍凉的景象。

我从后门穿过庭院进了家。我的脚步声刚在石板上响起，就见斯考比从管家房中出来，脸上一副惊恐万状的神色。

“真高兴您回来了，先生。”他说，“夫人一直在找你呢，可怜的多恩出事了，她非常焦急。”

“出事了？”我问，“出什么事了？”

“房顶上的一块石板砸在了它身上，先生。”他说，“你知道它最近耳朵不好使，总在书房窗外晒太阳，不肯挪窝，石板肯定砸到了它的背，它动不了。”

我去了书房，瑞秋正跪在地板上，多恩的头枕在她的腿上。我进去的时候，她抬起头来看了看我。

“是他们害了它。”她哭着说，“它要死了。你怎么在外面这么久？如果你在，事情就不会发生。”

她的话听起来好像和我脑中已淡忘的什么话一样，但想不起来是什么了。斯考比离开了书房，就剩下我俩。眼泪顺着她的脸颊流了下来。

“多恩是你的。”她说，“只是你的，你们从小一起长大。我不能眼睁睁地看着它死。”

我走过去在她旁边蹲了下来，我意识到此时我想的不是埋在花岗石下的那封信，也不是躺在我们俩中间已不能动弹快要死的多恩。我只在想一件事，自她来我这里以来，这是她第一次不为安布鲁斯悲伤，而是为我。

19

整个晚上，我们都和多恩在一起。我用了晚餐，但瑞秋什么也没吃。午夜刚过，它就死了。我把它抱走，给它盖上布，明天我们会把它埋在植物园里。等我回到书房，里面空空的，瑞秋已上楼了。我穿过走廊来到她的闺房，只见她坐在房里，双眼含着泪水，呆呆地看着炉火。

我在她的身旁坐下，拉住她的双手对她说："我觉得它没有受罪，没有感到痛苦。"

"十五年前，"她说，"那个十岁的孩子，打开生日蛋糕。每当它头枕着我的大腿躺在那儿，我就会想起这个故事。"

"再过三个星期，"我说，"就又是我的生日了，我就二十五岁了，你知道那天会发生什么事吗？"

"天遂人愿，心想事成。"她说，"我小的时候，我妈常这么跟我说。你想要什么，菲利普？"

我没有马上回答，而是和她一起凝视着炉火。

"到了那天我才会知道。"我说。

她那戴着戒指的雪白的手静静地放在我手心。

"到我二十五岁，"我说，"我教父就无法再控制我的家产了，一切都属于我，由我支配，那条珍珠项链，还有银行里的其他珠宝，我都要送给你。”

“不行，”她说，“我不会要的，菲利普，这些东西应该给你的妻子留着，等你结婚的时候送给她，我知道你现在还无意结婚，但总有一天你会改变主意的。”

我很清楚心里想对她说什么，但没敢说出来。我只是低下头，吻了吻她的手，然后就走开了。

“完全是因为某种失误，这些珠宝才没能属于你。”我对她说，“本来不光是珠宝，这里的一切，房子、金钱还有庄园都是你的，你很清楚这一点。”

她面露忧郁，转过身靠在椅子上，一手抚弄着戒指。

“不必讨论这事了，”她说，“即便有过失误，我也早不以为然了。”

“你可以不以为然，我可不行。”我又说了一句。

我背对炉火站起身，低头看着她。我清楚我现在自己能做什么，谁也阻止不了我。

“你什么意思？”她问道，眼里依旧布满忧虑。

“没什么。”我说，“再过三个星期，你就知道了。”

“再过三个星期，”她又说，“过了你的生日，我就得离开你了，菲利普。”

她终于把这话说出口了，这是我早就预料到她要说的话。不过我已拿定注意，说什么也没关系。

“为什么？”我问她。

“我已待得太久了。”她答道。

“你告诉我，”我说，“如果安布鲁斯留下遗嘱要在你的有生之年把庄园留给你，只是附带要我在你有生之年为你管理照料这些产业，你又当如何？”

她避开我的视线，重新望着炉火。

“你这叫什么意思？”她问道，“我又当如何？”

“你会住在这里吗？”我说，“你会把我撵出去吗？”

“把你撵出去？”她惊呼道，“把你从你的家里撵出去？噢，菲利普，你怎么会问出这样的问题？”

“那你会留下吗？”我以问代答，“你会住在这个家里，并以某种方式雇用我共同经营吗？我们可以像现在这样一起生活吗？”

“会的，”她说，“我想会的，我从未想过这个问题。这是一种完全不同的情况，你不能这么比较。”

“怎么不同？”

她边用手比画着边说道：“我怎么跟你说呢？你难道不明白我的处境吗？我现在的处境完全是站不住脚的，就因为我是个女人。你的教父第一个就会这么看，他未曾讲过什么，但我可以肯定，他觉得该是我离开的时候了。如果这房子是我的，而你像你刚才说的那样，受雇于我，那情况就会大不一样，那样我是艾什利夫人，你是我的继承人。可目前的现实是，你是菲利普·艾什利，而我，只是一个女性亲戚，靠你的施舍生活，这两者之间，亲爱的，简直是天壤之别。”

“确实如此。”我说。

“那么好吧，”她接上一句，“我们就别再谈这事了。”

“我们就得谈这事，”我说，“因为这事至关重要，那份遗嘱呢？”

"什么遗嘱？"

"安布鲁斯留下的那份遗嘱，没有签名，但上面写了要把家产留给你。"

我看到她目光中的忧虑更加浓重了。

"你是怎么知道有这样一份遗嘱的？我从来没有说起过。"她说。

谎言往往能作最好的解释，我就给她编了个谎。

"我一向就认为肯定有这么个遗嘱，"我答道，"但很可能遗嘱没有签名，所以从法律的角度讲是无效的，我甚至还知道，这份遗嘱大概就在你带来的物品里。"

这句话只是冒险一试，还真试对了。只见她本能地朝墙边的小书桌扫了一眼，又看着我说："你想要我说什么？"

"要你承认确实有这么一份遗嘱。"我说。

她犹豫了一下，耸了耸肩。

"确实有，"她回答说，"这无济于事，因为遗嘱并未署名。"

"能不能让我看一下？"我问。

"干吗要看，菲利普？"

"是我自己的原因，想必你能相信我。"

她久久望着我，显然感到很迷惑，大概心里还很忧虑，她从椅子上站起身，走向书桌，却又踌躇起来，回头望着我。

"怎么突然间成这样了？"她说，"我们为什么不把过去忘掉？那次在书房，你都答应过我不再旧事重提了。"

"可你也答应过你会留下的。"我回了一句。

给不给我，由她选择。我想起了下午在花岗石旁我的选择，不管好坏，我选择了读那封信。现在她也必须做出抉择。只见她走向书桌，拿起一把小钥匙，打开抽屉，从抽屉里取出一张纸，递给了我。

“你愿意就看吧。”她说。

我把纸拿到烛光前，是安布鲁斯的笔迹，比我下午读的那封信字迹更清楚，也更稳当。日期是一年前的十一月份，也就是他和瑞秋结婚七个月后。纸的最上面写着：安布鲁斯·艾什利最后的遗嘱暨遗言。内容正是他说的那样，家产留给瑞秋的有生之年，她死后传给他们俩最大的孩子，如果没有孩子就传给我，附带条件是我在她活着的时候管理家产。

“我可以抄一份吗？”我问她。

“随你。”她说。她脸色苍白，一副无精打采、无所谓的神情，“一切都已结束，菲利普，现在谈论这事已毫无意义。”

“我先拿着，再抄一份。”我说着坐到桌前，拿起纸和笔来抄，她手托着腮靠在椅子里。

我知道必须得证实一下安布鲁斯信里说的一切，尽管我不愿启齿，但不得不开口，我得强迫自己询问她，我用笔在纸上笔画着，抄遗嘱实在是再好不过的借口了，这样做可以不用看着她。

“我看安布鲁斯写遗嘱的日期是十一月，你知不知道他为何要在这个月重新立遗嘱？你们是四月份结的婚。”

她半天没回答，我突然体会到外科大夫戳刚刚愈合的伤疤时的感受。

“我不知道他为什么十一月份写此遗嘱，那个时候我们两个都没想过死的事，正好相反，那是十八个月中我们相处最快乐的时光。”

“是啊，”我说着又抓过来一张纸，“他写信告诉我了。”我听到她在椅子上动了动，转过来看我，我继续趴在桌上写着。

“安布鲁斯告诉你的吗？”她问，“可我让他别告诉你的，我怕你会误解，而且会觉得有点受到怠慢了，这对你来说是很自然的事，他答应我保密的，结果还是一样。”

她的语调很平淡，没有任何表情。或许外科医生揭疤的时候，受痛者总会单调地说他觉得不痛。那封埋在花岗石下的信里面，安布鲁斯说过一句，“对于女人来说，伤痛要深得多”。我发现自己在纸上画来画去，一直写着“如出一辙……如出一辙”。我把纸撕掉，又重写。

“遗嘱最终都没有签名。”

“没有，”她说，“安布鲁斯再没动过。”

我抄完了，就把遗嘱和抄的那份都折好，放进前胸口袋里，下午那封信就放在这里。然后我走过去跪在她椅子旁，紧紧把她搂在怀里，不像是搂一个女人，倒像是搂着一个孩子。

“瑞秋，”我问，“安布鲁斯为什么不签名？”

她在我怀里静静地一动不动，只是放在我肩头的那只手突然紧紧抓了一下。

“告诉我，”我说道，“告诉我，瑞秋。”

回答我的声音像是耳语一般，十分微弱，显得很遥远。

“我一直都不知道，”她说，“我们再没谈起过此事，不过我想，当他意识到我不能有孩子后，就对我失去信心了，他一直都不知道他已丧失了某种信心。”

我就这么跪在那儿搂着她，心里在想花岗岩石碑下笔记本里的那封信，也是这样抱怨的，说的话不同而已。我真纳闷，两个相爱的人怎么会都这样误解对方呢，结果心里都很苦，距离越来越远。一定是男人和女人之间的爱本身有什么内在的东西能使两个人痛苦和猜疑。

“那你很不快乐吧？”我问。

“不快乐？”她说道，“岂止！我简直都疯了。”

我好像看见他们坐在别墅里的平台上，笼罩在这种奇怪的阴影里，一种完全由怀疑和恐惧而形成的阴影。似乎阴影的由来已太深，难以究其根源。或许他是出于妒忌，不知不觉地总琢磨她过去和桑格莱提以及那之前的事情，对她过去的生活感到极为不满；而她则由于惧怕失去生育能力就会失去爱情，也愤愤不平。她到底还是不太理解安布鲁斯，他也对她了解太少了。我可以告诉她石碑下那封信的内容，但没什么好处，误解已经太深了。

“就是说，完全是因为失误，遗嘱才没签字就被搁置起来了。”我说。

“你可以说是失误，”她答道，“反正现在都一样，实际上那以后不久，他的态度就变了，他的状态也变了。一次次的头痛发作了，差点要把他逼疯，几乎使他丧失了所有的理智。我不知道到底有多少是我的错，心里感到很害怕。”

“你没有朋友吗？”

“只有瑞纳提，他始终不知道我今晚告诉你的这些事。”

那张冷酷无情的脸，那双锐利的小眼睛，也难怪安布鲁斯不信任他，可安布鲁斯是她丈夫，怎么会对自己这么没信心呢？男人肯定能知道女人到底爱不爱他的呀！不过也可能有时候就拿不准了。

“在安布鲁斯生病之后，你再没有请瑞纳提到家里去过吗？”我问。

“我不敢。”她说，“你怎么也不会明白安布鲁斯会变成那样，我不想说了，菲利普，请不要再问我了。”

“安布鲁斯怀疑你——什么？”

“怀疑一切，怀疑不忠，还有比那更糟的。”

“能有什么比不忠更糟呢？”

突然她一把推开我，站起来走到门口把门打开：“没什么，什么也没有，你走吧，让我一个人待着。”

我慢慢站起身，走向门口。

“我很抱歉，”我对她说，“我无意使你生气。”

“我没生气。”她答道。

“我今后再也不向你提问了，这是最后一次，我向你保证。”

“谢谢。”她道。

她绷着脸，脸色苍白，声音冷冰冰的。

“我这么问是有原因的，三周以后你就知道了。”

“我没要求你告诉我理由，菲利普，我现在唯一要求的是，你走吧。”

她没有吻我，也没有把手递给我。我向她躬了躬身走了。一刻之前，她还容许我跪在她身旁搂着她，怎么突然一下子就变了？如果说安布鲁斯对女人知之甚少，我就更茫然了。突如其来的温情，不知不觉抓住男人的心，使他欣喜若狂，然后又一转眼，毫无道理，不明缘由地，情绪就变了，他被抛回到原来的位置。到底是什么样糊里糊涂、拐弯抹角的思路使她们判断失误？又到底为什么她们情绪会波动这么大，一会儿气愤地跑掉，一会儿又突然宽容大度。我们则截然不同，反应迟钝，对关键问题的认识比较缓慢，把握不住事物的变化；她们反复无常，极不稳定，言行往往凭借一时兴致。

第二天早上她下楼来的时候，举止和平时一样，温柔和善，丝毫不提前一天晚上我们的谈话。我们把多恩埋在植物园，离山茶花不远的地方，我绕着它的墓垒了一圈石头。我们没有谈论安布鲁斯把它送给我的那个十岁的生日，也没多加谈论即将来临的二十五岁生日。但第二天，我早早起了床，让人给吉普西上了鞍子，我骑着马去了波得敏，拜访了那里一个名叫威尔弗莱德·特温的律师。他处理过郡里的很多事情，但还从来没有处理过艾什利家的事。教父但凡有事都去找圣·奥斯泰尔他认识的人解决。我向他解释自己有一件非常急迫隐秘的事，想请他用法律条文起草一份文件，说明我要把所有的家产转给我的表姐瑞秋·艾什利夫人，生效日期是四月一日我成为财产合法拥有人的那天。

我向他出示了安布鲁斯没有签名的遗嘱，并向他解释说，完全是因为他突然病倒又突然死亡才没有签字。我请他把安布鲁斯遗嘱里的主要条文加进去：瑞秋死后财产重新归我，并在她有生之年由我为她管理家产。如果我先她而亡，财产将依次传给肯特的堂表弟妹们，但必须是在她死后，而不是在她活着的时候。特温一下子领会了我的意图，我想是因为他和我教父没什么交情——这是我来找他的部分原因——把这么重要的事托付于他，他很满意。

“你希不希望增加一些保护财产的条文？按照目前的草案，艾什利夫人可以随意变卖土地，如果你想把家产完整传给你的继承人，这样就有点不太合适。”他对我说。

“是这样。”我慢吞吞地说，“最好有一项禁卖的条文，房屋自然也一样。”

“还有家族珠宝吧？或者其他地产有没有？这些东西该怎么办？”

“这些东西属于她，随她处置好了。”我回答道。

他把草稿给我读了一遍，我觉得没什么问题。

“还有一点，”他说，“没有附带说明艾什利夫人是否可以再婚。”

“那是不大可能的事。”我说。

“可能是不会，”他又说，“但应该说明一下。”

他举着笔，用询问的目光看着我。

“您表姐还是比较年轻的女人，对不对？”他说，“这是应该考虑进去的。”

我猛然想起了郡那头的老圣·伊夫，还有瑞秋开玩笑说的那番话。

“如果她再婚，”我断然说道，“那财产重新归我。这是十分肯定的。”

他在纸上加了一句，又给我念了一遍。

“您希望四月一日前能以合法形式制定好条文，是吧，艾什利先生？”他问。

“请务必这样，那是我的生日，到了那天财产就绝对属于我了，任何人不得有异议。”

他折好纸，笑着对我说：“您真是太慷慨了，财产属于您的那一刻您就全部送人。”

“如果我堂兄安布鲁斯·艾什利在遗嘱上签名的话，那一开始就不是我的。”我说。

“话是这么说，可以前从来没有过类似的事情，就我所知没有过，或者说我从未经历过这种事。我想您的意思是那天之前这事不可能透露半点，是吧？”

“万万不可，这事要绝对保密。”

“那好，艾什利先生。非常感谢您信任我，把此事托付给我。今后有任何事情需要找我，我都随时听候吩咐。”

他在屋里，对我躬了躬身，答应说在三月三十一日把文件交给我。

我骑马往回走的时候，心里满不在乎。我不知道教父得知这个消息时会不会中风，反正我无所谓，我一旦摆脱他的管辖就不会盼着他生病了，不过尽管现在还受他管制，我已扭转了局面，一切将尽如我意。至于瑞秋，这下她就不会去伦敦，不会把家产留下不管了。她前一天晚上的那番话毫无作用，如果她反对我在家，那好，我就搬去和仆人们住，天天去向她请示，和威灵顿、塔姆林以及其他人一起，帽子拿在手里听候她的吩咐。我想要是我还年少，一定对生活充满热望，兴高采烈。不过现在差不多也是这样。我骑吉普西到一所银行，下马的时候另一边碰了一下，差点摔下来。三月的春风像是在和我开玩笑，我真想大声歌唱，但又无论如何不能总唱一个调。一排排树篱绿油油，枝条已吐出新芽，一片片金色的荆豆已绽开了花蕾，这样的日子，不由得人不兴奋。

下午三四点时，我回到了家，当我沿着东道来到家门口时，看到有辆驿车停在门口。这很奇怪，因为通常来拜访瑞秋的人都坐自己的车，这辆车的车轮及车体满是尘土，像是远道而来，而车及赶车人都是陌生的。我一看见他们就转身离去，绕道去马厩，但来接吉普西的伙计和我一样对来访者一无所知，威灵顿又不在。

门厅没有人，我轻轻朝客厅走去，客厅门关着，里面传来说话声。我不打算上楼，打定主意从后面仆人楼去我的房间，我刚转身，客厅门开了，瑞秋一边回头笑着，一边走了出来。她气色很好，十分快乐，全身上下洋溢着光彩，她心情好的时候，常是这样。

“菲利普，你回来了，”她说，“到客厅来，我的这位客人你非见不可，他走了很远的路来看咱们俩。”她笑着拉起我的胳膊，我很不情愿地跟她走进了客厅。一位男士坐在那儿，一见我便站起身，朝我走过来，向我伸出手。

“你没想到我会来吧。”他说，“非常抱歉，不过第一次见你的时候，也没想到会再见你。”

是瑞纳提。

20

我不知道心里的感受是否都明明白白写在了脸上，想必是因为瑞秋很快转入话题，对瑞纳提解释说我常出门，要么骑马出去，要么徒步外出，她从不知道我去哪儿，回来的时间也不定。“菲利普比他的雇工们还勤奋，比起他们，他可以说是对庄园了如指掌。”

她的手还拉着我的胳膊，她在客人面前说我的样子像老师在炫耀一个孩子，孩子却闷闷不乐。

“恭喜你拥有这么好的家园，难怪你表姐瑞秋如此眷恋这里，我还从没见她这么神采奕奕过。”

他的眼睛，那双我记忆犹新的眼睛，眼睑下垂，毫无表情，这会儿看看她，又转过来看看我，说：“这里的空气比佛罗伦萨的温和，更有益于休养身心。”

“我表姐的祖先是西方国家的，她只是回了老家。”

他微微一笑，所谓微笑也只是他面部微微动了一下，他对瑞秋说：“这要看哪条血脉更重，对吧？你的小亲戚忘了你母亲是罗马人，而且你越长越像她。”

“希望只是脸长得像，”瑞秋说，“体形和性格都别像。菲利普，瑞纳提声称要去外面住旅店，让咱们告诉他个地方，哪里都没有关系，他不讲究。我说这简直是胡扯。我们肯定能在家里给他安排一间房间，对吧？”

听了她的话，我的心一沉，但我无法拒绝。

“当然，”我说，“我马上吩咐下去，而且马上让驿车离去，你不必再用了。”

“他把我从伊塞特送到这里，我要给车夫付钱，回伦敦的时候再雇用。”瑞纳提说。

“现在还不急于做出这样的决定，”瑞秋说，“既然你来到这儿，至少得待几天吧，把什么都看看。另外，咱们还有很多事要商量。”

我离开客厅去吩咐人安排房间——房子西边有间大的空房间，很适合他——然后慢慢上楼回自己房间，准备洗个澡，更衣吃饭。透过房间的窗户，我看见瑞纳提出去给车夫付钱，付完钱在车道上又站了一会儿，用审视的目光把周围打量了一阵。我能感觉到，他只要看一眼，就能估计木材的价格以及树和灌木的价值。我还见他仔细看前门上雕刻的图案，用手抚摸图案的花纹。一定是瑞秋来找他了，我听见她的笑声，接着两个人开始讲意大利语。然后前门关上了，两人走进了屋子。

我有点想待在自己房间不下楼，想捎话让约翰用盘子把饭端上来。如果他们有许多话要说，我不在跟前会更好一些，可我是主人，不能失礼。我慢慢洗了澡，又很不情愿地换了衣服，下楼看到斯考比和约翰在餐厅忙碌着。自从请人打扫壁板、修补天花板以来，我们再没用过餐厅。只见桌上摆放着最好的餐具，所有招待客人的用具都拿了出来。

“没必要这么铺张，”我对斯考比说，“我们在书房也一样能吃得很好。”

“太太吩咐的，先生。”斯考比很注意分寸地说，又听他吩咐约翰去餐具室取花边餐巾，这东西星期天聚餐都没用过。

我点上烟斗，来到院子里。春天的傍晚，天色还很明亮，一个多小时以后，暮色才会来临。然而客厅已点上了蜡烛，窗帘还没有拉上。蓝色卧室里也点着蜡烛，可以看见瑞秋在窗前着装，身影来回晃动。如果只有我们俩，那么就又是一个在闺房共度的夜晚，我会为自己在波得敏的所作所为沾沾自喜，而她则会温和平静地向我讲述她这一天的经过。现在完全没有这回事了。客厅里的明亮，餐厅里的热闹，他们之间谈论的事情都与我毫不相干。此外我对这个人有一种本能的反感，怀疑他无所事事地跑到这里来，却另有目的。瑞秋事先知不知道他来英国看她？波得敏之行的快乐离我而去，小男孩的闹剧也结束了，我情绪低落，忧心忡忡地进了屋。客厅里只有瑞纳提一人，独自站在炉火旁。他已脱去旅行装，现在着的是进餐服，这会儿正仔细看墙上挂的我外祖母的画像。

“非常迷人的面孔，”他评头论足起来，“漂亮的眼睛，美丽的肤色，你出生在一个美丽的家族。画像本身没什么价值。”

“大概是没什么，”我说，“莱利家族及克奈勒家族的画像在楼梯上，你可以看看。”

“我下楼的时候注意到了。”他答道，“莱利家的画像不错，克奈勒家的不怎么样，应该说没有得到很好的体现，不过制作得很花哨，大概是出自学生的手笔。”我一言未发，侧耳倾听瑞秋下楼的声音。

“离开佛罗伦萨之前，”他又说道，“我替你表姐卖掉了一幅早期弗里尼的作品，这是桑格莱提家的收藏品之一，可惜的是，它们都一件件散落了。那绝对是一件精品，就挂在别墅里楼梯上光线最好的地方。你去别墅的时候大概没有注意到。”

“很可能没有。”我答道。

瑞秋进了房间，她穿着圣诞前夜穿的那件长裙，只是肩上多了条披巾。我很高兴她这么着装。她看看我们这个，又看看那个，像是要从我们脸上的表情判断我们谈话的内容。

“我正在给你表弟讲我有幸卖掉了弗里尼的圣母画像，可失去它又是多么不幸的事。”瑞纳提说。

“不过这种事咱们已习以为常了，对吧？那么多的珍宝都失去了。”她对他说，我很反感她在当下这个场合用“咱们”这个字眼。

“你把别墅卖掉了吗？”我很唐突地问了一句。

“还没有。”瑞纳提答道，“我们事实上——这正是我来见你表姐的部分原因——实际上，决定把它出租，三四年的租期。这样更有利，别一下子卖掉，说不定哪天你表姐想回佛罗伦萨，那多年以来一直是她的家。”

“我还没打算回去。”瑞秋说。

“现在没有，可以后难说。”他说道。

他的目光一直追随着她在房里的一举一动，我真希望她能坐下，免得他这样。她平时坐的那把椅子离烛光稍远了些，她的脸正好在阴影里。她实在没理由在房内走来走去，除非要显示她的长裙。我拉过来一把椅子，但她不坐。

“想想看，瑞纳提都到伦敦一个多星期了，竟没告诉我。”

她说，“当斯考比通报说他来了的时候，我简直惊讶得不得了，他实在是太疏忽了，事先不通知我。”她转过头对他笑着说，他耸了耸肩。

“我是想突然出现能给你一个惊喜，”他说，“不期而至可能令人高兴，也可能正好相反，完全取决于当时的情况。你还记不记得那次你在罗马，我和科西莫出现的时候，你正着装准备参加卡西特鲁西家的晚会，一见我们你明显很不快。”

“噢，我那可是有原因的，”她笑道，“如果你忘了，我可以提醒你。”

“我可没忘，”他说，“我还记得你那件长裙的颜色是琥珀色。还记得贝托尼·卡西特鲁西给你送了鲜花，我见了他的名片，科西莫没见。”

斯考比进来通告开餐，瑞秋在前面带路穿过门厅进了餐厅，她一边笑着一边对瑞纳提重提罗马的事情。我从没这么闷闷不乐过，觉得自己很多余。他们继续谈论一些人和地方，瑞秋不时从桌那边伸过手来，像对孩子一样对我说：“菲利普，亲爱的，你得原谅我们，我已有很久没见瑞纳提了。”而他则用他那双眼皮耷拉的深色眼睛注视着我，缓缓眨起一丝笑意。

有一两次他们突然讲起意大利语来。他在对她说什么的时候，突然找不出词来，便歉意地向我点点头，开始讲自己的语言。她答话时我听到她吐出一些陌生的词，语速要比我们用英语谈话时快很多，这时她的整个神情都好像改变了，更加活跃，更加兴致勃勃，然而从某个角度讲要冷酷得多，她洋溢着一种新的光彩，都是我不太喜欢的。

我似乎觉得他们俩坐在我这板壁餐厅里的餐桌旁显得很不协

调，他们应该在佛罗伦萨或罗马的某个地方，由一些低声下气的黑人侍奉着，一个对我而言陌生的精彩社会，在那里说说笑笑谈论着我听不懂的话，而不应该在这样一个地方，斯考比穿着皮革便鞋走来走去，一条小狗在桌下刨抓，我缩在椅子里，十分消沉、沮丧，耷拉着脑袋自己吃饭，取些胡桃双手挤碾，好解除点痛苦。瑞秋坐着，我和瑞纳提来回递着葡萄酒和白兰地，或者应该说是我在递，因为我什么都不喝，而他两样都喝。

他从随身带的包里取出一支雪茄点上，我点烟斗时，他用一种忍耐的眼光审视着我。

“好像所有的英国青年都抽烟斗，都以为能助消化，我却听说会影响呼吸。”他发表着见解。

“正如喝了白兰地会影响判断力。”我回了一句。

我突然想起死了埋在植物园里的可怜的多恩，想到它年轻的时候，如果碰上非常不喜欢的狗，就会竖起身上的毛，尾巴挺得直直的，然后跳过去咬住对方的喉咙。我现在能了解它的感受。

“请原谅，菲利普，”瑞秋站起身说，“我和瑞纳提有很多事要商量，他带来一些文件要我签字，我们最好去楼上闺房处理，你过一会儿再来找我们好吗？”

“我看就不了。”我说，“我出去一整天，办公室有些信要看，祝你们俩晚安。”

她走出餐厅，他紧随其后，听着他们上了楼，约翰来收拾桌子的时候，我还在那儿坐着。

我出门来到院子里，我看见闺房亮着灯，窗帘紧闭。现在他们在一起，肯定讲的是意大利语。她坐在炉火旁那把低椅里，他在一旁。我不知道她是不是会把我们前一晚的谈话讲给他听，讲我把遗嘱拿去抄了一份，不知道他会给她谈些什么想法，提些什么建议，也不知道他档案里拿来些什么文件要她签字。他们处理完事之后，是否又会谈论人或事，谈论他们俩都认识的人和地方？她是否会给他制作药饮，像为我做那样？是否在房里来回走动，让他看她？我还想，他几点才会告辞去睡觉，告辞的时候她会把手伸给他吗？他会不会在门口滞留一会儿，像我一样找个借口延误一下？或者，她会不会因为和他很熟，让他待到很晚？

我在地里走着，来到新修的石阶路，下坡来到海边，然后又往回走，上了栽满雪松树的大道，就这么来来回回地走着，直到钟塔的钟敲响十点。这是我每晚离开的时候，也是他离开的时间吗？我来到草坪边上，站在那里望着她的窗口，室内还亮着灯，我望着灯光，等候着。灯继续亮着。刚才走得很热，但现在站在树下，有点凉，手脚都觉得冻。夜色沉沉，寂静无声，今夜没有冷月挂在树头。十一点的钟声一敲过，闺房的灯光就灭了，蓝卧室的灯光亮起来。我又稍稍站了一会儿，然后一转念，绕到屋后，走过厨房，来到西边，抬头望瑞纳提的房间。我感到一阵轻松。那里亮着灯，百叶窗拉上了，帘缝中透着灯光，窗户也紧闭着。我怀着一种孤独的满足感，想他肯定一夜不会再打开窗户，拉开窗帘。

我进了屋，上楼来到自己的房间。我把衣服脱下，把领带取下，刚把这些东西扔在椅子上，就听到走廊里她那长裙的窸窣声，接着是轻轻的敲门声。我走去把门打开，见她还没更衣，还围着那条披巾。

“我来向你道晚安。”她说。

“谢谢。”我回道，“也祝你晚安。”

她朝下一看，看到我鞋上的泥。

“你一晚上在哪儿？”她问。

“在地里散步。”我回答。

“为何不来我房间喝杯饮料？”她又问。

“我不想。”我又答。

“你真滑稽，在饭桌上的样子像个耍脾气的小男生，该挨打。”

“对不起。”

“瑞纳提是个老朋友，你是清楚的，”她说，“我们有很多事要谈，你该明白的，对吧？”

“是不是因为他这个老朋友比我更深情，所以就允许他在闺房待到十一点？”

“到十一点了吗？”她说，“我确实没意识到。”

“他要在这儿待多久？”我问。

“那得看你，如果你客气相邀，他大概会待三天，再多就不可能了，他得回伦敦去。”

“既然你要我请他，我就请。”

“谢谢你，菲利普。”她说完突然抬起头望着我，目光非常温柔，嘴角含着一丝微笑，问我，“怎么了？干吗这么傻气？在地里踱步时心里在想什么？”

我真想对她说心里有一百个想法、一千句话，我如何不信任瑞纳提，如何不愿看到他在我家里，又如何希望和以往一样，与她单独在一起。但我没这么说，而是把那一晚上的所有不快化作一句话：“谁是贝尼托·卡西特鲁西，他干吗要送花给你？”

她咯咯笑起来，伸手搂着我。

“他又老又胖，满嘴烟味——我特别特别爱你。”说完她就走了。

我肯定，她离开不到二十分钟就入睡了，但我却一次又一次地听着钟楼的钟声，一直到四点才昏沉沉睡去，一夜不宁，到清晨七点刚刚沉睡就被约翰无情地唤醒，他总在这个时间叫醒我。

瑞纳提待了不只三天，而是七天。这七天里我始终无法改变对他的看法。我最反感的是他对我流露的一种容忍的神情，看着我的时候嘴上挂着一丝似笑非笑的笑容，好像我是个孩子，得多迁就点。而且不管我白天去做什么，他都要仔细询问，把我当作调皮捣蛋的小男孩。我特意中午不回家吃饭，每天下午四点刚过，我一回到家，走进客厅，总会看到他们两个在一起，毫无例外地讲意大利语，一见我就马上打住。

“呀，工人回来了。”瑞纳提会说。该死的家伙，他就坐在我平时一人时坐的那把椅子上。“当他漫步在田间地头，关心犁地的时候，瑞秋和我正畅想在遥远的天边，我们除了在石阶路上逛一会儿，整天都不动。人到中年，生活情趣就不同了。”

“你害了我，瑞纳提。”她就说，“你来这之后我把所有的事都疏忽了，不拜访客人，不管种植，菲利普该怪我无所事事了。”

“可我们的心智并非无所事事，”他回答，“我们涉足的领域正如你小表弟涉足的田地一样广阔。或者今天不是足踏田地，而是骑马奔波？英国的年轻人总热衷于消耗体力。”

我听出了他语气中的嘲讽。在他眼里，我就像匹大头马。这时瑞秋忙来解围，又是那种老师代学生开脱的样子，这使我更为恼火。

“当然今天是星期三，”她说，“星期三菲利普既不骑马也不散步，他是在办公室算账，他脑子很清楚，数字概念很强，对所有的花费一清二楚，对吧，菲利普？”

“并非完全如此。”我答道，“事实上今天我去参加了即决法庭，审判一位被指控偷窃的邻居，这人最后被判罚款，不必监禁。”

瑞纳提望着我，眼里依然是那种容忍的神情。

“既是一位年轻的农场主，又是一位年轻的所罗门。”他说道，“不断了解到你的才能。瑞秋，你表弟是否能让你联想起戴尔·沙托的施礼者画像？他像画中人一样把傲慢与纯真融为一体，具有无限魅力。”

“也许吧。”瑞秋说，“我以前从未想过，他在我心里只像一个人。”

“啊，那是自然，”瑞纳提道，“但他身上肯定还有一些戴尔·沙托的感觉，什么时候你把他拉走，带他去看看咱们的国家。旅游能开拓人的心灵，我希望他到美术展览馆或教堂转转。”

“安布鲁斯对这两种地方都很厌倦，”瑞秋说，“不知道菲利普会不会感兴趣。对了，你在即决法庭上见到你教父了吗？我想带瑞纳提去派林拜访他。”

“是的，他在场，”我回答说，“并要我向你致意。”

“肯达尔先生有个很迷人的女儿，”瑞秋对瑞纳提说，“她比菲利普小一点。”

“有个女儿？嗯，这么说你表弟身边还是有年轻女性的。”

“岂止，”瑞秋笑道，“方圆四十英里内，每个做母亲的都盯着他呢。”

我怒视着她，她笑得更厉害了。她去更衣吃饭，走过我身边的时候拍拍我的肩，她那种令人万分恼火的习惯——我以前告诉过她，说她这样就像波比姑妈，她听了很高兴，好像我在恭维她似的。

等她上了楼，瑞纳提对我说：“你和你的监护人实在太慷慨了，给了你表姐瑞秋生活费，她写信告诉我，说她非常感动。”

“这是这座庄园最起码要给她的。”我对他说，心里在想，但愿我的语气能阻止进一步的交谈。我不会告诉他三周后将要发生的事。

“你大概知道吧，”瑞纳提说，“如果没有这笔生活费，她就什么收入都没有了，我只能不时替她卖掉点东西。这种变化对她而言确实异乎寻常，不过我想，要不了多久，她就会有社交生活的需要，就像她在佛罗伦萨习以为常的那种生活，正因为如此，我才没有卖掉别墅，它们之间有着密不可分的关系。”

我没接他的话，心想如果真的有密不可分的关系，那也是他认为的，在他来之前，她从未说起过什么关系。我又想，他本人有多少财产是不是除了帮她卖桑格莱提的家产外，也把自己的钱给她一点。安布鲁斯不信任他，实在是明智之至。然而瑞秋到底有什么地方需要指导，非得让他做自己的律师和朋友呢？

“当然啦，”瑞纳提接着又说，“可能明智的办法是把别墅卖掉，然后给瑞秋在佛罗伦萨买一个小套间，或者在费索马盖间小屋什么的，她有很多朋友，都不希望失去她，我也是其中之一。”

“我们刚见面时，你就告诉我说，瑞秋表姐是凭感情冲动行事的女人。无疑她还会这样，那么她喜欢在哪儿生活就在哪里生活好了。”

“那倒是，”瑞纳提又说，“不过她这种冲动行事的本性并不总能给她带来快乐。”

我想他这话是在暗示她和安布鲁斯的婚姻就是出于冲动，且很不幸福，她来英国也是出于冲动，以后会怎么样他也拿不准。他对她有控制力，因为他在帮她处理事务，可能这种控制力会把她带回佛罗伦萨，想必这就是他此行的目的。他会不知不觉地影响她，或许也有可能直言不讳地告诉她，庄园给她的那点生活费是不够她花的。我手里有王牌，他还不知道。三周之后她就可以永远摆脱瑞纳提了。我真想笑，可心里实在是厌恶他，所以在他面前笑不出来。

“长这么大，突然屋里有个女人要你招呼，而且一待几个月，一定觉得很怪异吧。”瑞纳提又说道，那双耷拉着眼皮的眼睛盯着我，“是不是让你感到很不舒服？”

“正好相反，”我回道，“我感到很愉快。”

“对于你这样年轻、缺乏经验的人来说简直是一记强力药，不过一下服这么大的剂量可能会有害。”他说。

“都快二十五岁了，”我答道，“我想我清楚什么药对我合适。”

“你堂兄安布鲁斯四十三岁了都这么认为，可结果证明他是错的。”瑞纳提又说。

“你这是警告，还是忠告？”我问道。

“两者都有，”他说，“就看你怎么理解了。好了，如果你不介意的话，现在我要上楼更衣准备用餐。”

我猜想他就是要用这种办法来挑起我和瑞秋的不和。说上一两句话，话本身听起来没什么恶意，然而足以刺痛人心，令人窒息。他提醒我对她应有所防备，他这是在暗示我什么？是否我不在家，他们俩坐在客厅里时，他会耸耸肩说英国的年轻人必然四肢发达、头脑简单，因而对我不屑一顾？或者他还不这么一言蔽之，而是口若悬河地发表一大堆议论，对我进行诽谤。

“高个子男人的致命弱点是容易驼背，”有一次他说道（当时我正站在门口，低头对斯考比说话。），“而且，他们如果身体好的话就很容易发胖。”

“安布鲁斯可一直不胖。”瑞秋很快说了句。

“他没像这个小伙子有那么多运动量。大幅度地走路、骑马，还有游泳，会使身体肌肉发达不平衡。这种现象很常见，而且几乎都是英国青年。像我们意大利人，骨架比较小，活动也较少，因而都能保持良好的体形。另外我们的饮食也很利于身心，不大吃难消化的牛羊肉。至于面点……”他边说边极不赞成地挥挥手，“这孩子一个劲儿吃面点，昨天吃饭我见他吞下一整块馅饼。”

“听到了吗，菲利普？”瑞秋说道，“瑞纳提认为你吃得过多了。斯考比，我们得减少菲利普先生的食物。”

“当然不行，夫人，”斯考比听了一震，赶紧说道，“减少食量会对健康有害，而且夫人，你们要记住，菲利普先生十有八九还在长身体呢。”

“可千万别是这样。”瑞纳提嘟嘟囔囔地说，“如果二十四岁了还在长身体，那倒让人担心他是不是腺功能有严重问题。”

他一边呷着白兰地，这是她特许带进客厅的，一边若有所思地看着我，那神情简直让我觉得我差不多有七英尺高，像那个可怜的笨蛋杰克·特里沃斯，被母亲赶到波得敏市场沿街叫卖，引得人们都看他，给他几个小钱。

“想必你身体一直很好，对吧？”瑞纳提又说，“小时候没得过什么大病影响你成长吧？”

“记不清以往什么时候得过病。”我答道。

“那就太糟糕了，”他说，“没得过病的人往往一遇到自然灾害就垮了。我说的没错吧，斯考比？”

“很可能是这样，先生，我不太清楚。”斯考比回答道，可他离开房间的时候，我注意到他很疑惑地看着我，好像我已经得了天花。瑞纳提又说：“这白兰地应该至少再放三十年，等菲利普的小孩成年的时候就好喝了。瑞秋，你还记不记得那晚在别墅你和科西莫宴请大家，差不多把全佛罗伦萨的人都请来了。记不记得他执意要我们大家都戴上面具，就像威尼斯人过狂欢节一样？还有你那令人难过的亲爱的母亲在和什么王子调情，大概是叫罗伦佐·安姆那提，对吧？”

“不知道是谁，但决不是罗伦佐，他那时正忙着追求我呢。”瑞秋说。

“多么疯狂的夜晚。”瑞纳提若有所思地说，“我们那时真是年轻荒唐，完全没有责任感，要是像现在这样沉稳平和就会好很多。我想在英国这个地方从不举办这样的晚会，当然可能气候不大适宜吧。尽管如此，要是小菲利普戴上面具在草丛里找肯达尔小姐，一定很有趣。”

“我敢肯定，那样的话露易丝就别无他求了。”瑞秋顺着说道，眼睛盯着我，嘴角抽了一下。

我走出房间，离开他们，只听他们马上就讲起意大利语，从语调中听出他在提问，瑞秋则笑着回答他的问题。我知道他们是在谈论我，可能还有露易丝，还有那传遍整个乡下的该死流言，编织我们俩以后的什么婚约。上帝！他还要待多久？我还得忍受多少个这样的日夜？

在他临走的那个晚上，我教父和露易丝过来一同进餐。那晚过得很好，或者说看上去不错。我发现瑞纳提为了对教父礼貌周到把自己搞得很辛苦。他和教父、瑞秋三个人自成一个谈话圈子，倒使我和露易丝自得其乐。我发现瑞纳提时不时地朝我们望一眼，脸上带着一种亲切友好的微笑。我还听到他对教父低声嘀咕："恭喜您女儿和您教子，他俩真是天造地设的一对。"露易丝也听到这句话了，这可怜的姑娘满面绯红，我赶紧问她打算什么时候再去伦敦，我希望这么问能给她解围，但说不定还反而更糟。晚饭后又提起伦敦的话题。瑞秋说："我希望能不久后去伦敦玩玩，如果我们能同时在那里。"她对露易丝说，"你得带我看看所有景点，因为我还从未去过呢。"

我教父马上竖起耳朵。

"这么说你打算离开乡下了？"他说，"你到康沃尔来，好不容易度过了一个冬天，经受了这里的严寒，你要是去伦敦会觉得很开心的。"他又转向瑞纳提，"你到时还会在那里吗？"

"我还有事要在那儿待几个星期，"瑞纳提答道，"如果瑞秋决定去的话，我自然会随时听候她吩咐，我对你们首都一点也不陌生，非常熟。希望您和您女儿去那儿时能赏光和我们一同进餐。"

"十分乐意，"我教父说，"伦敦的春天非常可爱。"

听着他们平静地策划相约，我恨不得把这一堆脑袋都砸烂，但最使我怒不可遏的是瑞纳提用"我们"这个词。我清楚他的计谋，诱她去伦敦，在那里一边做其他事务一边陪她，然后再设法说服她回意大利。至于我教父，出于他自身的原因，会进一步促成这件事。

他们还不知道我心里早有主意，现在只是先让他们高兴一场。于是晚宴便伴着每个人各自的美好愿望结束了。最后二十来分钟的时候，瑞纳提把教父拉到一边去，我心想，又不知在放什么毒呢。

送走肯达尔一家后，我没回客厅，而是回房睡觉。我把房门半掩着，以便能听到他们上楼的声音。然而很久都没有他们的动静，午夜钟声敲响时，他们还在下面。我走出门，站在楼梯口，侧耳倾听。客厅的门开着一条缝，能听得见他们说话嘀嘀咕咕的声音，我手扶扶杆，赤着脚一步一步撑着往下走。走到一半的时候，突然想起童年的事情。有次安布鲁斯在下面和别人一起吃饭，我也是这样。这时我的心里油然而生起和那天一样的犯罪感。谈话还在继续，但听瑞秋和瑞纳提谈话根本就是徒劳无功，因为他俩都讲意大利语。我只能听到他们不时提及我的名字菲利普，还有几次提到了教父肯达尔。他们在谈论我或者他，或者是我们俩。瑞秋语气很急迫，听起来有点陌生。瑞纳提则好像是在问她什么。我突然想到，是不是教父向瑞纳提谈起佛罗伦萨来旅游的朋友，然后瑞纳提就把这事告诉了瑞秋？一想到这儿，我心里一阵厌恶。我在哈罗受的教育是多么苍白，学的拉丁语和希腊语简直毫无用处，在我的屋檐下两个人在讲意大利语，大概讲的还是与我相关的重要事情，而我却除了我的名字之外，什么也听不懂。

突然，一阵沉默，两个人谁也没说话。也没有任何动静。他会不会走过去搂住她？她会不会像圣诞夜吻我一样亲吻他？我一想到这，心头猛地涌起一阵对他的仇恨，差一点就不顾一切地跑下楼去把门推开。正好这时又听到她的说话声。长裙的窸窣声，声音向门口过来。她手里举的蜡烛光亮已闪烁可见。长谈终于结束了，他们已准备上床就寝。我像多年前那个小男孩一样，偷偷溜回自己的房间。

听得见瑞秋经过走廊走向自己的套间，他则朝另一方向他自己的房间走去，我很可能永远也不会了解他们这几个小时谈话的内容，但至少这是他在我屋檐下的最后一个夜晚，明天我就可以轻松愉快地入眠了。第二天早上，我迫不及待吃完早点，匆匆把他打发走。那辆要载他去伦敦的驿车的车轮在车道上响起时，瑞秋走了下来，一身准备干园艺的装束，她大概前一天晚上已向他告过别，这会儿只是来说声再见。

他拿起她的手吻了吻，这次出于一般的礼貌，他对我这个主人用英语辞了行，然后又对她说："你会把你的计划告诉我吧？记住，你来伦敦的话，我会在那里等你。"

"四月一日之前我没什么计划。"她说着转过头对我笑笑。

"那天是不是你表弟的生日？"瑞纳提一边爬上马车，一边又问道，"希望他过得开心，但不要吃过大的蛋糕。"然后像是临别要刺我一下，他又从窗口说道，"在这样奇特的日子过生日真是滑稽，愚人节，不是吗？不过到那时你已二十五了。大概你觉得已经长大，不会再想起这个节日了。"说完就走了。驿车沿着车道朝草场门口走去，我扭头看瑞秋，她说："或许该请他那天再回来一同庆贺？"她说着嫣然一笑，我为之怦然心动。她摘下长裙上别的一朵报春花，把它插在我的扣眼里，轻声对我说："这七天你表现不错，我却没有尽职。现在我们又单独相处了，你高兴吗？”没等我回答，她就随塔姆林去植物园了。

21

三月份剩下的几个星期转眼就过去了。我一天比一天心情好，对未来越来越充满信心。瑞秋似乎感受到了我的心绪，也很愉快。

“我还从没见谁过个生日这么滑稽可笑的。”她说，“你就像个孩子，一觉醒来觉得世间万物都很迷人。难道没有了那个可怜的肯达尔的监护对你就那么重要吗？我敢肯定再没有哪个监护人会比他更和善了。你到底打算要在那天干什么？”

“没什么打算，”我答道，“只是你别忘了你那天对我说的话，过生日的人能一切如愿。”

“那只是在十岁以前，以后就不行了。”她说。

“那不公平，”我说，“你不能规定年龄。”

“如果要去海边野餐，或者去航船的话，”她对我说，“我可不跟你去，现在还不是坐在海边的季节，还太早。至于上船，那比我对骑马的认识还要少。你只能带露易丝去。”

“我不带露易丝，”我说，“咱们也不到任何与你身份不相称的地方去。”事实上我就根本没考虑过那天的活动，我只计划那天早晨把公文放在她的早餐盘里，其他只好听天由命了。然而到三月三十一日，我发现我还想做一件事。我想起了放在银行的珠宝，觉得自己很傻，竟然早没想起来。这样那天我就有两个会晤，一是和柯奇先生，另外是和教父。

我首先落实和柯奇先生的见面。我担心包裹太庞大，吉普西驮不动，但又不想叫马车，怕瑞秋听到动静，也要跟着一起进城办点事。况且我要是坐着马车到处跑的话，会让人觉得很不正常。于是我找了个不必要的借口步行进了城，走前吩咐车夫驾轻便马车来接我。真是倒霉，那天上午好像周围的人都上街购物了。如果有人在码头想避开邻居，就会藏在某个门口或躲进港湾。我就是这种情况，为了不至于碰到帕斯科夫人和她那群女儿，我尽往角落里躲。我那鬼鬼祟祟的样子一定引起很多人的注视，而且肯定会闲言四起，说艾什利先生行为古怪，从鱼市的一个门进，另一个门出，上午十一点前就钻进“玫瑰皇冠”酒屋，正巧邻区牧师大人沿街走来。毫无疑问，城乡内外都会传说艾什利先生喝醉了。

最后我好不容易到了银行，那具有安全感的墙壁，让我觉得像是到了避难所一样。柯奇先生像以前一样愉快地接待了我。

“我这次来，”我对他说，“是来把所有东西取走的。”

他吃惊地望着我，满脸痛苦之色。

“艾什利先生，您不会是要把银行的账目转到别处去吧？”他问。

“不是的，”我说，“我说的是家族的珠宝，明天我就二十五岁了，这些东西就是我合法的财产了，我希望生日早晨醒来的时候，这些东西在我身边。”

他一定觉得我是个怪人，至少是有点怪。

“您的意思是，”他问，“只是想在生日那天过个瘾？圣诞夜那天就是这样，对吧？您的监护人肯达尔先生马上就又把项链送了回来。”

“不是为了过瘾，柯奇先生，”我对他说，“我想把珠宝放在家，自己保管。我不知道怎么才能说得更明白一些。”

“我明白，”他说，“不过我希望您家里有个保险柜，或至少是能存放这些东西的安全地方。”

“柯奇先生，”我说，“那就是我自己的事了，如果你能把珠宝马上交给我，我将不胜感激，这次不只是拿那条项链，而是所有的收藏品。”

简直就像是在掠他的财产似的。

“好吧。”他很不情愿地说，“我要去金库，还要把东西仔细包起来，得花点时间，如果您在城里还有别的事的话……”

“我没别的事，”我打断他说，“我就在这儿等着。”

他看再延误也没用，就吩咐职员叫人把包裹拿来。我特意拿了个东西来装，正好能把所有的东西装上——实际上我拿到的是个柳条筐，是用来装菜的。柯奇先生皱着眉头一件件往里放。

“如果能让我以适当的方式把东西送到你家，那会好得多，艾什利先生。”他说，“你知道我们银行有辆四轮马车，正好可以用。”

那倒是，我心想，那样的话还不定会有什么闲言碎语呢。银行的大马车，里面坐着头戴高顶大礼帽的经理，朝艾什利先生的住处驶去。还是装在菜筐里用轻便马车拉回去的好。

“不必了，柯奇先生，”我说，“我能行。”

我肩背菜筐，满怀成功的喜悦从银行摇摇晃晃走出来，正好与帕斯科夫人撞个满怀，她的身旁一边一个女儿。

“天哪，艾什利先生，”她惊呼，“你好像背着很重的东西。”

我一手拽着筐子，一手摘下帽子挥了挥。

“你看我最近很倒霉，”我对她说，“简直快完蛋了，不得不向柯奇先生和他的雇员出售白菜，因为家里修房顶，我快要破产了，只好把自己种的东西拿到城里卖。”

她目瞪口呆地盯着我，那两个女儿也眼睛瞪得老大。

“很不巧，”我说，“这一筐菜是另一个客户订的，否则我会很乐意卖给你们几根胡萝卜。不过以后你家里要是缺菜，就说一声儿。”

我走到等候的轻便马车旁，把筐子搬上车，然后爬上车，拿起缰绳。车夫也跳上车坐在我身旁，我回头去看，她还在街角那边盯着我，一脸惊诧的神情。现在传言恐怕就不只是说艾什利先生古怪、醉酒、发疯，还要说他沦为乞丐了。

我们赶着车从大十字沿林荫大道回家去，伙计把马车停好，我则从后门进了屋——仆人们在吃饭——我就从他们的楼梯上楼，踮着脚尖走到前面，进了我自己的房间。我把菜筐锁进衣橱，然后下去吃午饭。

要是瑞纳提在的话，肯定会闭上眼，全身发抖，因为我把一块什锦馅饼一阵捣腾，然后用一大杯啤酒送了下去。

瑞秋已来过餐厅，等过我——她留了张纸条——说她认为我不会回来吃饭，就上楼回自己房间去了。这次我没在乎她在不在，我想我心里的窃喜明明白白写在脸上，太一目了然了。

我一把饭咽下就又出门了，这次是骑马去派林。我口袋里放着公文，是特里温先生送来的，他信守诺言，派专人送来。我还带着遗嘱，这次会晤想必不会像上午那么愉快，不过我不怕。

教父没出门，在书房里。

“噢，菲利普，”他说，“祝你生日愉快，可能还早了几个小时，但也一样。”

“谢谢，”我说，“而且我还要感谢您这么多年对我和安布鲁斯的爱，感谢您的监护。”

“这个到明天就终止了。”他笑道。

“是的，”我说，“或者说是到今晚，午夜时分。鉴于我不想在这个时辰把您吵醒，我想请您现在为我要签的一份文件署名作证，这项文件将在那个时刻生效。”

“嗯？文件，什么文件？”他边说边取眼镜。

我从上衣口袋里拿出遗嘱。

“首先请您看看这个，”我说，“这是我硬要来的，是经过反复争执才要来的，我一直就觉得肯定有这么个东西，给你。”

我把遗嘱递给他。他戴上眼镜看了一遍。

“上面有日期，菲利普，但没签名。”

“的确如此，”我说，“但这是安布鲁斯的笔迹，对吧？”

“对，确实是，”他答道，“一点不错，我只是不明白他为什么一直没有请人鉴证，然后寄给我。从他刚一结婚，并把消息告诉你开始，我就一直在等这样的一份遗嘱。”

“本来是要签名的，”我说，“一方面是他病了，另外他一直以为什么时候都能回家来亲自交给你，这我清楚。”

他将遗嘱放在桌上。

“嗯，对，别人家也会有类似情况，”他又说，“但不幸的是，我们已经为他的遗孀做了力所能及的事，没有签名的遗嘱是无效的。”

“我明白，”我说，“她也没有再指望得到别的什么。我刚才说了，我是费了好大劲才硬从她那儿要来的，我得还给她，不过这还有一份复印件。”

我把遗嘱装进口袋，把复印件递给他。

“怎么了？”他说，“是不是又发现了什么新情况？”

“不是，”我回答道，“只是我良心发现，我在享用一些无权享用的东西，安布鲁斯是想签署这份遗嘱的，只是因为死亡，或者说首先是因为生病而未能实施。我想请您看一下我准备的这份文件。”

我把特里温在波得敏起草的那卷纸递给他。

他非常仔细、非常缓慢地看着，表情越来越严肃。过了好一会儿，他才摘掉眼镜看着我。

“你的瑞秋表姐还不知道这份文件吧？”他问。

“一点儿也不知道，”我答道，“对我所做的和所想的，她从未说过她的想法，也没有暗示过什么。她对我的打算一无所知，甚至都不知道我来这儿给你看遗嘱。她不是几个星期前还说过不久要去伦敦吗？”

他坐在桌旁，盯着我的脸，问道：“你执意要这么做了吗？”

“对。”我回答。

“你知道吗？这会乱套的，很不保险，本来最终属于你和你的子孙的财产就这样被分割了。”

“我知道，但我甘愿冒险。”

他摇摇头，叹了口气，从椅子上站起身，向窗外望了望，然后又回到椅子上。

“她的律师瑞纳提先生知道这份文件吗？”他问。

“当然不知道。”我说。

“你要是早把这事告诉我就好了，菲利普，”他说，“那样我就可以跟他商量一下，我觉得他是个有头脑的人，那晚我和他说了几句话，我只是对他流露了我对那件透支事件的不安心情，他认为那样挥霍确实是个毛病，而且由来已久，不仅导致了她和安布鲁斯之前的问题，也是她和第一任丈夫桑格莱提不和的原因。他要我明白，只有他——瑞纳提先生——才知道如何对付她。”

“我不管他对你说了些什么，”我说，“我讨厌这个人，我认为他跟你说这些话是有目的的，他想让她回佛罗伦萨。”

教父又盯着我。

“菲利普，”他开口道，“请原谅我问你一个问题，我知道这是私人问题，不过我是从你一生下来就了解你的。你对你表姐非常着迷，对吧？”

我感到脸发烧，但继续迎视他。

“我不明白你的意思，”我说，“‘着迷’这个词很不合适，也最难听。我只是对瑞秋表姐比对其他人更敬重。”

“我早就想告诉你了，”他说，“对于她来你家待这么久，已有很多议论，而且我可以说，现在整个郡的人几乎不谈论别的事了。”

“让他们说好了，”我说，“等过了明天他们就可以有新内容谈了，家产易主的事是瞒不住的。”

“如果你的瑞秋表姐还有头脑，能自重一点的话，就该去伦敦，或叫你去别处生活，目前的状况对你们俩都很严峻。”

我没再说什么，现在只有一件事很重要，就是要他签名。

“当然，最终有一种办法可以摆脱闲言碎语，而且从这个文件上看，也是最终唯一能够交回这笔财产的办法，那就是，她再嫁人。”

“我认为这不大可能。”我说。

“你还没亲自问问她吧？”他说。

我的脸又发烧了。

“我不敢，”我说，“她也不会愿意说的。”

“目前这一切都让我很难过，菲利普。”他说，“我真希望她没来英国，可现在后悔也晚了。好吧，签名吧，后果你自负。”

我捏紧笔，再签上名，他注视着我，脸色平静，神情严肃。

“菲利普，有些女人，往往还是优秀的女人，自己并没做错什么，却会带来灾祸，凡是与她们有瓜葛的，都会变成悲剧。我不知道为什么要对你说这些，但觉得非说不可。”他说完就在那长卷纸上署名作证。

“我想你大概不会等着见见露易丝了吧？”他又说。

“我想就不必了，”我答道，随即又缓和了一下口气说，“如果你们俩明天晚上有空，过来一起吃饭如何？一起喝点酒祝我生日健康。”

他略微迟疑了一下，说：“我还不知道明天有没有空，不管怎么样，中午以前我会捎信给你的。”显而易见，他并不大想来看我们，但拒绝我的邀请又有些不好意思。他对财产移交这件事的反应要比我想象的好得多，没有严词劝诫，也没有无休止地说教。很可能是他现如今非常了解我，知道想不出什么办法能对我有用。从他沉重的神情看得出来，这事对他震动很大，也使他很难过。让我高兴的是他没提家族珠宝，他一旦知道珠宝就藏在我衣橱的菜篮子里，会气昏过去的。

我骑马往回走，想起上次去波得敏见过特里温后也是兴致勃勃回家，一到家却发现瑞纳提在家里，今天不会再有这样的访客了。才三个星期，乡村已是春意盎然，天气像五月一样暖融融的，但我的雇农们像所有的天气预言家一样，摇着头说会有灾害，说晚霜还要降临，花蕾会凋零，干涸土壤下那正在发芽的庄稼会枯萎。然而在三月的这最后一天，即便闹饥荒，发洪水，甚至发生地震，我都不会在意的。

太阳已西沉，映红了西边海湾那静谧的天空，染黑了周围的海水。时近满月，圆圆的月亮挂在东边的山上。我心想，这一切只有在一个男人真正沉醉，完全沉醉于流逝的时光中时，才能感受到。眼前种种，并不似在朦胧状态下，而存在于真正沉醉后的清醒意识里。我来到林中草场，那里的一切都如神话般迷人，那些蹒跚着步履，来到池边小水沟饮水的牲口洋溢着美的色彩，令人着迷。林荫大道附近高大的树枝上，一只只寒鸦在筑巢垒窝，它们扑棱着翅膀在零乱的窝旁忙碌着。房舍和马厩的上空，蓝色炊烟从烟囱里袅袅升起，我能听到院子里水桶的碰撞声，男人的口哨声，还有狗窝里传来的小狗吠叫声。所有这一切是我早就熟悉的，从我的孩提时代，我就了解而且迷恋这一切，但今天更具有一种新的魅力。

中午吃得太饱，这会儿一点不饿，但很渴，于是我在院子里猛喝了一通清凉的井水。

看到伙计们在闩后门、关窗户，我就过去跟他们开了几句玩笑。他们知道明天是我的生日，悄悄告诉我说斯考比请人给他画了张像，要送给我，但要绝对保密。说他还对他们说，我必然会把画像挂在门厅里的画框里，和祖先们的画像挂在一起。我郑重其事地向他们保证，那正是我要做的。然后他们三个人互相使劲点点头，在角落里嘀咕了几句，就进了仆人房，随即拿着个包裹走出来。约翰代表他们三人把包裹递给我，对我说："这是我们大家送的，菲利普先生，我们都迫不及待要给你。"

是一盒烟斗，一共花了他们每个人一个月的工资。我跟他们握手，拍拍他们的背，并信誓旦旦地说，我还正准备下次去波得敏或特路洛的时候一定要买这东西呢，他们听了十分高兴地望着我，眼里流露出极大的喜悦，看到他们这么快乐，我差点傻傻地要哭了。实际上，除了十七岁时安布鲁斯送我的那个烟斗，我什么烟斗都不用的。但以后我要特意把他们每个人的烟斗都吸一下，免得他们失望。

我洗了澡，换了衣服。瑞秋在餐厅等我。

"我觉得你在捣鬼，"她一见我就说，"一整天都没在家，到哪里去了？"

"这个嘛，艾什利夫人，"我对她说，"你就不用操心了。"

"从一大早就没人见过你，"她又说，"我中午回来吃饭，可是没伴。"

"你应该和塔姆林一起吃午餐，"我对她说，"他妻子是个优秀的厨师，会给你烧一手好菜。"

“你进城了吗？”她问。

“噢，是的，我进城了。”

“碰到什么事儿了吗？”

“噢，是的。”我说，差点扑哧一声笑出来，“我碰到了帕斯科夫人和她的姑娘们，她们见到我惊诧不已。”

“为什么？”

“因为我当时背着一个筐子，告诉她们说我在卖白菜。”

“那你是真的在卖白菜，还是去了玫瑰皇冠酒屋喝多了？”

“我既没有卖白菜，也没有去玫瑰皇冠喝酒。”

“那到底是怎么回事？”

我不答，而是坐在椅子上，对她笑。

“我想今晚吃过晚饭等月亮升上天空的时候去游泳，我感到今晚浑身是劲，想疯狂一番。”

她的目光庄严肃穆，越过酒杯直视着我，对我说：“如果你愿意躺在床上过生日，胸口涂上药膏，每小时喝一次茶蘼子，身边还有人伺候着——不过我警告你，我可不伺候，要伺候也是斯考比伺候——那你愿意游泳就游泳好了，我不拦你。”

我双臂举过头，十分愉快地舒了口气。我问能否吸烟，她表示同意。

我拿出那盒烟斗。“看，”我对她说，“伙计们送我的东西，他们简直等不到明天早晨了。”

“你和他们一样都是孩子。”她随即又压低声音说，“你还不知道斯考比给你准备了什么。”

“其实我已经知道了，”我也小声说，“伙计们已经告诉我了，我真是高兴之至，你见了没有？”

她点点头说：“真是绝妙无比，他穿着那件最好的绿色外套，他的下唇，所有的一切都画得非常好，是他巴思的女婿画的。”

我们吃过饭便进了书房，我没撒谎，我确实感到浑身是劲，简直可以说是兴奋不已，在椅子上坐不住，只盼着夜晚过去，马上天亮。

“菲利普，”她终于忍不住说道，“你行行好，去散会儿步吧，去灯塔跑个来回，说不定能治好你的毛病，我想你是发神经了。”

“如果这样是发神经，我倒愿意永远这样，我还不知道神经病能让人这么开心。”

我吻了吻她的手，来到院子里。宁静明亮的夜晚，非常适合散步。我没有按照她吩咐的跑步去灯塔，而是走去的。圆鼓鼓的月亮像人的脸蛋悬挂在海滩上空，满脸巫师的表情，好像知道我心里的秘密。山谷里，一群小牛犊在石墙围起的草地上过夜，见我走近，都摇摇晃晃站起来，四散开去。

来到牧场，能看到巴通的灯光。站在灯塔上，只见左右两边海湾向远处延伸，西海岸边上的那些小镇上灯光闪烁，东边我们自己港口的灯光也隐约可见。现在这些灯光如巴通的烛光一般暗淡无光，头顶上只有那白色的月光，在海上洒下一片银色。如果说这样的夜晚适合散步，那么也应该适合游泳。什么膏药、茶蘼子，我都不怕，想想这种举动十分荒唐，我觉得好笑，不过还是一跃跳入水中。天哪！海水冰冷。我像条狗一样浑身发抖，牙齿打战，我使劲游过海湾，再往回游，还不到四分钟就游了个来回，到岩石上穿衣服。

发神经！远不只是发神经，不过我才不管呢。

我依然兴奋不已。

我用衬衫使劲擦干身体，然后穿过树林回到家里。月光下的路阴森恐怖，树后面鬼影隐约闪烁，令人毛骨悚然。来到岔路口，一条通向松柏路，一条通向上面的石阶路。这时我听到密叶深处沙沙作响，一阵狐狸的腥味猛地扑鼻而来，就连脚下的落叶上也弥漫着这种味道。然而眼前什么也没有，路两旁的黄水仙花静静地屹立着，纹丝不动。

最后我终于回到了家里。我站在下面抬头望着她的窗户，窗户打开着，但搞不清房内蜡烛点着还是已经吹灭了。我看了看表，到午夜还差五分钟。我突然意识到，我就像伙计们迫不及待要把礼物送给我一样，也急着要把礼物送给瑞秋。我想起了帕斯科夫人，顿时有一种疯狂的心情。于是我来到她那蓝色卧室的窗下，朝上喊她。喊了三遍才听到她答应，只见她来到敞开的窗户口，穿一身白色修女袍，袖子很长，领口饰着花边。

“你要干吗？”她说，“我都快睡着了，你又把我吵醒。”

“你能不能等几分钟，我有东西要给你，就是帕斯科夫人见我扛的那个包。”

“我可没帕斯科夫人那样的好奇心，到明早上再看吧。”

“不能等到明天早上，非得现在就看。”

我从边门进屋，上楼到我房间，拿上菜筐子又下来，我在筐子抓手上系了根绳子，我还把文件也装在了上衣口袋里。她仍在窗口等着。

她见了我，柔声问道：“到底筐子里装的什么？好了，菲利普，如果你玩什么恶作剧，我可不跟你玩，是不是装的蟹或者虾之类的东西？”

“帕斯科以为是白菜，反正不管怎样，不会咬你的，我保证。来，把绳子抓住。”

我把长绳子的一头朝她窗口扔上去。

“用双手抓住往上拉，小心，筐子很重。”她按我说的往上拉，筐子在墙上碰来碰去，还碰着了墙上的挂绳。我站在下面，一边看着一边使劲儿偷偷地笑。

她把筐子拉上窗台，一阵沉默。

过了一会儿，她又探出身来说：“我不相信你，菲利普。这些包裹奇形怪状，肯定会咬人的。”

我没回答，而是抓住墙上的挂绳攀上她的窗口。

“小心点，”她叫道，“要是掉下去会摔断脖子的。”

我一下子就进了房间，一条腿搭在窗台上，另一只脚踩在地板上。

“你的头发怎么这么湿？外面又没下雨？”她问。

“我去游泳了。”我回答说，“我不是说过要去游泳的吗？好了，把包裹打开吧，还是我来帮你打开？”

房里点着一支蜡烛，她光脚站在地板上，身子直打战。

“天哪，身上赶紧裹点东西。”

我说着抓起毯子，扔到她身边，然后一把把她抱起来放在毯子里。

“我觉得你完全是疯了。”

“没有疯，”我说，“只是这一刻我已经二十五岁了，你听。”我举起手，这时钟敲响了午夜十二点，我把手伸进口袋，把文件放在桌子烛台旁，“这个东西你可以有空的时候再看，但其他东西我现在就得给你。”

我把东西全倒在床上，把筐子扔到地下，然后撕开纸，拿出一只只盒子，我把包装布解开扔得到处都是，于是露出了各种珠宝，红宝石头饰、红宝石戒指、蓝宝石首饰、绿宝石首饰、还有那条珍珠项链和各种手镯，在床单上乱七八糟堆了一大堆。“这个给你，还有这个，这个……”我高兴地说着，兴奋地把东西一件件放在她怀里，全部堆在她身上。

“菲利普，”她大叫，“你简直疯了，你这是干什么？”

我没答话，而是拿起项链，戴在她脖子上。“我已经二十五岁了，刚才你已听到了十二点的钟声。再不会有什么问题了，所有这些都是你的，如果我拥有整个世界，那么世界也属于你。”

我从没有见过有谁的眼神像她现在这样迷惑或者惊诧。她抬头看看我，又低头看看那些项链手镯，再看看我，然后看见我在笑，她突然一把搂住我，也使劲儿笑起来。我们紧紧搂在一起，好像她也传染了我的疯病，和我一样疯狂起来。

“这就是你这几个星期以来谋划的事情吗？”她问我。

“是的，”我答道，“本来是要等到吃早饭的时候，可我就像伙计们给我送烟斗一样，等不及了。”

“我可没给你准备什么，”她说，“我只给你准备了一个金领带夹，这是你的生日，你简直让我太不好意思了，你还想要什么？”

我低头看着她，看着她身边的红宝石、绿宝石首饰，看着她戴在脖子上的珍珠项链，突然一下子严肃起来，想起了项链的特殊意义。

“只有一样东西我想要，但要也没用。”

“为什么没用？”

“因为你听了会打我耳光，赶我回去睡觉。”

她一只手抚摸着我的脸，望着我，对我说：“你说吧。”声音很温柔。

我不知道男人是如何请一个女人嫁给他的，一般要得到家长的同意，如果没有家长，那么应该先求婚，事先还要交换意见。在我和她之间，这都用不着，现在是午夜，我们之间还从没谈过爱情和婚姻，我可以直截了当对她说：“瑞秋，我爱你，你愿意做我的妻子吗？”我想起了那个上午在花园里的谈话，她当时是在笑我对什么都不喜欢，记得我对她说，除了这个家我什么都不要，这个家是我唯一的安慰，我不知道她听懂了没有，不知道现在她还记不记得这话。

“有一次我告诉过你，这屋子四面墙里有我所有的温馨与舒适，还记得吗？”

“是的，还记得。”

“我说错了，我现在知道我需要什么。”

她摸摸我的头，手抚过我的耳朵，又摸摸我的下巴。

“是吗？”她问，“你能肯定吗？”

“十分肯定，”我答道，“没有比这更肯定的了。”

她望着我，烛光下她的眼睛更显得幽暗。

“那天上午你很自信，而且很固执，房屋的温馨……”

她伸出手，熄灭烛火，一边还在默默地笑着。

日出时，我来到草地上，仆人们还没醒，还没下来开窗接受日光。我站在草地上想，在我之前还有谁像我这样直截了当就得到了婚姻的许诺了吗？要都是这样的话，倒可以省去繁琐的追求期。在此之前，我从未想过爱情及其相关的问题，男人和女人必是尽情而为，我从没在意过，一直处于又聋又瞎的昏睡状态，从今往后，就再也不是这样了。

我生日的那最初几个小时内所发生的一切将永远留存，那份激情已离我而去，那份柔情却依然在我心里。真是不可思议，一个女人会毫不抵抗地接收爱情，也许这就是她们能够紧紧抓住我们的秘密所在。将它留存，直到永远。

因为没有其他人作比较，我不知道。她是我的第一个，也是最后一个。

22

至今我还记得那个清晨阳光洒进院子的情景。草坪四周的树梢上闪耀着灿烂的光环，露水很重，青草像盖了一层霜似的一片银白色。一只乌鸦开始歌唱，一只燕雀也随之唱了起来，于是很快响起了整个春天的大合唱。钟塔上的风标，首先披上朝阳，在空中闪着金光，它摆向西北，然而一动也不动。房屋那洁白的墙壁，猛一看显得暗淡无光，实际在旭日的映照下散发出一种新的柔光。

我回到自己的房间，拉了把椅子坐在敞开的窗口，朝海上望去，大脑一片空白，毫无思绪，身体平静又安逸。没有问题涌现，没有什么忧虑硬要从深处跑出来骚扰这份幸福的宁静，似乎生命中的一切问题都得到了解决。面前的大道平坦无阻，已逝的岁月无足轻重，未来的日子只不过是对我现在所知所有的一种延续，它将永远如此，就像祈祷之后总要说个“阿门”一样。在以后也只能这样，我和瑞秋，一个男人和他的妻子在这屋檐下长相厮守，相依为命，而门外的世界则悄然而逝。日复一日，年复一年，只要我们俩还活着。我记得祈祷书里就这么说的。

我合上眼睛，她仍伴在我左右。后来我定是睡着了一会儿，因为当我醒来时，阳光已流进敞开的窗户，洒满整个房间。约翰已来过，他把我的衣服放在椅子上，还给我打来了热水，来过又走了，而我对此都没有察觉。我刮了脸，穿好衣服便下去吃早餐，早餐在餐具柜上，早已是冰凉冰凉的——斯考比一定是认为我早下楼了——不管怎么说，煮得很老的鸡蛋和火腿可以凑合算作一顿简餐吧，反正那天我什么都吃得下。吃完饭，我对狗打了个呼哨，便进了院子。我对塔姆林及他所珍爱的花毫不在意，凡是含苞待放的山茶花，只要进入我的视野，我都摘下来放在筐子里，就是前一天用来装珍珠宝石的那个筐子。然后我回到屋里，上了楼，沿着走廊径直走向她的房间。

她坐在床上，正在用早餐。没等她喊出声来反对，她甚至还没来得及拉上帘子，我就一股脑儿地把山茶花撒向她的床，把她盖在底下。

“早上好，”我说，“我想提醒你今天还是我的生日。”

“不管是不是你的生日，”她说，“进门之前总要先敲门，这是惯例。你走吧！”

面对满头满身的山茶花，以及掉进茶杯和奶油面包的山茶花，一个人再要保持那份体面的样子已非易事。我只是紧绷着脸，远远地退到墙角。

“我很抱歉，”我说，“因为从窗户进来过，从门进来就变得随便了，我确实失礼了。”

她说：“在斯考比上来收拾托盘之前你最好离开，我想，尽管今天是你的生日，但他只要看见你在这儿会吓一大跳的。”

她冰冷的语气无异于给我当头浇了一盆凉水。不过我想她的话有些道理。或许在一位女士正用餐时突然闯进来确实有点鲁莽，尽管她将成为我的妻子——斯考比对此还一无所知。

“我走了，”我说，“请原谅，我只是想对你说一件事，我爱你！”

我转身离去，记得当时我注意到她没有戴那串珍珠项链，一定是一大早我离开后就摘掉了，地板上也没有珍珠宝石，一切都已被收拾得干干净净，而在她身边的早餐托盘上放的正是前一天我签了字的文件。

楼下，斯考比在等我，他手里拿着用纸包着的一个包裹。

“菲利普先生，”他开口说，“这是一个非凡的时刻，我能不能冒昧地向您说声生日快乐、非常快乐？”

“当然可以，斯考比，”我答道，“谢谢你。”

“先生，这不过是件小物件而已，只是对于多年来尽忠尽职的一份纪念品，我希望您不要生气，我诚请您很高兴地把它作为生日礼物接收。”

我打开纸包，展现在我面前的是斯考比本人的侧身画像，没有刻意美化，但确实非常像他。

“这的确很好，”我认真说道，“真的很好，它应该挂在楼梯附近最好的地方，给我拿一把锤子一颗钉子来。”他郑重其事地拉了铃，让小约翰去替他跑腿。

我们两个人把那肖像挂在了餐厅外的画框里。

“先生，你说那画是不是真的像我？”斯考比问我，“还是画家给某些器官添加了一些什么令人不舒服的东西？特别是这鼻子，我觉得并不十分满意。”

“对一张肖像来说，完美无缺是不可能的，斯考比。”我回答他说，“这已经是最不错的了，至于我，真是再高兴不过了。”

“那就好。”他答道。

此时此地我真想告诉他，我和瑞秋就要结婚。我实在是太兴奋，太开心了，但我犹豫了一下没说出来。此事太神圣，太微妙，不能这样随便告诉他，或许，我们应该一起告诉他。

我从后面去了办公室，假装在工作，而实际上，我只是坐在桌前直视前方，我的眼前一直是她背靠着枕头吃早餐，盘子里满是花朵的情景。清晨的宁静已离我而去，昨晚那种激动又一次向我袭来。我仰靠在椅子上，嘴咬着笔端，心里在想，我们结了婚，她就不会再这么轻松地把我从她身边打发走。我会和她一起用早餐，而不用再独自下楼去餐厅了，我们将开始一种新的日常生活。

时钟敲了十下，我听到庭院里，办公室窗外院子里仆人伙计们在走动。我看了一眼那一沓沓的账单，又推在一边。然后就给一位在任的与我年龄相仿的地方法官写信，写了又撕掉。因为想不出什么词，所以写的东西一点意思也没有。还有两个小时才到中午，瑞秋才会下楼。朋海尔来的一个叫奈特·伯瑞的农夫进来见我，说了一大堆什么牛跑到特里南特的事。他说这完全是他邻居的错，因为没有看好篱笆。我一边听一边点头称是，却似乎什么也没听清，因为现在瑞秋肯定已换好服装，在院子里和塔姆林说话呢。

我打断了这位倒霉蛋的话，向他道了声日安。看着他受伤的狼狈样子，我让他去管家房找斯考比喝杯啤酒。

“奈特，”我对他说，“今天是我生日，不忙事务，我现在是最幸福的人。”说着拍了一把他的肩，就走了，让他一个人张大嘴巴愣在那里。

接着，我把头伸向窗外，对着院子那面的厨房喊叫，让他们准备好野餐的午餐篮。因为我突然想和她单独相处，在阳光下，在那没有室内、餐厅饭桌上银具的拘束的地方。吩咐之后，我向马厩走去，想叫威灵顿为夫人备好所罗门。

威灵顿不在，马车房的门敞开着，马车也不见了。马房伙计在清理着那些鹅卵石，他对我的询问显得很茫然。

“刚过十点，夫人就叫了马车，”他说，“说不上她去哪儿了，也许进城了吧。”

我回房按铃叫斯考比，可他也提供不出什么情况。只是说十点刚过威灵顿就把马车备在了门口，瑞秋当时在客厅准备出门。她以前从不在上午驾车出去的，我高昂的情绪猛地一落千丈。这一天对我们来说至关重要，我根本没料到会这样。

我闲坐着，等她。中午到了，佣人们用餐的铃在外面响起。野餐篮就在我的旁边，所罗门已备好，而马车却没有回来。最后到了两点钟，我自己牵着所罗门溜达回马厩，并吩咐马房伙计为所罗门卸鞍。然后我沿着树林向新大道走去，清晨的兴奋已变成了冷漠。即使现在她来了，也因太迟而不能去野餐了，四月阳光的温热到四点钟就会消失的。

当我快走到大道尽头的大十字路口时，看到马夫打开大门，马车驶了过来。我站在道中间等着，马车走近了，威灵顿一看到我就勒住缰绳停了下来。过去几个小时万般沉重的失落感在一瞥见她的一瞬间就荡然无存了。她坐在马车上，等我上车后就招呼威灵顿继续赶车。我坐在她对面又硬又窄的位子上。

她裹着黑黑的披风，遮着面纱，我看不到她的脸。

“从十一点起我就一直在找你，”我说，“你究竟去哪里了？”

“去了派林，”她说，“去见你教父了。”

所有完全深埋的忧虑和困扰一下子涌上心头。我十分不安，想知道他们俩都干了些什么，会不会破坏我的计划。

“为什么要这样？”我问道，“有必要这样急急忙忙去找他吗？一切都办妥了呀。”

“我不大明白你所说的一切是指什么。”

马车在路边的车辙里颠了一下，她伸出戴着黑手套的手抓住带子。看她穿着丧服戴着面纱坐在那儿，我觉得她是那么遥远，那个把我紧紧抱着贴在她胸口的瑞秋仿佛在另一个世界一般。

“那份文件，”我说，“我知道那份文件的事，可你已无法改变，我已到了法定的年龄，我教父也无能为力了。已经签了名，盖了印，并且作了证，一切都是你的了。”

“是的，”她说，“现在我明白了。只是上面的措辞有点含糊，因此我希望弄弄清楚。”

依然是那种遥远的声音，那样冷漠，那样的无动于衷。我的耳朵里、脑子里回想着的则是午夜悄悄在我耳旁低语的另外一个声音。

“那你现在清楚了吗？”我问。

“很清楚了。”她答。

“那么在这个问题上再没有可说的了吧？”

“没有了。”

然而我心里仍然有个结，有种莫名的不信任。我给她珠宝时我们俩发自内心的快乐和欢笑现在都已消失了。该死的教父，是不是说什么伤害她了？

“把面纱撩起来。”我对她说。

她好一阵子没动，看了看威灵顿宽宽的脊背和坐在他旁边箱子上的马夫。这时马车已从弯曲的车道来到笔直的路上，只见他抽了马一鞭子，马轻快地跑了起来。

她掀起了面纱，眼睛直直看着我。但她的眼睛既不是我希望的那样在微笑，也没有我害怕看到的眼泪，而是沉着宁静，一动不动，完全是出门料理事物得到满意解决后的那种神情。

不知为什么，我觉得心里空荡荡的，从某种意义上说，像是受了骗的感觉。我多么希望那双眼睛还是我记忆中日出时的那样。我傻傻地想，可能那是因为她还蒙着面纱，所以才这样。然而事实并非如此。当我在家门口台阶上痛苦地等她的时候，大概她正坐在我教父书房的桌子旁，面对他，她是那样果断、老练，十分冷静，没有丝毫惊恐。

“本来早就回来了，”她说，“他们非让我留下吃午饭，我也不好拒绝。你是否已计划好了？”她把脸转过去看那闪过的路景。我不明白她坐在那儿的神情为什么像是和我偶然相识的样子，我只能尽量不伸出手去碰她。自昨天以来，一切都改变了，然而从她身上却看不出丝毫不同。

“我是有个计划，但现在无所谓了。”我说。

“肯达尔父女晚上在城里吃饭，”她说，“他们回家前要来看咱们，我觉得我和露易丝的关系有所发展，她的态度不再是冷冰冰的了。”

“这样我很高兴，我希望你们成为好朋友。”我说。

“事实上，”她继续说道，“我又回到原来的想法上了，她对你很合适。”

她说完笑了，但我没有一起笑，我认为拿可怜的露易丝开玩笑真是不太好。只有上帝知道，我并不希望这个女孩子受到伤害，而是希望她能找到自己的丈夫。

“我认为你教父对我很反感，”她说，“他完全有权利这样做。不过午餐结束的时候，我想我们彼此都理解了，紧张的气氛得到了缓解，谈话也就轻松了，我们还计划了许多伦敦会面的事。”

“在伦敦？”我问，“你不会还打算去伦敦吧？”

“噢，为什么不呢？”

我无话可说，当然，如果她愿意，她应该有权去伦敦，去逛商店，买自己喜欢的东西，尤其现在她手里有钱。然而……她可以等我的，等到我们能一起去。我们有许多事必须商议，但我踌躇了一下。我突然猛地想起以前从没想到过的一个问题，安布鲁斯死后才九个月，仲夏之前我们结婚是不对的。无论如何，深夜不成问题的问题到了白天成了问题，而我真不希望有什么问题。

“别急着回家啊，”我对她说，“跟我去林子里走走吧。”

“好的。”她答应道。

车在山谷里看林人的小屋旁停下，我们下了马车，让威灵顿先走，然后便登上了一条蜿蜒向山顶爬去的溪边小径。大树下，到处是一簇簇美丽的报春花，瑞秋一边弯下身去摘花，一边又回到了露易丝的话题上，说那女孩对花园很有眼光，要是再能指导一下，定能更加精通。让露易丝到天边去，到天涯海角的什么地方都行，去找寻她满意的花园。我带瑞秋来到树林可不是为了来谈论她的。

我从她手里拿过花，放在地上，然后把我的外套铺在一棵树下，让她坐下。

“我不累，”她说，“我已经在马车里坐了一个多小时了。”

“我也是。”我说，“这四个小时我一直在前门等你。”

我摘掉她的手套，吻了吻她的手，把她的帽子和纱巾放到花上，接着迫不及待地去吻她，我已经等了好几个小时了。这次，她依然毫不抵抗。我一边吻她一边说：“这本来是我计划中的，你却和肯达尔父女吃午饭，把我的计划破坏了。”

“我猜想会是这样。”她答道，“这正是我去找他的原因之一。”

“瑞秋，你答应过我，在我生日这天不拒绝我的任何要求。”

“可任性也得有个限度。”她说。

现在只有我们俩，我又兴奋起来，所有的焦虑都烟消云散。

“如果看林人常走这条路，让他看见会显得我们很傻。”她说道。

“那么星期六我付给他工钱时，他会显得更傻。”我说，“你要把剩余的一起都接管了吗？我现在是你的仆人，还有一个斯考比，随时等候您的吩咐。”

我躺在那儿，头枕在她腿上，她的手抚弄着我的头发。我闭上眼，希望此情此景能永远延续下去，留住这一刻，直到永远。

“你在想我为什么没感谢你吧？”她说，“在马车上，我见你的眼神很迷惑，我没什么可说的。我一直觉得自己是个容易冲动的人，然而你却比我更易冲动。我想，我还得花些时间才能面对你那些慷慨的举动。”

“我并不慷慨，”我对她说，“那是你应得的，让我再吻你一下，我得补上那些在门口等你的时间。”

过了一会儿她又说：“我至少明白了一件事，那就是再也不和你一起来林子里了。好了，菲利普，让我起来。”

我弯腰扶她起来，又鞠了一躬，把帽子和手套递给她。她在手提袋里摸了一阵儿，拿出一只盒子，打开包装，对我说：“给你，送你的生日礼物。本该早点给你的。要早知道会有这么一大笔财产，这颗珍珠一定会更大一些。”她拿起那个别针，别在我的领带上。

“现在我可以回家了吧？”她问我。

她把手伸给了我。我想起还没吃午饭，这会儿感到特别饿。我们原路返回，我心里想象着煮好的鸡肉、熏肉和即将到来的夜晚。突然，我发觉我们来到了谷顶的花岗石碑前，我忘了它就在这条路头上。我赶紧转进树林，想避开，可是晚了，她已经看到了。深色、方形的石碑，就立在树林中。她松开我的手，一动不动地站在那儿盯着它。

“那是什么，菲利普？”她问我，“看它的样子像是块墓碑，那么突兀站立在地上。”

“噢，不是什么，”我赶忙回答道，“一块花岗石而已，大概是块路碑。这边穿过林子有条路，稍微平坦一些，这边，向左走，不要经过那块石头。”

“等等，”她说，“我想看看它，我从没来过这条路。”

她走到石碑前站下，只见她嘴唇在动，像是在念上面的字。我不安地望着她，或许是幻觉，我仿佛觉得她僵在了那里，站了很长时间，而实际上根本就没必要站那么久，她定是把上面的字看了两遍。然后才回到我身边，但这次没牵我的手，只是一个人走着。她没有提起那座墓碑，我也没有。但不知怎么，那巨大的花岗岩石碑却像影子一样一直跟随着我们。我的眼前是碑文的每一行字，底下的日期，以及刻在石碑上他名字的首字母A·A。我还能看到她所看不到的，那深埋在阴湿土地下、里面夹着那封信的本子。说得不好一点，我觉得我背叛了他们俩。她沉默不语，显然受了很大触动。我暗自想，若此时此刻我再不说话，那个花岗岩石碑将会成为我们之间的隔膜，而且还会不断变厚。

“我以前就打算带你来这儿看看的。”我说道。在如此长时间的沉默之后，我的声音听上去很突兀很不自然，“在整个庄园，那块地方是安布鲁斯最喜欢的，这就是为什么石碑立在那里的原因。”

“但带我去看它并不是你生日计划的一部分吧。”她说，话语简短，硬邦邦的，就像陌生人的口气。

“不是的，”我平静地说，“当然不是计划的一部分。”我们沿着车道走着，一路无话。进屋以后，她径直走进了她自己的房间。

我洗了个澡，然后换了衣服，心里的轻快感完全被沉闷和沮丧所取代了。是什么鬼使神差让我们去了那儿，又是什么让记忆出了错？她不知道，而我清楚。有多少次，安布鲁斯就倚着手杖，微笑着站在那里。然而，那愚蠢的碑文却想用半开玩笑、半怀旧的方式让人追忆起隐藏在他玩世不恭的眼睛后面的那颗温柔的心。那高傲的花岗岩石碑本该完全代表这个男人的，却因为环境因素，她没能让他死在家里，他只好被埋在几百英里之外佛罗伦萨的那个新教徒墓地中。

我生日那晚有了阴影。

至少她不知道那封信，以后也不会知道。在我穿衣服准备吃晚饭时，又在想我当时怎么就鬼使神差把信埋在那儿，而没把它烧掉，好像我还有一种近乎于动物的直觉，终有一天我还会去把它挖出来似的。我几乎忘了信里都写了些什么，只记得写信时，他已疾病缠身，充满思虑与怀疑，因为离死亡仅仅几步之遥，说的话顾不上过多斟酌。突然之间，那封信似乎出现在我面前的那堵墙上，摇摇晃晃像在跳舞一样，我看到了那句话：请求上帝原谅我这样说，但现在钱的确是赢得她心的唯一东西。

我站在镜子前梳头时，那些文字又跳到了镜子上，在我往领带上别她送的饰针时，它们还在眼前，然后这些文字又跟着我下楼，进了客厅，最后干脆从文字变成了他的声音，安布鲁斯的声音，那熟悉的，低沉且有磁性的声音，总在重复着——赢得她心的唯一东西。

她下来吃饭时，脖子上戴着珍珠项链，像是为求谅解，又像是为了庆祝我的生日。但是，在我的心里，这并没有使她离我近点，恰恰相反，更远了。今晚，就是今晚，我宁愿她的脖子上什么也没戴。

我们坐下来用晚餐，约翰和斯考比一旁伺候着。为了庆祝我的生日，桌上摆起了整套烛台和银餐具，还用上了花边餐巾。晚餐有煮鸡肉、熏火腿，打从我小学开始，就形成这样的惯例了。斯考比非常自豪地把这些东西端上来，眼睛一直看着我。我们说着，笑着。为了他们，也为了我们自己，还为我这过去的二十五年不断干杯。只是自始至终我都觉得我们是在为斯考比和约翰而强作笑颜，如果只剩下我俩，我们肯定会沉默无语。

想到我们不得不享用这样的晚餐，不得不努力制造出快乐的气氛，一种深深的绝望不由得袭上我的心头。解决的办法只有多喝酒，也给她的杯子里斟满酒，只有这样，那种刻骨的痛楚才会减轻一些，我们俩才能忘掉那块碑，以及它在我们内心的含义。昨晚，在那轮满月下，我还十分狂喜地爬到了灯塔的顶端，就像是梦游一般。而今夜，虽然有几个小时我面对着整个世界的财富，但我还面对着阴影。

我醉眼蒙胧地望着桌对面的她，她正侧过头对斯考比笑着，我发现她从没像今天这么可爱过。如果我能找回清晨的那份宁静与祥和的心情，并将这种心境与午后山榉树下报春花丛中的那份狂热交织在一起，那么我就会重新感到幸福，她也同样会感到幸福，我们将珍藏这份感受，这份珍贵、神圣的感受，直到永远。

斯考比再次斟满我的酒杯，阴影已经消失，疑虑也已消解，我想我们单独相处的时候，一切都会很好。今晚，就在今晚，我要问问她，我们能不能很快结婚。几个星期之后，一个月之内，我就要让每个人知道，包括斯考比、约翰、肯达尔父女，让他们知道，瑞秋将用我的姓。

她将被称作艾什利夫人，是菲利普·艾什利的妻子。

我们肯定坐了很久，因为当马车轮子滚动的声音在外面车道上响起时，我们还没离开桌子。随着一阵铃声，肯达尔父女俩被引进了餐厅。我们仍在那儿，桌上凌乱地撒满了面包屑，摆放着餐后果品、点心，还有剩了半杯酒的酒杯以及其他残留的物品。我站起身，摇摇晃晃拽了两把椅子，拉到桌旁。这时教父推辞说，他们已经吃过饭，只是到这里稍待片刻，来祝我身体健康。

斯考比又取来几只杯子。我看到露易丝穿着蓝色的长裙，带着疑惑的神情审视着我。我本能地感到，她在想我是不是喝多了。她想得对，但这种事并不常发生，因为今天是我过生日。她很清楚，从今以后，她将永远没有权利批评我，除非以童年朋友的身份。我教父他也应该清楚这点，这意味着他得终止为她制定的所有计划，这也将制止一切流言，从而也消除所有人对此事的关心。

我们重新坐下来，叽叽喳喳谈起了话。教父、瑞秋、露易丝，他们几个已在午餐的那几个小时就相处得轻松自如了。我默默地坐在桌子一端，一语不发，心里反复琢磨着我已决定向他们宣布的事情。

最后，教父倾身向前，手举着杯子，微笑着对我说："祝贺你二十五岁的生日，菲利普，祝你长寿、幸福。"

他们三人都看着我，不管是酒的作用，还是我内心的激情，我一下觉得教父和露易丝两个都是亲密的朋友，是值得信赖的朋友，我真心喜欢他们。瑞秋——我心爱的人，眼里噙着泪水，使劲点着头，用微笑鼓舞我喝完杯中酒。

我想时机已到，是非常合适的机会。仆人们都不在场，因此这个秘密就只有我们四个人知道。

我站起来，向他们致谢，然后端着斟满的酒杯说："今晚，我也要敬大家一杯，从今早起，我已成了人世间最幸福的男人，我想请教父，还有露易丝为瑞秋——我未来的妻子干杯。"

我一口饮尽杯中酒，微笑看着他们。没有人应声，也没有人动。我看到教父一脸的迷惑，我又转头看瑞秋，她的笑容已经消失，取而代之的是一脸寒霜，两眼直直瞪着我。

“你疯了吗，菲利普？”她开口说道。

我把酒杯往桌上放，但手不太稳，放在了桌边上，结果酒杯倒了，掉在地板上摔成碎片。我的心狂跳着，无法使自己的目光从她煞白的脸上移开。

“假如公开这个消息有些过早的话，我很抱歉，”我对她说，“不过，今天是我的生日，况且他们俩都是我的老朋友。”

我紧紧抓住桌沿，以免摔倒。这时我的耳膜似打鼓一般地轰鸣。她好像没听懂我的话，把脸转过去望着教父和露易丝。

“我想过生日以及这酒已经冲昏了菲利普的头脑。”她说，“请原谅这个小男生的荒唐举动，务必不要当回事，等他清醒了会去道歉的。我们去客厅好吗？”

她站起身，带头走出房间。我站在原地，盯着餐桌上的一片狼藉——面包的碎屑，溅在餐巾上的酒，还有零乱的椅子，脑海里一片茫然，心里空荡荡的。我稍待了片刻，然后赶在斯考比和约翰来收拾桌子之前，跌跌撞撞离开了餐厅，走进书房，坐在空荡荡的壁炉旁的黑暗之中。没有点蜡烛，木块已成灰烬。

门半掩着，可以听见客厅里的低语声。我按住发晕的头，舌尖上还残留着酒的酸味。也许我在黑暗中静静地坐一会儿就不会头晕目眩了，这种空虚的麻木感也会消失。我把事情搞糟了，都怪那该死的酒。可她又为什么那么介意我说的话呢？我们完全可以让他俩保证不把这事张扬出去，他们应该会理解。我一直坐在那儿，等着他们离开。现在——时间似乎凝固了，但事实上才过了十来分钟——说话声突然大了，他们走进了门厅，我听到斯考比打开前门，向他们道了声晚安，随后传来马车离去的声音，紧接着是哐当哐当的关门、闩门声。

现在我的头脑清醒了一些。我静静地坐着，凝神倾听，听到她的长裙发出的窸窣声，这声音渐渐靠近半掩着的书房门，停了一下，随即又离去了。接着楼梯上传来她的脚步声。我急忙从椅子上站起来去追她，在走廊拐角处，我赶上了她，她正站在那儿，准备熄灭楼梯上的蜡烛。我们站在闪烁不定的烛光中，彼此对视着。

“我以为你已经睡了，”她说，“你最好马上走开，免得造成更大的伤害。”

“现在他们都走了，原谅我，好吗？”我说，“请相信我，你完全可以信任肯达尔父女俩，他们不会泄露咱们的秘密。”

“我的上帝！我也许真该相信此事不会泄露，既然他们什么都不知道。”她又说，“你让我觉得自己像一个见不得人的佣人，和一个马夫偷偷爬入阁楼里，以前我体验过羞耻，但从没这么无地自容过。”

依然是那样挂满寒霜的陌生面孔。

“但昨天夜里你可并没难为情，你答应了，而且是心平气和的。如果你当时要我走，我会立刻就走的。”

“我答应了？”她质问道，“我答应了什么？”

“答应嫁给我，瑞秋。”

她抓起烛台，举起来，令人目眩的烛光直照到我的脸上。“菲利普，你竟敢站在这儿，威胁我说我昨天晚上答应嫁给你了？在餐桌上，我在肯达尔父女面前说你疯了，看来你的确疯了。你非常清楚，我并没有这样应允过。”

我紧紧盯着她，不是我疯了，而是她疯了，我只觉得血往脸上涌。

“你问我生日愿望是什么，无论是那个时候还是现在，在这个世界上我只有一个愿望——就是要你嫁给我。难道我会有其他的意思吗？”

她没回答，只是疑惑地打量着我，满脸困惑，仿佛在听一种无法翻译、难以理解的外国语言，我突然痛苦而绝望地意识到，我们之间发生的一切事实上都是阴差阳错。她没明白昨晚我向她要的究竟是什么，在我盲目纷繁的头脑里，我也没有深思她给我的是什么。因此，我所以为象征爱情的东西，在她的心目中完全是另一回事，没什么意义。

如果她不好意思，那我更是羞愧难当，因为她曲解了我。

“明白说吧，你什么时候嫁给我？”

“永远不会，菲利普。”她说，并打了个手势，像是要打发我走，“绝对不可能。如果你要那么想，我只能表示抱歉。我并非有意让你误会。好了，晚安。”

她转身要走，我一把拉住她的手，抓得紧紧的。

“你真的不爱我吗？都是装的吗？天哪！那你为什么昨天夜里不说实话，不让我走？”

她的眼中又一次充满了困惑，她没听懂，看来我们只是陌路人，没有任何关系。她属于另一个种族，来自另一块土地。

“你敢为过去的事指责我？”她说，“你给了我那些珠宝，我只想谢谢你。”

在那一刻，我想我已经了解安布鲁斯所了解的一切。我明白他从瑞秋身上看到了什么，他渴望拥有她，但从来也没有得到。我懂得了他的痛苦，他所受的折磨，我也明白了为什么他们之间的鸿沟越来越大。她那幽黑的眼睛，不解地盯着我们俩。在摇曳的烛光下，安布鲁斯站在我旁边的阴影里。我们看着她，心里万分痛苦，无比绝望地煎熬着，她则用责备的目光看着我们。在昏暗的光线下，她的脸变了形，瘦小而狭窄，就像硬币上的面孔，让人感到十分陌生。我握着的那只手不再温热，冰冷脆弱的手指在使劲挣脱，戒指刮割着我的手心。我松开手，可还想再抓住。

她低声问："干吗盯着我？我怎么了？你的脸都变色了。"

我使劲想着我还得给她什么别的东西。她有了家产，有了钱，有了珠宝，她拥有了我的思想、我的身体以及我的心。只留下我的姓，而她也早已有了。什么都没剩下，连恐惧都没有。我从她手里抓过蜡烛，放在楼梯上面的壁架上，然后一把卡住她的喉咙，她动弹不得，只是眼睛挣得大大的瞪着我。仿佛我双手抓着一只受惊的鸟，只要一使劲，它就会扑棱两下死掉，或者一放开，它就会飞脱。

"别离开我。"我对她说，"你发誓，永远，永远不离开我。"

她想回答我的话，但嘴唇动不了，因为我手上的劲很大。我把手松开，她一边后退一边用手指摸着喉咙，在珍珠项链两侧我手抓过的地方有两道血痕。

"你现在嫁给我吗？"我问她。

她没有回答，只是倒退着往走廊后面走，她的眼睛盯着我的脸，手指仍然摸着喉咙。我看到自己的影子映在墙上，像一个无形无体的怪物。我看着她消失在拱廊下边，听到门被关上，钥匙转动着上了锁。我走回自己的房间，看见镜中的自己，愣愣地盯了一阵儿。站在那里，额头冒汗，脸上煞白的人是安布鲁斯吗？我动了动，又找回了自己，是那个肩膀勾着、四肢瘦长笨拙、优柔寡断、缺乏教养、任性放肆的小男生菲利普。瑞秋已请求肯达尔父女原谅，让他们别当回事。

我推开窗户，然而今晚没有月亮，天下着大雨，风吹动着窗帘，把炉台上的历书吹落到地下，我弯腰捡起书，撕下当天那页，揉成一团扔进火里。

我的生日结束了，整个愚人节都结束了。

23

早晨我坐下来吃早饭时，抬头朝外望去，外面刮着大风，我却好像什么也看不见。斯考比端着托盘进来，托盘上放着一张纸条，一见纸条，我的心狂跳起来，也许是她让我去她房间看她。然而那个纸条不是瑞秋写的，笔画很大，圆体，是露易丝的。

“先生，这是肯达尔的马夫刚送来的，”斯考比说，“他在等回信。”

我看了一遍。

亲爱的菲利普：

昨晚发生的事使我陷于莫大的痛苦中，我认为我比我父亲更能理解你的感受。请记住，我是你的朋友，而且永远是你的朋友。今天上午我要进城，如果你想找人说说话，我中午时分会在教堂外面见你。

露易丝

我把信装进口袋，让斯考比给我取一张纸和一支笔来。一般情况下有人约见，无论是谁，我的第一个念头就是随便写一两句感谢的话，然后拒绝，在今天这个极特殊的早餐，更是如此。然而当斯考比把纸和笔拿来时，我已另有了决定。彻夜未眠，孤独的痛苦使我忽然间渴望有个伴，露易丝比别人熟。于是我写了回信，告诉她我上午会进城，会在教堂外找她。

“把这交给肯达尔先生的马夫，”我对斯考比说，“再叫威灵顿在十一点给吉普西备好鞍。”

早饭后我去了办公室，清理完账目后，又着手写昨日未写完的那封信，不知怎么回事，今天写得很顺手。我的脑子有点木，像受习惯力量的驱使，只是匆匆记下一些事例及数字。之后，我匆匆走向马棚，力图逃开这个家及其所预示的一切。我并未沿大道穿过树林，免得记起昨日的情景，而是径直穿过草场，走上山路。我的马没有经验，胆小如一头小鹿，徒然惊起，竖耳后退，退入一排灌木丛，这时正好一阵狂风向我和马肆虐而过。

本来早该在二三月间刮的狂风，现在终于来了。过去几周阳光明媚、风平浪静时的融融暖意都消失了，取而代之的是大片乌云夹着雨点从西边滚滚而来，不时有急促而猛烈的冰雹自天而降，西边海湾的大海上一片喧腾，道路两旁的田地中鸥鸟尖叫着在刚耕过的泥土中觅食，寻找早春育出的嫩芽。前一天早晨，我匆匆打发走的奈特·伯瑞在我经过时正好在他家门口，肩上披着一条湿袋挡冰雹，他举起手向我问候早安，但他的声音很快就远去了。

即使在马路上我也能听到海浪的声音。西边，海浪冲上浅滩，又迅速退下，翻卷成汹涌波涛；东边港口不远处，波涛更加奔腾，气势磅礴的大浪冲上港口的岩石，海浪拍打岩石的怒吼与肆虐草木、肆虐吐枝发芽的树木的狂风交相呼应。

我从山上来到镇上时，周围没什么人，那些忙于事务的人都因风大天冷而弯腰弓身，缩头藏脸。我把吉普西放在玫瑰皇冠酒屋，然后徒步走向教堂。露易丝躲在门廊下，我打开沉重的门，我们一起走了进去。里面昏暗而宁静，然而寒意还是十分明显，阵阵袭人，且带着一股教堂的霉腐味。我们走进去，坐在大理石卧像旁，这是我先辈的像，脚下是他的儿女们在哭泣。我在想有多少艾什利家族的人遍布在这个乡村，有的在这里，有的在我的教区，想到他们是如何爱过、痛苦过，又如何各自离去。

在寂静的教堂里，我俩本能地沉静下来，低声说着话。

“自圣诞节以来，甚至在那之前，我就一直对你很生气。”露易丝说，“但我不能告诉你，你不会愿意听的。”

“用不着生气，”我答道，“昨晚之前一切都很好，是我错了，不该那样说的。”

“你要不信以为真的话是不会那么说的。”她说，“这中间一直就包藏着欺骗，而在她来之前，你对此是有准备的。”

“没有欺骗，”我说，“起码几小时前没有。如果我搞错了，那只能怪我自己。”

一阵突袭而来的雨打在朝南开着的教堂窗上，由高大圆柱撑起的教堂走廊显得更暗了。

“去年九月她为什么来这里？为什么她会一路来找你？既不是出于邀请，也不是出于好奇。她来英国，来康沃尔完全是有目的的，现在她已达到目的。”

我转头望着她，她那灰色的眼睛满含坦率的神情。

“你什么意思？”我问。

“她拿到了钱，”她说，“这是她来之前蓄谋的计划。”

我在哈罗上五年级时，我的老师曾经说过，真相往往是无形的、看不见的，我们有时会碰巧遇上但却认不出它，只有那些行将过世的老人或十分单纯的年轻人才能发现，才能了解并掌握。

“你错了，”我说，“你对她不了解，她是一个感情丰富、容易冲动的女人，情绪变幻莫测，只有上帝才知道。不过这是她的本性，她一时感情冲动离开佛罗伦萨，来到这里。她留下来，是因为过得很开心，同时也因为她有权留下来。”

露易丝满含怜意地望着我，一只手放在我的膝盖上。

“如果你不是如此脆弱，如此不堪一击，艾什利夫人是不会留下的。她会来找我父亲，开个尽可能合理的价，然后就离开。你从一开始就误解了她的用意和动机。”

我实在受不了。我摇摇晃晃从座位上站起来，一边准备往走廊走，一边在想，即使露易丝用手打瑞秋，唾她，扯她头发，撕她衣服，都比这样好。那都是有些原始的、动物性的，但却是公平的搏斗。而现在在这寂静的教堂里，瑞秋不在场，这样说简直是诽谤，是亵渎。

“我不能再坐在这里听你这么说了，我只想得到你的安慰和同情，如果没有就算了。”

她在我身边站起来，一把抓住我的胳膊。

“你难道看不出来我是在竭力帮你吗？”她恳切地说，“你却一直都视而不见，那是没用的。如果艾什利夫人不是几个月前就有预谋，她干吗要一周一周，一月一月，整个冬天都把她的生活费寄往国外呢？”

“你怎么知道有这事？”我问。

“我父亲知道，”她答道，“这种事在柯奇先生和我父亲——你的保护人面前是藏不住的。”

“即使是这样又如何呢？”我说，“我早就知道她在佛罗伦萨有债务，债权人逼着还债。”

“各个国家都有？可能吗？我可不这么认为。难道就不会是艾什利夫人要为她自己回去置办一些产业吗？她在这里过冬不就是因为她知道到昨天你二十五岁生日的时候就可以合法享用你的财产吗？然后在你没有我父亲作为监护人的情况下，她就可以一点一点地榨取你的钱财。然而突然间毫无必要了，你把所有的一切都作为礼物送给了她。”

我简直难以相信，一个我所了解和信任的女孩，会有这样该死的想法，而且更该死的是，能以非常合乎逻辑和常情的道理来剖析一个像瑞秋一样的女人。

“是你父亲的法律头脑在替你说话，还是你自己在说？”我问她。

“不是我父亲的说法，你知道他很内向，几乎不对我说什么，是我自己的判断。”

“你从见到她的第一天起就对她有反感。”我说，“有个星期天，做礼拜的时候，对吧？你回来吃饭时不说一句话，只是傲气十足地绷着脸坐着，那时你就打定主意不喜欢她。”

“那你呢？”她说，“还记得她来之前你说她的话吗？我忘不了那时你对她充满敌意，而且还理由十足。”靠近唱诗队小屋的侧门吱吱嘎嘎响了一下，门开了，那个叫艾丽斯·泰布的胆小矮个清洁工手拿着扫帚悄悄溜进来打扫走廊。她偷偷扫了我们一眼，便钻到讲道坛的后面。但她的出现搅扰了我们，打破了这里的宁静。

“这是没用的，露易丝，”我说，“你无法阻止我。我喜欢你，你也喜欢我，如果我们继续说下去，会彼此憎恨对方的。”

露易丝看着我，手从我胳臂上滑下去。

“你真的就那么爱她吗？”她问。

我转过身去。她比我小，一个小姑娘不可能明白的，没有人能明白，只有已死的安布鲁斯除外。

“那你们以后各自会怎么样呢？”她又问。

我们的脚步声在空旷的走廊里回响着。刚才敲打窗户的大雨这时已经停了。南窗上，一缕阳光照在圣·彼得头顶，映出一圈光环，随即又暗了下来。

“我向她求过婚。”我说，“我求过一次、两次，还要继续向她求婚，我的以后就是这样。”

我们到了教堂门口，我打开门，我们又站在廊下。教堂门口的树上，一只画眉风雨无阻地唱着歌；一个肉铺的小伙计，头顶着围裙，肩上扛着盘子，走过小鸟旁，嘴里吹着口哨与鸟呼应。

“你第一次问她求婚是什么时候？”露易丝问。

我又一次感觉到了烛光和笑声的温馨。突然间，烛光和笑声都消失了，只剩下我和瑞秋。似乎是对午夜的嘲弄，这时教堂的钟敲响了正午十二点。

“在我生日的那个早晨。”我对露易丝说。

她等着听最后一下钟声，这一声很响，在我们头顶回荡。

“她怎么回答你的？”

“我们的说话阴差阳错，我以为她是答应的意思，而实际上她没答应。”

“那时她看过文件了吗？”

“不，还没有。她后来才看的，就在那天早上。”

教堂门下，候着肯达尔的马夫和马车，他一见主人的女儿，就举起马鞭，坐上车。露易丝系好披风，裹好头巾，对我说：“她迫不及待看完文件，就去派林找我父亲了。”

“那是因为她有些地方不太明白。”

“可当她坐车离开派林时，却什么都清楚了。”露易丝接着说，“我清楚地记得，她上马车前，我站在台阶上，我父亲对她说，‘有关再婚的那项条文可能会有点麻烦，如果你想守住这笔财产就得一直守寡。’艾什利夫人对他笑了笑说，‘这很适合我。’”

马夫拿着一把大伞向通道走来，露易丝戴好了手套。有一阵乌云乘风掠过天空。

“增加这项条文是为了保护财产，”我说，“是为了防止被外人侵占。如果她做我的妻子，这项条文就没用了。”

“你错就错在这儿了。如果她和你结了婚，就一切都又归你了。你就没想到这一点吗？”

“即使如此又怎么样呢？我将与她共享财产。她不会因为这项条文才拒绝和我结婚。你是在暗示这个吗？”

头巾遮住了她的脸庞，但灰色的眼睛露在外面望着我。

“作为妻子，就不能把丈夫的钱从这个国家寄出去，也不能回到她自己的地方去。我没暗示什么。”

马夫抚了抚帽子，把伞撑到她头顶。我跟她下去来到车前，扶她上了座位。

“我说的话很重，你可能觉得我冷酷无情，但有时候女人比男人看得更清楚。如果有伤害你的地方，请你原谅，我只希望你不要迷失自己。”她身子向马夫倾斜过去，说，“好了，托马斯，回派林。”马车调了个头，向延伸至山坡的大路驶去。

我去了玫瑰皇冠小酒屋。露易丝说她说的话很重，的确如此。我来是为了寻求安慰，却一点儿也没有得到。只是些冷酷无情，甚至曲解的就事论事。她的话对一个有律师头脑的人会很有意义。我知道教父是如何衡量事情的，丝毫不顾及人的情感。如果露易丝继承了教父的精明、严谨，自然就免不了这种说话办事的方式。

关于我和瑞秋之间的事情，我比她清楚。山谷顶上树林里的那块花岗岩石碑，还有他们共同度过的那些日月。“你的瑞秋表姐是个感情用事的女人。”瑞纳提这么对我说过。她就是出于感情用事让我爱上了她，又是因为感情用事赶我走的。安布鲁斯了解这些，也理解这些。无论是他还是我，都不会再有另一个女人，不会有另一个女人做妻子。

我在冷飕飕的酒屋里坐了很久。尽管我一点也不饿，店主却给我端来一些冷羊肉，拿来一些啤酒。然后我离开酒屋来到码头上，站在那里看海潮扑打石阶。一只只渔船随着浮标在摇摇晃晃摆动，有个老人坐在舱底坐板上往外舀舱底的水，背后有不断溅起的水花又扑进舱里。

天空中的云层比先前更低了，变成了薄雾，对岸的树木影影绰绰，依稀难辨。如果我不想淋得透湿，不想让吉普西着凉，最好趁现在这个天赶快回去。在这个时候，人人都待在家里。于是我骑上吉普西，爬上那座小山，为了少走一些山路，我在十字路口拐下去上了林荫大道。这儿算是有了点遮掩，可是还没走上个百八十步，吉普西却一瘸一拐地跛着脚行起路来。我没有考虑停下来到路旁小屋取掉卡进马蹄中的石子，在那儿聊聊天，而是决定下马，慢慢牵着它回家。先前被大风刮断的树枝横七竖八地落满回家的路，从昨天起就在风中摇摇晃晃的树木在迷蒙的雨水中颤抖着。

从潮湿的山谷中升腾起一片云雾来。我打了一个寒战，才突然意识到从和露易丝在教堂里，到玫瑰皇冠酒屋的那段时间，我这一整天受了很多风寒。跟昨天比起来，简直是恍如隔世。

我牵着吉普西，走在我和瑞秋走过的那条小道，那里还有我们的足迹，有我们在山榉树下采摘报春花的影子。现在一堆堆的报春花卧在泥沼中，神情黯然。我手握缰绳，牵着一瘸一拐的吉普西慢慢往前走，那林荫大道显得漫无尽头，滴滴答答的雨水灌进我的衣领，把脊背渗得冰凉一片。

一到家，我累得连对威灵顿说声下午好的力气都没有了，一言不发地把马具扔给他就走，他愣愣地望着我。天知道，打前一天晚上以来，我除了水什么都不想喝，可是现在又冷又湿，我想不管喝点什么样的白兰地，倒是能暖暖身子。我走进餐厅，见约翰在里面，正在摆饭桌，他从餐橱给我拿杯子，这当儿，我发现桌子上摆了三个人的位子。

等他拿杯子回来，我指着问他："干吗要摆三个位子？"

"给帕斯科小姐准备的。"他答道，"她一点钟就来了。今早你走后不久，太太就去她家拜访，回来时把帕斯科小姐带了回来，她要住在这儿。"

我迷惑不解地望着他。

"帕斯科小姐要住下？"

"是的，"他答道，"就是那个在星期天学校讲课的玛丽·

帕斯科小姐，我们一直在忙着给她收拾那个粉红色的房间。这会儿她和夫人在闺室里。”

他继续摆放饭桌，我把杯子放在餐具柜上，无心再倒酒，而是径直上了楼。房间的桌子上有张便条，一看笔迹就知道是瑞秋写的。我撕开条子，上面没有起笔，除了日期，就直截了当写道：

> 我邀请了玛丽·帕斯科来这里和我作伴。自昨晚后，我不能再和你独处，如果你愿意，饭前饭后你都可以来我们闺房。我得提醒你，不许无礼。
>
> 瑞秋

她不会是当真的，这不可能是真的。有多少次我们一起讥笑过帕斯科家的那些姑娘们，特别是那个叽叽喳喳的玛丽，永远都是一个活样本，总去那些不愿被人打扰的穷人家串门。这个玛丽，身材臃肿，长得跟她母亲一模一样，简直是她母亲的翻版。肯定是开玩笑，瑞秋邀请她来只是开玩笑，只不过是吃顿饭，看看坐在桌子另一头的我那张郁郁寡欢的脸——可纸条写得很认真，一点也不像开玩笑。

我从房间出来，站在门口，看见那粉红色房间的门敞开着，确凿无疑了。壁炉的火燃得正旺，椅子上摆着鞋子、晨衣，屋里四处是陌生人的刷子、书以及个人用品。和瑞秋套间相连的那扇门通常是锁着的，现在也大开着。我甚至能听得见那边闺房传来的嘀嘀咕咕的说话声。这简直是对我的惩罚，对我的羞辱。请玛丽·帕斯科过来插在我和瑞秋之间，那么正如瑞秋在条子上写的那样，我们不能再单独待在一起了。

我气愤之极，难以自抑，真想穿过走廊，步入闺房，一把揪住玛丽·帕斯科的肩膀，叫她打点行装赶快滚蛋，我可以叫威灵顿立刻赶车送她回家。我真想不通，瑞秋怎么敢以如此牵强的借口邀请玛丽上门，使我不能与她独处，从而令我忍受莫大的痛苦和羞辱？这么说我就非得要与玛丽·帕斯科一桌共餐，同室相处了？屋子的每个角落都会有她的影子了？无论是在书房、客厅，还是在院子里或者闺房里，我都将时时忍受女人之间无休止的闲谈吗？那本来只是星期天聚餐时才不得不习惯去忍受的。

我沿着走廊走过去——我没有换衣服，全身依然湿透着。我打开闺房门，瑞秋坐在椅子上，玛丽·帕斯科坐在她旁边的凳子上。两人在一起看那本配有意大利花园插图的大书。

“你回来了？”瑞秋说，“选择这样的天气骑马外出实在莫名其妙。我去教区的路上马车差点被刮倒。你看，我们有幸请玛丽来作客，她已经觉得无拘无束，我真高兴。”

玛丽·帕斯科发出一丝颤动的笑声。

“真是太意外了，艾什利先生，”她说，“你表姐来接我的时候，其他人简直妒忌得眼都红了。真不敢相信能到这里来。坐在这间闺房里真是太舒服太开心了，甚至比下面还要好。你表姐说你晚饭后习惯于来这里坐坐，你会玩牌吗？我特别着迷，如果你们不会，我可以教你们俩。”

“菲利普不大喜欢碰运气的游戏，他宁可坐着静静地抽烟，咱们俩一起玩吧。”

她的目光越过玛丽·帕斯科注视着我。不，这不是开玩笑。从她那冷峻的目光中可以看出，她是深思熟虑后这样做的。

“我可以单独和你谈谈吗？”我直截了当地说。

“我看没那个必要，”她答道，“你可当着玛丽的面爱说什么说什么。”

牧师的女儿匆忙起身说：“噢，我不想打扰你们，我去我房间好了。”

“把门开着，玛丽，”瑞秋对她说，“这样我叫你的时候你能听见。”她两眼满含敌意地瞪着我。

“好的，艾什利夫人。”玛丽·帕斯科答应了一声。从我旁边擦身而过的时候瞟了我一眼，出去之后门半开着。

“为什么要这么做？”我质问瑞秋。

“你很清楚，”她答道，“我条子上已写明了。”

“她要待多久？”

“我想让她待多久就待多久。”

“你和她待不了一天的，不仅会让我发疯，你自己也会发疯的。”

“你错了，”她说，“玛丽·帕斯科是个好姑娘，她不会妨碍别人。如果我不想和人说话，就不用跟她讲话，至少有她在房中，我有点安全感。而且，适逢时候。你在餐桌上的那种表现之后，不能再一如既往了，你教父离开前也是这么说的。”

“他说什么了？”

“他说我待在这里已引起了一些闲话，你的结婚之说也将无济于事。我不知道你还对其他什么人说过没有，有玛丽·帕斯科在此，能阻止闲言碎语，我会很小心。”

我前一晚上的举动怎么会带来如此大的变化，这么严重的对抗呢？

“瑞秋，这件事一两句话是谈不清的，而且门还敞着，我求你吃过晚饭等玛丽·帕斯科睡觉后听我说，我们单独谈谈。”

“昨晚你那样威胁我，一次就够了，没什么要谈清楚的，你要么现在就走，要么留下来和玛丽·帕斯科玩牌。”她又低头看起了那本花园书。

我走出房间，无所适从。这就是对我的惩罚，对我前一晚上用手掐她脖子那短短一刻的惩罚。我当时马上就后悔不迭的举动，已成了不可饶恕的罪过。这就是报应。我心中升起一股怒火，随即又立刻转为沉重的绝望。天哪，我到底做了什么？

没多久前，也就是几个小时前，我们还快乐无比。生日之夜的狂喜，以及所有相随的魅力，都因我的错误而消失得无影无踪。刚才坐在玫瑰皇冠酒屋那冰凉的店堂里，我还似乎觉得，等过几周，她不愿做我妻子的心情会改变。如果不能马上结婚，就过一段时日；如果过一段时间还不行，那又何妨，只要我们能在一起，只要我们能像生日凌晨那般相爱。得由她决定，由她选择，不过她一定不会反对的吧？进家门的时候，我几乎是满怀希望和信心。然而现在却有了这个外人，这个第三者，我们之间依然不能消除误解。此时我站在自己房间里，听到她们的说话声由远而近来到楼梯口，接着是下楼时长裙的窸窣声。没想到时间已经不早，她们都整装去用餐了。我心里清楚，自己无法与她们共坐一桌，就让她们自己吃饭吧，反正我也不觉得饿，只觉得全身冰凉而僵硬，大概是着凉了，最好就待在房里。我拉了铃，叫约翰去转达我的歉意，说不能下楼吃饭，要直接上床休息。正如我所担心的，我这样做引起了一些不安，只见斯考比上楼来，满脸忧虑地问：“不舒服吗？菲利普先生？要不要洗个芥子浴，喝杯热酒？大概是这种天气骑马外出的缘故。”

“没什么。谢谢你，斯考比，”我答道，“我只是有点累。”

“不吃饭了吗，菲利普先生？今晚有鹿肉，还有苹果馅饼，立刻就可以上，两位女士已在客厅了。”

“不用了，斯考比，我昨晚没睡好，睡一觉就好了。”

“那我去转告夫人，她会很担心的。”

至少待在我自己的房间里能有机会单独见瑞秋。或许晚饭后她会上来询问我的情况。

于是我脱衣上了床。我肯定是着了凉，觉得被单冰冷一片，我赶紧把被单扔到一边，盖上毛毯。我感到全身僵硬麻木，头阵阵疼痛。一种陌生而反常的感觉。我躺在床上，静等她们用完晚餐，只听她们穿过门厅走进餐厅，一路不断说着话——好在我幸免于此——接着过了很长一段时间，她们又回到客厅。

大概八点刚过，我听到她们上楼的声音，坐起来，披上外套。这会儿她大概会来了。尽管盖着厚重的毛毯，我依然感到很冷，全身上下从脚到脖子，到头都剧烈疼痛，像着了火一样。

我等着，她却没有来，她们定是回闺房了。我静听着钟敲响九点，又敲响十点、十一点。十一点一过，我就知道这晚她不会来看我了，想必是要继续惩罚我，对我不予理睬。

我下了床，来到过道边。她们已准备休息，因为我能听到玛丽·帕斯科在粉色卧室里的动静，不时听到她恼人的咳嗽声，清清嗓子的声音——这是她从她母亲那里继承的另一个习惯。

我穿过走廊来到瑞秋门前，抓住门把手拧了一下，门开不开，已经上了锁。我轻轻敲了敲，她没答应。于是我慢慢走回自己房间，上床躺着，感到冰冷彻骨。

记得第二天早上我穿衣起了床，但记不清是不是约翰进来问过话，也记不清吃没吃早饭，什么都不记得了，只知道那时脖子莫名其妙地动不了，头剧烈疼痛。我去了办公室，坐在椅子上。既没写信，也没见什么人。大概正午时分，斯考比来找我，说女士们在等着用午餐，我说我不吃，他走近我，盯着我的脸。

“菲利普先生，你生病了，怎么回事？”

“我不知道。”我说。

他抓起我的手一摸，便离开我办公室，匆匆穿过院子而去。

一会儿工夫，门又开了，瑞秋出现在门口，后面跟着玛丽·帕斯科和斯考比。她朝我走来。

“斯考比说你病了，”她对我说，“怎么回事？”

我两眼盯着她，一种恍恍惚惚的感觉，好像不是坐在办公室里的椅子上，而像是楼上我的房间里，全身冰凉躺在床上，就像前一天晚上一样。

“你什么时候送她回去？”我问，“我不会再伤害你，我保证。”

她用手摸了摸我的额头，看了看我的眼睛后，便迅速转身对斯考比说：“快去把约翰叫来，你们俩把艾什利先生弄到床上去，让威灵顿立刻派马夫去请医生……”

我只看到她苍白的脸色和眼里流露的神情，然后又看她身后玛丽·帕斯科那目瞪口呆、惊诧不已的目光，我觉得后者十分多余，简直愚蠢可笑。然后就什么都不知道了，只觉得四肢动弹不得，全身疼痛。

我又回到了床上，感觉到斯考比站在窗前，关上窗户，拉上窗帘，房间顿时笼罩着我渴望的黑暗，好像黑暗能减轻那令人目眩的疼痛。我枕在枕头上，一动不能动，仿佛脖子上的肌肉都绷紧发硬了。我感到她抓着我的手，便又对她说：“我保证不再伤害你，送玛丽·帕斯科回家去。”

她说：“别再说话，静静躺着。”

房间里一阵低语声，以及房门打开、关上、又打开的声音，还有轻柔的脚步声来回移动。从楼梯口透进一束光亮，耳边一直是窃窃低语声，我突然一阵迷糊，觉得好像满屋子都是人，每个房间都有客人，房子小得容纳不下这么多人，他们就一个挨一个地站在客厅里、书房里，瑞秋挥舞着双手又说又笑地在他们中间穿梭。我一个劲地重复着：“叫他们走。”

接着我便看到了吉伯特大夫那张戴着眼镜的圆脸，正俯视着我。这么说，他也在这群人中间，我小的时候，他来给我治过水痘，从那以后再没怎么见过他。

“你半夜去海里游泳了吗？”他问我，“那真是犯傻病。”他捋了捋胡子，朝我直摇头，似乎我还是个孩子。我闭上眼睛，躲开亮光。只听瑞秋对他说道：“我知道这种发烧常被误诊，在佛罗伦萨我见过很多孩子因此而丧命。先侵入脊椎，再伤害大脑。看在上帝的份上，请想想办法……”

他们走到一边，嘀嘀咕咕的谈话声又开始了。接着传来车道上马车远去的车轮声，后来，我听到床边有人的喘息声，于是我明白发生了什么事情。瑞秋走了，她坐车去波得敏，再转车去伦敦，她把玛丽·帕斯科留在屋里看护我。所有的仆人，包括斯考比、约翰，统统都离去了，只留下了玛丽·帕斯科。

于是我说：“请走开，我不需要人来陪。”

一只手伸过来摸我的额头，是玛丽·帕斯科的手。我摇头把它甩开，但她又悄悄放了回来，十分冰冷。我大声喊叫着要她离开，但那只手紧紧压住我的额头，像压着一块冰，完全变成一块冰压在我的额头上、脖子里，我就像一个囚犯被死死摁住，动弹不得。接着听到瑞秋在我耳边小声说："亲爱的，静静躺着，这对你的头有好处，会一点一点慢慢好起来的。"

我想转个身，但动不了。难道她没去伦敦？

我嘴里说着："别离开我，答应我别离开。"

她说："我答应，我会一直和你在一起。"

我睁开眼睛，但看不见她，房里一片昏暗，房间像是变了形，显得很陌生，又长又窄像个禁闭室。床架很硬，像是铁做的。屏风后面的什么地方点着一支蜡烛，对面墙上的壁龛里有一尊圣母像，我大声喊："瑞秋……瑞秋……"

我听到一阵脚步声跑动，随即门打开了，她抓住我的手，对我说："我在你身边。"我又闭上了眼睛。

我站在亚诺河边的桥上，发誓要毁灭一个未曾谋面的女人。桥下，浑浊的河水翻滚着流过。瑞秋，一个乞讨女，两手空空朝我走来，她全身一丝不挂，只戴着那条珍珠项链。突然，她指了指河水，只见安布鲁斯正从桥下漂过，他双手交叉放在胸前，顺着河水漂向远处，漂出视野。随后那条死狗缓慢沉重地漂了过来，狗爪直伸着。

24

我注意到的第一件事是窗外的那棵树已枝繁叶茂了，我迷惑地看着它。记得我入睡时它才不过刚刚抽枝发芽，这变化真是太奇异了。眼下，窗帘已被拉开，可我清楚记得生日那天早上，我向窗外探身远眺的时候，窗帘还是紧紧拉着的。现在，我的头不痛了，肌肉僵硬酸痛的感觉也消失了。我想我一定是睡了很长时间，可能有一天，或许一天多。的确，人生病的时候是无法估算时间的。

我的眼前有好多次出现过那个长胡子的老医生吉伯特的脸，还有另外一个陌生人。记得房间里一直很暗，现在却是亮堂堂的。我觉得脸上有些毛乎乎的——肯定急需一把刮胡刀。我用手摸了摸下巴，简直太不可思议了，我竟然也长了胡子。我盯着自己的手，它显得很陌生，白晰修长，指甲也又长又齐，不像平时因为骑马常折得参差不齐。我转过头，看见瑞秋正坐在离床不远的椅子上——是她闺房里的椅子。她并未注意到我在看她，因为她正在专心忙一件刺绣品，身上穿着一件我从未见过的长裙，如她其他的裙子一样，是深色的，但袖子很短，露出小臂，料子也很薄，看上去十分凉爽。房间里有这么热吗？窗户大开着，壁炉里没有一丝火星。

我又伸手摸下巴上的小胡子，多么奇妙的感觉！一时间，我不由得大笑起来，听到我的笑声，瑞秋抬起头望着我。

“菲利普，”她叫了一声，脸上绽开了笑容。接着突然过来跪在我身边，用双臂把我搂在怀里。

“我长胡子了。”我说道。

我说完，觉得很滑稽又忍不住笑起来，结果一笑又使劲咳嗽，她马上端来一只杯子，举到我唇边让我把里面味道很苦的东西喝掉。之后，她又扶我躺在枕头上。

这举动唤起了我的记忆，的确，有很长一段时间，都有一只手，拿着杯子让我喝什么，这情景亦真亦幻，像是在梦中。我还一直以为是玛丽·帕斯科的手，总是把它推开。我躺着，目不转睛地看着瑞秋，向她伸出手，她把我的手紧紧抓住。我的拇指摩挲着她手背上常鼓起的淡蓝色血管，转动着她的戒指。有好一阵，我们就这样默默地一言不发。

良久，我问她：“你把她送走了吗？”

“送谁走？”她问。

“玛丽·帕斯科呀。”我答道。

只听她倒吸一口气，抬眼一看，她脸上的笑容已隐去，一丝阴影掠过眼眸。

“她离开这里已有五个星期了，”她说，“别再想这事了。你渴吗？我给你用新鲜酸橙做了一种冷饮，鲜橙是特地从伦敦买来的。”我喝了一口，在喝完那苦涩的药之后喝这个，觉得味道确实不错。

“我想我一定是大病了一场。”我对她说。

“你差点死掉。”她回答道。

她动了一下身子，好像要离开，可我不让。

“给我讲讲我生病时候的事，”我对她说。我对那些沉睡多年的人充满了极大的好奇，比如像里普·万·温克，一觉醒来发现世界已发生了天翻地覆的变化。

“如果你忍心让我再度体验这么多周以来的焦虑和不安的话，我就讲给你听，否则就别问了。你病得很重，知道这点就行了。”

“可我到底怎么了？”

“我实在有点看不起你们英国医生，”她说，“在我们国家，我们把这种病叫脑膜炎，可在这儿，没有人懂。你今天能活着，可以说是一个不小的奇迹了。”

“是什么救了我？”

她笑笑，把我的手抓得更紧了。

“我想是你强壮的体魄救了你，还有就是我吩咐他们做的几件事，比如穿刺你的脊柱取骨髓，再有就是将一种草药制成的浆液输入你的血液。他们说那是毒药，而你却活了下来。”

我想起了她给冬天生病的佃户们制作的药剂，当时我还使劲笑话她，说她像接生婆，像药罐子。

“你是怎么懂这些的？”我问她。

“从我母亲那里学来的，”她说，“我们佛罗伦萨的人都很老练，很聪明。”

这话又牵动了我的某个记忆，但想不起来究竟是什么。用脑还很费劲。我这样躺在床上，握着她的手，心里感到无比惬意。

“窗外的树怎么都叶满枝头了？”我问。

“也该是这样了，都五月的第二个星期了。”她说。

这几个星期，我躺在床上，对什么都一无所知，着实是件令人不可思议的事情。我已记不大清上床前的情形了，瑞秋不知何故对我很生气，也不知为什么就把玛丽·帕斯科请到了家里来。但有一点是肯定的，我生日的前一天我们结婚了，虽然没有什么教堂、仪式之类的印象，但我相信教父和露易丝是证婚人，还有那个叫艾丽斯·泰布的教堂清洁工也在一旁。我记得自己幸福无比，又突然莫名其妙一下子绝望透顶。然后就病了。没关系，一切都又好了，我没死，现在已是五月了。

“我想我可以下地了。”我对她说。

“绝对不行。”她答道，“大概一星期以内，你都只能在窗户边的椅子上坐坐，让脚适应一下，然后顶多只能走到闺房那边。到月底，我们就可以扶你下楼，去户外坐坐了，不过还得看情况。”

这个过程的确被她言中。我第一次坐在床边，把脚放在地上的时候，感到前所未有的力不从心。整个房间都在晃，一边是斯考比，另一边是约翰，我感到像新生儿一样虚弱。

“天哪，夫人，他能起来了。”斯考比惊呼道，他脸上那惊诧不已的表情使我不得不又坐下大笑。

“你都可以把我弄到波得敏市场去当怪人展览了。”我对他说。我在镜中照见自己，瘦削又苍白，加上下巴留着棕色胡子，简直像个传教士。

“我倒有点想去乡下传教，会有成千上万的人追随我，你觉得呢？”我对瑞秋说。

“约翰，给我拿剃须刀来，”我吩咐说。可是等把胡子刮完，脸又光了的时候，我觉得好像少了某种庄严的味道，又成了那副男生模样。

接下来的这段恢复期确实开心得不得了。瑞秋始终陪伴着我。我们谈话的时候不多，因为谈话最容易使我厌倦，而且会产生令人头痛的阴影。我很乐意坐在窗口，威灵顿为了让我消遣，把马拉来，绕着面前的砾石场一遍一遍驯马，就像斗兽场里展示野兽一样。后来，我的腿有了点力气，就走到闺房去，在那里用餐。瑞秋服侍我用餐，就像保姆照料小孩一样。有一次我对她说，要是她后半生真的要侍候一个有病的丈夫的话，也只能怪她自己。我说这话的时候，她用一种异样的目光望着我，想开口说什么，又收了回去，然后就把话岔到别的事上去了。

记得由于某种原因，我们的婚事一直没有向仆人们透露，我想等安布鲁斯去世满十二个月再宣布，或许她担心我会在斯考比面前说漏嘴，于是我缄口不言。还有两个月，我就可以向世人宣布这一消息了，在此之前，我得忍着。我觉得自己一天比一天爱她，她也比冬天那几个月的任何时候都更温和、柔顺。

当我第一次下楼来到院子里的时候，我简直都呆了。在我生病这段时间，这里已发生了巨大的变化。石阶路已修好，路边那低凹的花园也已挖深，准备铺石抹边了。这会儿看上去是个很深的大窟窿，黑幽幽阴森森地张着大口。我站在石阶上往下看，正在下面挖掘的工人抬起头来朝我笑笑。

塔姆林得意洋洋地陪我去植物园——瑞秋拜访他妻子去了，就在不远的农舍里——虽然山茶花已经败了，杜鹃花还盛开着，还有一串串淡黄色的金链花，花朵绽放，花枝低垂。

“明年得把这花移一下了，”塔姆林说，“开花的时候，枝头都快垂到地下了，而这种果实会毒死家畜的。”他说完伸手去够一根枝子，上面的花瓣已落，结出了荚，荚里有籽，“圣·奥斯泰尔有个人就是吃了这玩意儿才死的。”塔姆林说完把荚朝后一扔。

我已记不清这花是否像其他花一样花期很短，是不是十分美丽。我突然想起了那个意大利别墅小院里低垂的树枝，想起那个女仆拿着扫帚扫花荚的情景。

“在佛罗伦萨，艾什利夫人有幢别墅，那里面就有这种树。”我告诉他说。

“是吗，先生？”他说，“我想那种气候环境能生长很多东西，那一定是个非常绝妙的地方。我能理解为什么夫人要回去了。”

“我认为她没打算回去。”我说。

“要是那样就好了，先生，”他说，“但我听说不是这样的，说她等你身体恢复了就要走。”

真是不可思议，闲言碎语竟能编出这样的故事来。我想知道只要我们宣布结婚，流言就不攻自破了，不过我有些踌躇，不敢向她提起这事。记得我生病前好像有次说起这事，她大为恼火。

那天晚上，我们一同坐在闺室，我边喝着药饮——这已是我天天睡觉前的一种习惯了——边对她说：“现在乡里又多了新的传言。”

“是什么？”她抬起头望着我问。

“怎么说你要回佛罗伦萨？”

她没有马上回答，而是又低头做刺绣品。

“有充分的时间考虑这事，”她说，“首先得等你病好了，身体也壮实了。”

我迷惑地看着她，这么说塔姆林并没完全搞错，她心里还是有回佛罗伦萨的念头。

“你还没把别墅卖掉吗？”我又问。

“不，没有，”她答道，“我根本就没想卖，甚至都不想出租。现在情况和以前不一样了，我能养得起这幢别墅。”

我闭口不语，我不想伤害她，但一想到她有两个家，心里实在不痛快。事实上，我憎恨至今留在我心头的那幢别墅的情景，我想她也应该憎恨。

“你的意思是要在那里过冬吗？”我问。

“有可能，也有可能夏末就去。不过现在没必要谈这事。”

“我有很久没操心了，如果冬天也不管这里，事实上是干脆离开这里，恐怕不大合适。”

“不会没人管的，”她说，“实际上，你不管的话，我是不会丢下的，你可以春天去看我，我带你看看佛罗伦萨。”

得了这场病以后，我好像反应很迟钝，怎么感觉听不懂她说的话？

“拜访你？”我问，“我们以后就这么生活吗？过一段时间就分开好几个月？”

她放下手里的活，抬头望着我，目光中有一种忧虑，脸上笼罩着一层阴影。

“菲利普，亲爱的，”她又说道，“我已经说了现在不要谈以后的事。你刚从死亡线上挣扎过来，而且提早打算也不大好。我可以向你保证，一定等你好了再走。”

“可是干吗非要走？你属于这里，这里是你的家呀。”

“可我还有自己的别墅，”她说，“那里还有许多朋友，有一种与这里不同的生活，而我习惯了那里的生活。我来英国已经八个月了，现在需要再改变一下生活方式。希望你能明智一些，理解我的心情。”

“我想，”我慢吞吞地说，“我很自私，一直都没有想过这事。”看来，我必须接受这样的现实，容许她把时间分别花在英国和意大利两个地方，这样的话，我也得照办。得找个地产代理人来料理家产，因为分开是不可能的。

“教父大概认识这样的人。”我的心里一边想，一边就说了出来。

“干什么的人？”她问。

“就是咱们不在家的时候帮咱们管理家园的人。”我回答。

“我认为毫无必要，”她说，“如果你来佛罗伦萨，也待不了几周。不过你也可能会觉得那里不错，多待些日子。那里的春天非常迷人。”

“去他的春天！”我说，“你什么时候走，我就什么时候走。”

她脸上又掠过一丝阴云，眼里流露出忧虑。

“现在不想这事了。”她说，“看，都过九点了，比平时晚了，是拉铃叫约翰来，还是你自己能行？”

“谁也别叫。”我说着从椅子上慢慢站起来，腿脚还很虚弱。我走过去跪在她身旁，搂着她。

“我实在觉得一人待在自己的房间孤独难熬，而你却在走廊那头，只是近在咫尺。我们就不能早点告诉他们吗？”

“告诉他们什么？”

“告诉他们我们结婚了。”我说。

她在我怀里静静地一动不动，仿佛一下子变成了一个没有生命的东西，非常僵硬。

“噢，天哪……”她轻呼道。然后把手搭在我肩上，凝视着我问，“菲利普，你什么意思？”

我感到头上某根神经一阵抽动，类似于前几周的那种疼痛，越来越烈，还伴随着一丝恐惧。

“告诉仆人们，这样我就可以名正言顺地和你待在一起，反正我们结了婚……”我的话说不下去了，因为她的眼神不对。

“可我们并未结婚，菲利普。”她说。

我感到头似乎要爆炸。

“我们结婚了，”我叫道，“我们当然结婚了，就在我生日那天，你忘了？”

然而到底什么时候？在哪座教堂？证婚人是谁？又是一阵剧烈的疼痛，觉得整个房间都在旋转。

“告诉我是真的。”我对她说。

然后我突然意识到，一切皆梦幻，过去几周的幸福甜蜜只是想象的结果，现在美梦已经打破。

我把头埋在她怀里，伤心地啜泣，我以前从未这样流过泪，小的时候都没有。她紧紧拥着我，用手抚摸着我的头发，一声不吭。过了一会儿，我控制住了自己的情绪，无限疲惫地瘫坐在椅子上。她给我取来一些喝的，然后在我旁边的凳子上坐下。房内弥漫着夏日的暮色，窗外，一只只蝙蝠飞出屋檐下的栖息处，在朦胧的月光下盘旋。

“你倒不如让我死了好。”我开口说道。

她叹了口气，手摸着我的脸对我说："你要那么说的话，我也生不如死了。你现在身体还很虚弱，所以心情不好，等不久以后身体好了，就不会这么计较了。你就又会料理家园的事务——你生病之后有很多事都没人管，都等着你去处理。夏日即将来临，你又可以去海湾游泳、划船。"

从她说话的口气里，我觉得她不是在劝我，倒像是在安慰她自己。

"还有呢？"我问。

"你心里清楚，你在这里很快乐，你的生活现在是这样，以后一直都是这样。你把家产给了我，但我会一直把它当作是你的，这是我们之间的相互信任。"

"你的意思是说，以后一年到头，我们之间就只是日复一日的书信往来了。我给你写，'亲爱的瑞秋，山茶花开了。'然后你回信说，'亲爱的菲利普，我很高兴听到这个消息，我的玫瑰园也长得不错。'这难道就是我们今后的生活吗？"

我的眼前便浮现出今后的情景：我早饭后在沙砾场边上荡来荡去，一心等着送邮包的信使，心里却万分清楚，邮包里除了波得敏的几张账单之外，什么信都不会有的。

"我很可能每年夏天会回来，来看看是否一切都好。"

"就像候鸟燕子一样，天暖时飞回来，九月的第一个星期就又飞走了。"

"我已经说了，春天你可以来看我，意大利会有很多吸引你的东西，你只出去过那一次，对世界了解得还太少。"

她倒像个老师，在哄一个不听话的孩子，也许我在她眼里就是这么一个孩子。

“我的所见所闻使我对其余的一切都失去了兴趣。你想要我做什么呢？手里拿本导游手册，去教堂或者博物馆逛逛吗？要我和陌生人聊天以开阔视野吗？我倒宁愿闷在家里，看下雨。”

我的音调很刺耳，很苦涩，可我实在无法控制自己。她又叹了口气，像是在寻找字眼说服我，让我明白一切都很好。

“我再说一遍，”她语气坚定地说，“等你身体好起来，以后的感受就会不一样。实际上一切和过去都相差无几。至于钱……”她停下来，望着我。

“什么钱？”我问。

“这个家业的开支，”她接着说道，“一切开支都要合计好，你会有足够的经费管理好家产，不使其亏损，我也会带走我需要的花费。一切都在安排中。”

她都拿走好了，我才无所谓呢，这跟我对她的感情有什么关系？然而她还在往下说。

“你还得按照你自己认为合理的方式进一步改善家里的工作，”她说得很快，“你知道我不会过问的，你甚至都不用把账单寄给我看，我完全相信你。你教父也随时会在你身边指导你，要不了多久，你会觉得和我来之前相差无几了。”

这时候，房内暮色已经很重。由于树影摇曳，我甚至看不清她的脸。

“你真的认为会这样吗？”我问她。

她没有马上回答，显然在为我找理由，为她已经说过的话找理由，而实际上她清楚，根本找不到理由。她转向我，向我伸出手说：“我必须得这么认为，否则我将于心不安。”

在相处的这几个月里，我问过她许多问题，她或者回答得很严肃，或者不严肃。有的答案只是一笑了之，有时又是闪烁其词，有意回避，反正每次都用女性特有的机敏做了些巧妙的掩饰。这次可是直抒胸臆，直截了当的。她得肯定我很快乐，她才能获得内心的安宁。我已走出梦幻的境地，就让她进去吧。看来两人无法共享一个梦境，除非是在黑暗中，在自以为的黑暗中。那么每个人其实都是一个影子而已。

“如果你想回，就回吧。不过不要马上就走，再给我几周时间，让我把这段时间深藏在记忆深处。我不善于旅行，你就是我的整个世界。”

我竭力不想以后的事情，尽可能逃避现实。然而当我拥着她的时候，便又改弦易辙。一切信心都化为乌有，有的只是最初的沉醉。

25

我们再没有说起她走的事，而是把它当作恶魔深埋了起来。我为了她尽力装出一副无忧无虑、心情愉快的样子，她也为了我故作轻松。夏日很快到来，我的身体已经恢复了许多，至少表面看上去是这样。有时头痛又会发作，虽说不是疼得要命，但总是毫无预兆、毫无缘由地就疼了起来。

我没告诉她——说了又有何用？既不是体力活动过多造成的，也不是因为外出才头痛，而是只要脑子一想什么，就会疼起来。在庄园办公室里，有时佃户们问些简单的问题都能引发，结果总使得我迷迷糊糊，无法答复他们。

不过更多时候是因她而起的。我们一般吃过晚饭在客厅窗外坐坐。时至六月，每晚可以在外面坐到九点多再回屋。当暮色渐渐笼罩草坪边的树头，我们静静坐着，看着她一边调饮料，一边出神，我会突然想，她心里在琢磨什么？她是不是在悄悄想，这样寂寞无聊的日子还得忍多久？是不是还在悄悄想，现在他已经恢复健康，我是否下周就可以顺利离开？

佛罗伦萨的桑格莱提别墅，现在在我眼里完全是另一种样子，另外一种气氛了。它不再是我上次去看到的那样门窗紧闭，阴沉昏暗，而是窗户大开，灯火通明。一群群我不认识的，她称作朋友的人，在各个房间来回走动，整幢别墅绚丽夺目，所有的喷泉都在喷溅水花。她满面笑容，俨然一副女主人的模样，应付自如地穿梭于客人中间。这才是她真正熟悉、热爱、理解的生活。和我一起的日子只是小小的插曲而已。谢天谢地，她就要回到自己的家了。我能想象她刚刚到家的情景，那个吉斯普和他的妻子会把大门打开，迎接她的马车，然后她会踏着急切轻快的步伐，挨个看她所熟悉的、已久违了的房间，不断问仆人一些问题，听他们答话，再心情平静愉快地打开一封封信，心头涌起千丝万缕的思绪，都是一些我从不了解、与我无关的思绪。无数的日夜，将不再属于我。

她会突然意识到我在看她，就问："怎么了，菲利普？"

"没什么。"我总这么回答。

当那丝疑虑和不安的阴影又从她脸上掠过时，我简直觉得自己的确是她的负担。如果摆脱了我，她会好很多。我试图像过去那样出出进进，到处跑跑，天天忙于各种事务，以此来消耗精力，然而却是别有一番滋味在心头了。即使巴通所有的土地都因缺乏雨水而干涸，又怎么样？我不大会在意的。即使我们的产品在展览会上得了奖，在整个郡都名列前茅，又有何荣耀？如果是在去年，或许是荣耀，然而在现在，那只能是无聊的成功。

我发现我在所有下人眼里都逐渐失去敬意。"你病刚好还很虚弱，艾什利先生。"巴通那个叫比利·洛威的农工对我说，因为我没对他的成绩表现出热情，他的语气里满是失望。其余的人也是这样，就连斯考比说话的语气都带着怨愤。

"你好像恢复得并不好，菲利普先生，"他说，"我们昨晚在管家房还谈起这事，塔姆林问，‘主人怎么了？他到处游荡，两眼发直。’我建议您早上喝杯马尔萨拉葡萄酒，没有比这酒更有助于补血的了。”

“叫塔姆林做自己的事，别操这份心，我很好。”我对斯考比说。

星期天和帕斯科一家、肯达尔父女用餐的惯例还没恢复，这真是件让人庆幸的事。我想我生病之后，可怜的玛丽·帕斯科就回到了教区牧师家，一定说了很多有关我疯了的话。我病愈后第一次去做礼拜时，她斜眼看着我，那一家人看我的眼光都含着某种同情可怜的神色，小声问候着我，想看不敢看的样子。

教父来看我，露易丝也来了。他们俩的言谈举止也很别扭，好像见了一个病愈的孩子，既高兴又同情。我感到有人提醒他们不要触及让我忧虑的话题，于是我们四个人像陌生人一样坐在客厅里。我想教父一定很不自在，后悔不该来，可又觉得是一种责任，非来不可；而露易丝则出于女性特有的直觉，明白这里发生了什么事，尽量不去想它。瑞秋和往常一样，总是能控制局面，使谈话的内容尽量限定在合适的范围。什么郡里的展览会，什么帕斯科家二女儿订婚的事，以及最近暖和的天气，政府部门以后的变化等——这些都是些无关痛痒的话题。然而我们即使都说出各自心里的话又当如何呢?

“赶快离开英国吧，免得毁了你自己，也毁了这个孩子。”我教父心里这么说。

“从你的目光中，我能看出，你比以前更爱她了。”露易丝心里在说。

“无论如何都要避免他们再让菲利普担忧。”瑞秋的心声。

我则在心里说："让我和她单独在一起，你们走吧……"

我们没这么说，而是都装模作样，说一些口是心非的话。拜访结束的时候，每个人都松了一口气。望着他们的马车驶向草场大门，想着他们心里也终于释然，我就想，要是能在庄园筑道篱笆就好了，就像小时候听的那些童话故事一样，把所有的客人都挡在门外，把所有的不幸都赶跑。

看得出来，她虽然什么也没说，但心里已做好了分手的初步计划。有时晚上，我会发现她在整理书本，像是在选择哪些书该带上，哪些该留下；有时又会发现她坐在书桌旁整理纸张，把一些碎纸和不要的信件塞入废纸袋，把其余的用带子扎起来。只要我一走进闺房，她就会马上住手，坐到椅子上做刺绣活儿，或者坐到窗口去，然而一切都瞒不过我。为什么突然要整理起东西来，这难道不是要马上离开闺房的征兆吗？

这个房间在我的眼里显得比以前空荡，零零碎碎的小东西都不见了。本来一冬一春都在角落里的针线筐，一直搭在椅子扶手上的披巾，还有一个客人冬天送给她的这座房子的蜡笔素描，本来一直是放在壁炉上的——所有这些东西都不复存在了。这使我想起了小时候第一次离家去上学的情景。斯考比把我的童室清理了一番，把我的书扎成捆，让我带走，再把其他那些不是我心爱的东西放进另外一个箱子，准备送给庄园的孩子们。有些我穿小了的衣服，已经很破旧了，记得他坚持要我送给那些没有我幸福的小男孩，我坚决反对，就仿佛他把我幸福的过去从我身边夺走了。现在瑞秋的闺房也弥漫着同样的气氛。那条披巾，是不是因为天气暖和她自己不用了就把它送了人？那个针线筐，是不是已把里面的东西分门别类打了包，把筐装在箱底了？不过还没见到行李箱的影子，想必要最后才出现。随着阁楼上传来沉重的脚步声，仆人们扛着箱子走下楼，一种混杂着樟脑味和尘封的蛛丝的气味，便从空气中飘过来。于是我知道最可怕的事情发生了，我像对事物变化特别敏感的狗一样，等待着最后的时刻。另一个变化是她开始早上外出了，这是前所未有的。她告诉我要买点东西，要去银行办点事，这种情况是可能的，不过我认为一次就够了，她却一星期要出去三次，每隔一天去一次。这个星期又是这样，已经去了镇上两趟了。第一次是上午，第二次是下午。我对她说："你怎么突然有那么多该死的东西要买，那么多事要做……"

"我本来早该办的，但那几个星期你在生病，就没办。"

"你去镇上的时候遇到什么人了吗？"

"嗯，没有，没什么特别的人。噢，我想想，我见到了贝林达·帕斯科以及那个和她订了婚的副牧师。他们表示了问候。"

"可你出去了一下午，"我执意问道，"是不是把布店的东西都买光了？"

"那倒没有，"她说，"你未免好奇心太强，太爱管闲事了。我就不能随心所欲地用用马车？是不是你怕把马累坏了？"

"如果你愿意的话，可以坐马车去波得敏或者特路洛，那里能买到、看到更好的东西。"

我这么对她说，她却并不以为然，一定是什么隐秘的私事，所以才这么深藏不露。

这一次她叫马车出去的时候，马夫没去，威灵顿一人赶车去的。好像吉米耳朵疼。我在办公室办完事，去马厩看他，他正在处理那只受伤的耳朵。

“你应该问夫人要点油，听说那能疗伤。”

“是的，先生，”他闷闷不乐的样子说，“她答应回来给我看，我想大概是昨天感冒了，码头上刮了一阵大风。”

“你们去码头干什么？”我问。

“我们在那里等夫人，等了很长时间，”他答道，“威灵顿说最好去玫瑰皇冠酒屋喂喂马，让我去港口看船。”

“那夫人整个下午都在采购吗？”我问道。

“没有，先生，”他答道，“她根本就没去买东西，和平时一样，一直待在玫瑰皇冠酒屋。”

我两眼盯着他，简直不相信自己的耳朵，瑞秋待在玫瑰皇冠酒屋？难道她和店主夫妇一起喝茶吗？我本打算进一步追问，想了想，打消了这个念头。或许是他不小心说漏了嘴，可能会因此受到威灵顿的责备呢。看来最近什么都瞒着我。整个家里的人都心照不宣，悄悄联合起来对付我。“好吧，吉米，”我说，“希望你的耳朵能尽快好起来。”我说完就走了。真是令人难以置信！瑞秋就这么想找个伴，以至于要到镇上的小店去找吗？是不是因为我讨厌客人来访，她就租了那个小店，租一上午或一下午，让人们去那里拜访她？她回来时，我对此只字不提，只是问她下午过得是否愉快，她回答说很愉快。

第二天，她没有叫马车。午餐时，她说她要写信，随后就上楼去了闺房。我说我要走路去库木比，去看看那里的农民，我说的是真的，我真去了。不过我不只去了那儿，而是又往前走，去了镇上。那天是星期六，天气又好，许多人都出来在街上闲逛，大多是来自邻近集镇的人，和我并不面熟，因此我从人群中走过时，没人认出我，我也没碰到认识的人。那些“有身份的人”——斯考比这么称呼他们，是从来不会下午去镇里，也不会在星期六去镇里。

我倚在港口的墙上，这里离码头不远，能看见有几个男孩坐着一条船在钓鱼，把自己和鱼线缠在了一起。过了一会儿，他们朝石阶划过来，然后爬上岸。其中有个男孩我认识，他是玫瑰皇冠后堂的一个帮工。只见他手里拎着一串鲜活的鲈鱼，大概有三四条。

“你干得不错，”我对他说，“是晚饭吃的吗？”

“不是我吃的，先生，”他咧嘴笑了笑说，“店里的客人等着吃，我得赶紧送去。”

“你们上鲈鱼是配苹果酒吗？”我问。

“不是的，”他说，“这鱼是店里的一位绅士点的，他昨日要了一份大马哈鱼，是从上游钓的。”

店里的一位绅士。我从口袋里掏出一些银币。

“嗯，”我说，“但愿他付你的报酬会很好。这钱给你，祝你走运，你的这位客人是谁？”

他又龇牙咧嘴笑了。

“不知道他的名字，先生。听他们说是意大利人，从国外来的。”

他穿过码头跑走了，那串搭在肩上的鱼晃来晃去。我瞥了一眼表，已经三点多了。那位外国来的绅士肯定要五点才吃饭。我走过小镇，沿着那条狭窄的巷子来到一个船库前，这里是安布鲁斯存放他过去常用的船帆和船具的地方。这艘小平底做得很灵巧，我把小船拖过来，上了船，然后把它划到港湾里，在离码头不远的地方停下来。

有好几个人在拖拽停泊在航道里的大船，往小镇的石阶靠，他们没注意到我，即使注意到了也不会在意的，只不过把我当作渔夫。我把锚抛入水中，靠在桨上休息，同时目不转睛地盯着玫瑰皇冠的入口。这间酒屋有个入口在侧街。想必他不会从这进去，要是来的话，一定走正门。一个小时过去了，教堂的钟敲响了四下，我继续等。到五点差一刻时，我看见店主的妻子从那个门口出来，四下张望，像在找什么人。看来她的客人没按时来吃晚饭，而鱼已经烧好了。我听到她对一个人喊了什么，那人站在一些系在石阶上的船旁边。我听不清她喊什么，只听那男人一边大声回答她的话，一边扭头指指港口。她点点头，又进了酒屋。到五点过十分的时候，我看见一只船朝小镇石阶靠过来，船上有个健壮的小伙子在掌舵，船体粉饰一新，像是一条给外地客人租用的船，供客人在港口观光游玩。

船尾坐着一位男子，头戴一顶宽边帽子。船靠上石阶，那男子下了船，和那人稍稍争辩了几句，便给了钱朝酒屋走去。在进酒屋之前，他在台阶上站立了片刻，摘下帽子，向四周望了望，脸上带着一种见了什么都要估一下价的神情，这种神情我真是再熟悉不过了。我离他这么近，都能朝他扔一块饼干了。他走了进去，是瑞纳提。

我拖起锚，迅速把船划回船库，然后穿过镇子，沿着那条狭长小道上了峭壁。我大概用了四十分钟时间走了四英里路，回到了家。瑞秋正在书房等我。因为我没回来，饭菜又收回去了。她满脸焦虑地迎上来。

“你终于回来了，”她说，“我都担心死了，你到哪里去了？”

“去港口划船，”我答道，“真是出游的好天气，在水上可要比玫瑰皇冠酒屋里好多了。”

她眼里闪现一丝惊颤，使我得到了最后的证实。

“好了，我已经知道了你的秘密，”我接着说道，“别再说谎了。”

这时斯考比进来问要不要上饭菜。

“上，马上就上，”我说，“我连衣服都不换了。”

我盯着她看了一下，没再说什么，然后我们就去吃饭。斯考比很善解人意，感到有些苗头不对，在我身边转来转去，像大夫一样劝我尝尝他端上来的菜。

“你劳累过度了，先生，”他说，“这样不行，又会生病的。”

他看了看瑞秋，想得到她的认同和支持，她却一言不发。我们很快吃完了饭，两个人都没怎么吃，一吃完，她就起身径直上了楼，我紧跟其后。来到闺房门口时，她想把我关在外面，而我比她动作快，一步迈进房门，靠在门上。她的眼里又布满了忧虑，忙避开我，走到壁炉前站着。

“瑞纳提在玫瑰皇冠酒屋有多久了？”

“这是我的事。”她说。

“也是我的事，回答我。”

大概她看出不可能使我保持平静，也无法再编造谎言进行搪塞，就说：“好吧，实说了，有两周了。”

“他来这里干什么？”我又问。

“是我叫他来的，他是我的朋友，我需要他帮我出主意。我知道你讨厌他，所以没叫他到家里来。”

"你干吗要他出主意？"

"这也是我个人的事，与你无关。菲利普，希望你不要再像孩子一样胡闹了，希望你能对人有份理解。"

看到她这般沮丧无奈的样子，我可真高兴，说明她做错了。

"你要我理解，"我说，"想要我理解欺骗吗？这两个星期来，你天天对我说谎，这不可否认吧。"

"如果我欺骗你，那也是迫不得已的，是为了你好，因为你憎恨瑞纳提，如果让你知道我和他见面，那么早就会有今天这一幕，你又会病倒的。噢，我的上帝，难道又要让我经历一次吗？先是安布鲁斯，然后是你？"

她脸色苍白，面孔走了样，不过说不清是由于惊吓，还是因为生气。我背靠着房门，两眼盯着她。

"是的，我恨瑞纳提，安布鲁斯也恨，但是有理由的。"

"有什么理由？你说说看。"

"他爱你，这么多年来一直爱着你。"

"真是无稽之谈……"她在这间小室里来回踱着步，双手抱在胸前，从壁炉走到窗口，再从窗口走到壁炉，"他是我身边一个伴我度过每次考验和困境的男人，从不误解我，从不会把我看错。他了解我的弱点，知道我所做的错事，但从不责备我，而是以我的水平和素质要求我，看待我。如果没有他的帮助，那么在我认识他的这些年里——这些年你一无所知——我就肯定完了。瑞纳提是我的朋友，是我唯一的朋友。"

她停下来，望着我。毫无疑问，她说的都是真的，或者说，她心里错认为是真的。这丝毫改变不了我对瑞纳提的看法。他已经得到了一些回报，在这些年里，她刚才所说的，在那些我一无所知的年月里。其余的回报也会得到，或许就在下个月，也可能是明年，反正最终会得到，他有足够的耐心，可我没有，安布鲁斯也没有。

“让他走，回到他该去的地方。”

“到该走的时候他会走的，”她说，“但要是我需要他，他就会待在这儿。告诉你，你要是再这样恐吓威胁我的话，我就叫他到家里来，做我的保护人。”

“你不敢。”我说。

“不敢？为什么不敢？这房子是我的。”

于是我们争吵起来。她的话很有挑衅性，使我无法招架。她那种女人的思维跟我毫不相同。嘴上怎么说都行，动手是无礼的。但对女人，只有武力才能起作用。我朝她走近一步，她站在壁炉旁，手一把抓住铃绳。

“站住！”她大声说道，“不然我要叫斯考比了，如果我告诉他，说你要打我，你难道不觉得丢人吗？”

“我并没有要打你，”我说完，转过身把门敞开，对她说，“好吧，你要想叫，你就叫吧，把你我之间所发生的一切都告诉他，如果我们要打架，要丢人现眼，就彻彻底底丢个够。”

她站在绳边，我立在大开的门旁。她松开铃绳，我却一动未动。然后，泪水涌进她的双眼，她含泪望着我，说：“一个女子无法承受两次相同的体验，所有这一切以前都发生过。”她手指摸着喉咙又说道，“就连用手卡脖子，都一样有过。现在你能理解了吗？”

我的视线越过她的头顶，直直盯着壁炉上方的画像，安布鲁斯那张年轻的脸正凝视着我。她把我们两人都打败了。

“是的，我能理解了，”我说，“如果你想见瑞纳提，就让他来吧，总比你偷偷摸摸去玫瑰皇冠酒屋见他好。”

我离开她闺房，回到了自己房间。

第二天，他过来吃晚饭了。早饭时她给了我一张纸条，让我容许请他过来，看来前一天晚上她的挑衅已无疑抛在了脑后，或者是出于权宜之计放在了一边，以便我恢复状态。我给她回了张纸条，说我会吩咐威灵顿用马车去接他。他是四点半到的。

他来到的时候正巧我一人在书房，由于斯考比的失误，把他带来见我，而没把他带到客厅去。我从椅子上站起来，向他问候了一声午安。他看上去无比自傲，向我伸出一只手，问候道：“希望你已恢复健康。事实上，你的气色比我想象的要好。我听到的所有关于你的情况都不太好，瑞秋非常担心。”

“我实际上已很好了。”我对他说。

“这可是青春的力量，”他说，“有了强壮的肺脏，又有很好的消化吸收能力，才能在几个星期之内就完全恢复。看来你都能骑着马在乡间到处奔跑了。我们年纪大的人，像我和你表姐，就要小心，不能受伤了。就像我个人认为，午后小憩对中年人来说是必不可少的。”

我请他坐，他便坐了下来，一边还微笑着四下看看。“这房间没什么变化嘛，”他说，“或许瑞秋就想让它这样，有一种特殊的气氛。也好，可以把钱花在其他方面。听她说，自我走了以后，院子里已有了很大的变化。我很了解瑞秋，相信完全如此，不过我得先看过以后再作评判。我认为自己是判官，我的意见很重要。”

他从包里取出一支细雪茄点上，脸上依然挂着一丝微笑。

“我在伦敦的时候，听说你把财产转让了，就给你写了封信，本来想要寄的，可正在这时听说你病了。信里面的内容差不多都可以当面讲给你听。在信里，我主要为瑞秋向你致谢，并向你保证，我会留意不让你在这项移交中有什么重大的损失，我会留意所有的开支花销。”他仰头吐出一股烟，双眼盯着天花板说，“这个烛台的品味可不怎么样，在意大利可以挑选比这更好的，还有漂亮的画和精美的家具摆设等，我得记着嘱咐瑞秋把这些东西记下来，这可是非常明智的投资。最终你会发现，我们会让你的财产价值升一倍，不过这还是很遥远的事，那个时候，你肯定已是儿女成群，我和瑞秋则已经老得只能坐在轮椅里了。”他说着大笑了几声，随即又微笑着问我，“那个迷人的露易丝小姐怎么样了？”

我说她大概很好。我一边看他抽雪茄的样子，一边暗想，他那双手哪像个男人的手，那么细腻光滑，简直有一种女性的味道，与他的其余部位极不相称，那枚戴在小指上的大戒指，让人看了很不顺眼。

“你什么时候回佛罗伦萨？”我问他。

他把掉在衣服上的烟灰往壁炉里掸了掸。

“这要看瑞秋。”他说，“我要回到伦敦把那边的事料理一下，然后要么先回去，把别墅和仆人都准备好，来这接她；或者要么等着和她一起走。你肯定知道她要走的吧？”

“对。”我答道。

“令我欣慰的是，你没有强求她留下，”他说，“我知道你因为生病对她很依赖，瑞秋和我谈过很多，她一直急欲设法让你转移感情。不过我对她说，你表弟已经不是孩子，是成人了，如果不能依靠自己独立生活，那也应该学会独立，我没说错吧？”他问我。

“绝对没错。”

“女人们，尤其像瑞秋这样的，总是感情用事。我们男人，大多数情况下都是十分理智的。看到你这么明智有理性，我真是高兴。如果你春天来佛罗伦萨看我们，我会很乐意带你去看那里的各种宝藏，你一定会很满意的。”他说完又朝天花板喷出一团烟雾。

“你在说‘我们’的时候，是不是以一个佛罗伦萨主宰的身份，居高临下地对我说话？还是把它当成一种法律用语？”

“十分抱歉，”他说，“我已习惯于代瑞秋说话，甚至很多时候想她所想，以至于很难把自己与她分开，使用了这个特别的称谓。”他看了看我，又说道，“我完全有理由相信，迟早我会赋予这个词更亲密的含义——不过嘛，”他挥动着雪茄打了个手势，“还得走着看。啊，她来了。”

瑞秋走进房间，他马上起身，我也站了起来，她一边把手伸给他，让他接过去亲吻，一边用意大利语向他表示了欢迎。吃饭时大概是一直观察他们的缘故吧，我说不大清，反正他一刻不离开她的目光，她的微笑，以及她那因他而改变的举止，使我心头油然升起一股厌恶的心情，感到十分恶心。嘴里的食物像粉尘一样无味，就连饭后喝的她亲自做的茶饮，都有一种从未有过的苦涩味道。他们去花园坐，我独自回到房间。我刚一离开，就听他们用意大利语说起话来。我坐在窗口的椅子上，我恢复的最初那段日子就是坐在这个位置，那时她陪伴我身边。现在仿佛一下子整个世界都变得面目可憎，而且充满了酸腐的味道。我实在不愿下楼去向他道声晚安，只是坐在上面听着马车过来又离去。过了一会儿，瑞秋上楼来了，轻轻叩着我的房门。我没作声，她就推开门走到我身边来，一手搭在我肩上。

“怎么啦？”她问道，声音在叹息，好像已到了无法忍受的地步，“他已经是再礼貌不过了，今晚又有什么不对的吗？”

“没有。”我说。

“他对我说了你的很多好话，如果你肯听一听的话，就会发现他对你真是无比尊敬。今晚他所说的话都应该是无可挑剔的吧？要是你能随和一些，不那么充满妒意……”

暮色已降临，她过去拉上窗帘，从她拉窗帘的动作，都能看出她很烦。

“你就打算在椅子上一直窝到半夜吗？”她又问，“如果想这样的话，盖条毯子，不然会感冒的。至于我，已经精疲力竭了，得回去睡觉。”

她摸了摸我的头就走了。不是爱抚，而是像大人在拍一个做错事的孩子，实在是骂烦了，懒得再说什么，就这么不管算了。

“终于……终于……上帝，终于下手了！”

那天晚上，我又发起烧来。不如上次那么厉害，但感觉很像。我不知道是不是二十四小时前在港口船上着的凉，早上起来的时候头晕得站都站不稳，全身发抖，只觉得一阵阵恶心，只好又回到床上去。医生请来了，我因为头疼心里在想是不是那可怕的病又发作了。他说我肝脏不调，留了点药走了。下午瑞秋来我的房间，她坐在我身旁，但脸上还是前一天晚上的那种神情，显得十分倦怠。我能想象得出她心里的想法，“是不是又开始了？我注定要像护士一样永无止境地坐在这里看护你吗？”她在给我递药的时候，动作很粗鲁，后来我感到口渴想喝水，但不想给她添麻烦，就没要。

她手里捧着一本书，但是没看。她那样坐在我身旁像是无声的责备。

“如果你有别的事要做的话，”我终于开口说道，“就别坐着陪我了。”

“你认为我还有什么别的事要做？”她以问代答。

“你大概想去看瑞纳提吧。”

“他已经走了。”她回答说。

听到这个消息，我精神为之一振，觉得病都好了。

“他回伦敦去了吗？”我又问。

“不，”她答道，“他昨天坐船离开普利茅斯了。”

我感到一阵轻松，赶紧把头转过去，免得这种心情流露出来，让她看了更恼火。

“我还以为他在英国还有事要做呢。”

“事还是有的，不过我们认为也可以用通信联络的方式做。家里有更重要的事等着他处理。正好听说有艘船半夜启航，于是就走了。这下你该满意了吧？”

瑞纳提离开了这个国家，对此我很满意，但对她用的“我们”这个词，还有说到家这句话，我都极为不满。我知道他为什么要走——是要去别墅安排佣人为夫人回去做好准备。这就是他要料理的急事。我的死期快到了。

“你什么时候随他而去？”

“这得看你。”她答道。

我想如果我愿意的话，可以继续生病，就说头疼，借口装病，再拖延几个星期。然后又怎么样呢？东西装箱，闺房里空空荡荡，她那蓝色卧房里的床罩上，像她来以前一样蒙上一层尘土，一片沉寂。

她叹了口气说："如果你不这么厉害、这么残酷的话，最后的这段时光会很开心。"

我很厉害、很残酷吗？我从没这么想过。我倒觉得是她很残忍。无可救药了，我伸出手去抓她的手，她把手递给我，我在吻她手的时候心里一直想着瑞纳提……

那天夜里，我梦见自己来到那块花岗石碑前，又读了那封埋在石碑下面的信。梦境清晰逼真，以至醒来还历历在目，一个上午都在眼前挥之不去。我起了床，到中午的时候已经能像平常一样下楼了。我有一股强烈的愿望想再去看一遍那封信，无论我怎样想打消这个念头，总无法克制这种愿望。我记不清信上是怎么说瑞纳提的，我必须准确了解安布鲁斯对他的说法。午后瑞秋回自己房里休息，她一走，我就溜进了树林，穿过大道，爬上守林人茅舍上方的那条小路，心里充满了对自己想去做的这件事的厌恶。我来到石板前，跪在旁边用双手刨，一下摸到了我那笔记本，封皮已经发潮，一只蛞蝓在上面安家过冬，黑乎乎地黏在封皮上，封面上它爬过的地方被它渗出的黏液弄得黏糊糊的。我把虫子抖掉，打开本子取出那封皱皱巴巴的信，信纸潮湿松软，字迹已不如以前清晰，但还辨别得清。我把信通读了一遍，第一部分只是一掠而过，虽然上面所说的让人不可思议，因为他提到他的病情，虽说起因不同，但症状却和我的病很像。但关于瑞纳提的那部分……

后来几个月（安布鲁斯写道），我发现她与那个叫瑞纳提的男子来往密切，我以前几封信中提及过此人。他是桑格莱提的朋友，可能还是他的律师，她常去找他，问这问那，而不来找我。我相信这个男人对她产生很坏的影响，而且我怀疑他暗恋她好几年了，可能桑格莱提活着的时候就爱上她了。尽管不久以前我丝毫不相信她和他有那种关系，但现在，自从她对我的态度改变以后，我再不能完全相信她了，每当提及这个名字时，她眼中的阴影、话中的语气，都能唤醒我脑中最可怕的疑虑。

她的父母，都是那种不负责的人，她出嫁前和第一次结婚后过的生活，都是我们之间避而不谈的，但我能感受到她的举止行为与我们家族的人迥然不同。那桩婚姻并不圣洁。我怀疑，事实上我敢肯定，她从他那里能拿到钱，金钱——愿上帝原谅我这么说——是现在唯一能打动她的东西。

就是这句话，始终萦绕我心头，无法忘记。信纸折叠处，字迹已不清晰，直到又提到“瑞纳提”的地方。

我来到平台上（安布鲁斯说），就会看见瑞纳提在那儿。一看见我，他俩都不说话了，我不由得想，他俩在说些什么。又一次她走进屋去，剩下我和瑞纳提单独在一起，他突然问起我的遗嘱。我们结婚后，他偶然见到过遗嘱。他说按照现在的遗嘱，如果我死了，我妻子将什么也不会得到。这点我清楚，无论如何我会再立份遗嘱，纠正这个错误的，而且在上面签上我的名字，如果我能肯定她开支过大的毛病只是一时的而不是根深蒂固的，我会请人连署。

顺便说一下，我立的这份遗嘱会给她房子和庄园，但只能供她活着时自己享用，她死后归你，而且还有一个附加条件，那就是庄园应完全由你管理。

遗嘱还没有签字，原因我已经说了。

注意，是瑞纳提问到遗嘱的，也是瑞纳提让我注意到了目前这个遗嘱的漏洞。瑞秋并没问过我，但是不是他俩在一起时说到过呢？我不在场的时候他俩会谈些什么呢？

这件关于遗嘱的事发生在三月份，应该承认，当时我感觉并不好，头脑糊涂。瑞纳提提及的事可能是他已谋算好的，认为我活不太长了。可能是这样，也可能他俩并未在一起谈起过，我无法查证。现在我常感到她看我的眼神充满了警觉，显然很陌生，我抓着她时，她好像很害怕，有什么好害怕的呢？害怕谁呢？

两天前，我产生了写这封信的想法，因为我又像三月份一样发起高烧。发作很突然，一阵剧痛，一阵恶心，迅即感到头痛难忍，几乎要发疯了。晕得站都站不住，接着，疼痛消失，又一阵难以抑制的困意袭来，我便四肢无力，跌倒在地，或倒在床上。我想不起来我父亲是否也曾这样。目前只是头痛和情绪恶化，暂时没有其他症状。

菲利普，我的孩子，你是这世上我唯一能信赖的人，告诉我这是怎么回事，如果可能的话，来找我。对尼克·肯达尔什么也别说，对谁都不要说，尤其是千万不要写回信，只要来就行了。

有一个想法，一直使我不得安宁，他们是不是想毒死我？

安布鲁斯

这次我没有再把信放回本子里，而是把它一点一点撕成碎片，再用脚跟把碎片踏进土里，点点碎片都分别埋在不同的地方。那本笔记本，因为在地下弄潮了，我随便一撕，就撕成了两半，朝后扔去，扔进蕨草里。然后我就回家了。像是给那封信写续一样，我刚一进门厅，就见斯考比拿邮袋进来，是邮差刚从镇上取回来的，他等着我打开。在那几封给我的信中，有一封是写给瑞秋的，上面盖着普利茅斯的邮戳。我只要扫一眼那蜘蛛丝般的笔迹，就知道是瑞纳提的信。我想如果斯考比不在的话，我会把它拿走，然而他在跟前，只好让他给瑞秋送去。

稍后我去看她，既没有告诉她我出去散步的事，也没有说去哪儿了，而她对我的厉害劲儿似乎已完全消失，这倒又是一件具有讽刺意味的事。她表现出往日的温柔和善，微笑着向我伸出双臂，问我觉得怎么样，休息好了没有，只字未提她收到的信。吃饭的时候我就在想，是不是信的内容让她很高兴，很快活。我一边吃着饭，一边想象着那封信的内容；对她说了些什么，怎么称呼她的——总而言之，如果它是一封情书的话。信应该是用意大利语写的，但总有一些词我能懂，她教过我几句意大利语，无论如何我能从信里了解他们之间的关系。

“你一直不说话，是不是不舒服？”她问。

“不，我很好。”我答道，但说着脸就红了，好像心思已被她窥见，让她知道了我想做的事。

饭后，我们来到她的闺房。她像往常一样备好了药饮，倒在杯子里，放在我旁边的桌子上，她坐在另一边，书桌上放着瑞纳提的信，上面有块手巾半掩着，我的目光不由自主地被吸引过去，意大利人给他心爱的女人写信是不是拘于礼教？瑞纳提乘船离开普利茅斯后，一想到再有几周就能见面，便吃饱喝足，点上雪茄，脸上挂着殷勤的微笑，无拘无束随心所欲地在纸上倾诉对她的爱？

“菲利普。”瑞秋说道，“你的目光一直盯着房间的一个角落，像是见到了鬼一样，怎么啦？”

“没什么。”我说，第一次撒了谎。我跪在她身旁，装出一副十分迫切渴望爱的样子。我这样做，目的是让她不再有疑问，并且能忘掉桌上那封信，把它一直搁在那儿。

那天深夜，午夜过后很久，当我知道她已睡熟的时候——因为我举着蜡烛在房间看了看她，知道她已入睡——便又去了闺房。手巾仍在原来的地方，信却不见了。我朝壁炉里看了看，里面并没有灰，我打开书桌抽屉，里面的纸张整理有序，但没有信的踪迹。信件夹里没有，旁边的小抽屉里也没有。还有一只抽屉没看，那抽屉是锁着的。我拿出小刀，在缝里撬了撬，看到里面有件白色的东西。我走回卧室，从床边桌子上取来一串钥匙，试了试最小的那把，打开了。我伸手进去取出一个信封，然而我紧张兴奋的心情一下子变得万分失望，因为我手里拿的不是瑞纳提的信，那只是一个装着结籽的豆荚的信封。籽从豆荚里掉出来，掉在我手上，撒在地板上。籽很小，是绿色的。我盯着这些籽粒，想起和塔姆林在植物园朝身后扔去的籽粒一样，这也就是桑格莱提别墅的院子里到处都是，佣人们清扫的那种。

是金链花籽，对牲畜对人都是有害的。

26

我把信封放回抽屉，锁好，然后把那串钥匙放在了梳妆台上。她睡在床上，但我没瞧她，径直回到自己房间。

我想我的心情比这几个星期任何时候都平静。我走到脸盆架前，在水罐和脸盆旁边放着两瓶医生为我配的药，我拿到窗口，把瓶里的药都倒掉，然后点了支蜡烛，下楼来到餐具间。仆人早就回到自己的住处了。离水池不远的桌上放着那只盘子，里面就是我们刚才喝过药饮的那两只杯子。我知道约翰有时晚上会犯懒，把杯子留到早上再洗。果然如此，两只杯子里都还残留着饮料的渣滓。我用蜡烛照着仔细检查了两只杯子，看上去一模一样。我用小指蘸了蘸她的杯子，又蘸了蘸我的杯子，分别尝了一下。有什么不同吗？很难说。可能我杯里的汁子稍微浓一点，但我不能完全肯定。我离开餐具室，又上楼回到自己房间。

我脱掉衣服上床躺下。黑暗中，我不觉得气愤，也不感到害怕。我心怀怜悯。她在我眼里是一个沾染了邪恶，对自己所做的事不负责任的人。一方面在制约她的那个男人的逼迫和驱使下，另一方面由于生活环境和出生的缺陷，缺乏某种深层的道德感，才会自然而然、十分冲动地做出这种举动。我想拯救她，但不知用什么方式。此时我似乎感到安布鲁斯就在我身边，我又活在他身上，或者说他附在了我身上。他写的那封信，我撕成碎片的那封信，现在得以体现了。

虽然她的方式很奇特，但我相信她是爱我们俩的，只不过没到离不开我们的程度。她的行为并非出于盲目的情感，而是出于其他什么东西。或许她被分割成两半，有两个她，一会儿这一半制约她，一会儿又被另一半支配。我不清楚，但露易丝会认为她一直就是第二个她。从一开头，她的一举一动，一言一行都是早有预谋的。是不是在佛罗伦萨，她父亲死后，和她母亲生活的时候她就开始这样一种生活方式了？还是在那之前，比那更早就这样了？死于决斗的桑格莱提，无论对安布鲁斯还是对我而言，都只是一个没有实体的影子而已，他是否也遭受过痛苦的煎熬？要让露易丝说的话，她肯定会认为他受过苦。露易丝一向就认为，瑞秋在两年前第一次见到安布鲁斯的时候，就想好了要为他的钱嫁给他，当他没有能满足她的愿望，给她所要的东西时，便决计害死他。这种思路是合乎情理的。她没读过我撕掉的那封信呢，要是读了的话，还不知道会有什么样的说法。

一个女人的阴谋要是第一次得逞了，就还会再有第二次，再卸掉一个包袱。

那封信撕掉了，不管是露易丝还是别的人都看不到了。信里的内容对我来说已无多大意义，我不再多想了，但我总忘不了安布鲁斯最后说的那句话，虽然瑞纳提和尼克·肯达尔都认为这句话只是一个头脑有病的人的最终言语，因而不必予以理睬，我却难以忘记。

她终于对我下手了，瑞秋，我的冤家。

只有我才清楚他的这句话是真实的。

我又回到了曾经去过的地方。回到了亚诺河边的桥上，我在那里起过誓，或许是不能随便起誓的，起了就要实施，在一定的时候实现誓言，现在这一刻到了……

第二天是星期天，像以往所有自她来后的星期天一样，我们一起坐马车去做礼拜。这天天气晴好，冷热适宜，已经完全进入夏季。她着一条新的深色裙子，面料很薄、很轻，戴着一顶草帽，拿着一把阳伞。她笑眯眯地对威灵顿和吉姆说了声“早安”，便由我扶着上了车。我在她身旁坐下，我们就出发了，一路上她把手放在我手里。

以前我曾多次抓住过她的手，充满爱意地握着她小巧的手，转弄着手上的戒指，看着手背上蓝色的血管，抚摸着那锉得很短的小指甲。现在在我手里的这只手，第一次在我眼里具有一种特殊的作用。我仿佛看见这只手很轻盈地抓一把金链花豆荚，熟练地取出花籽，放在手心里碾碎、揉搓。记得有一次我对她说，她的手很漂亮，她听了哈哈大笑，说还是第一次听人这么说，“安布鲁斯常说，这双手很有用，”她又说道，“我在做园艺活儿的时候，这双手就像园丁的手。”

这时我们来到陡峭的山坡，马车很吃力地往上爬着。她的肩靠着我的肩，撑开阳伞遮住太阳，一边对我说：“昨晚我睡得很香。没听见你走的动静。”说完看着我笑了笑。尽管她骗我已是由来已久，这句谎话听起来还是很刺耳。我无法接她的话，为了不揭穿她的谎言，我使劲握着她的手，但把头转了过去。

西海湾的沙滩一片金黄色，海潮退去，海水在太阳下波光粼粼。我们转过弯，进了小巷，朝着村子和教堂奔去。教堂的钟声响彻云霄，门口等候着很多人，我们下了马车，从他们面前走进教堂。经过时瑞秋微笑着向他们大家弯腰示意。人群中有肯达尔父女、帕斯科一家，以及庄园里的很多佃户。我们走过长廊，来到我们家的椅子上，这时风琴奏响了乐曲。

大家双手掩面跪着祈祷了一会儿。我没有祈祷，而是独自在暗想："如果她要表达心迹，会对主倾诉些什么呢？是对她所取得的成绩表示感激呢？还是请求上帝的同情与怜悯？"

她站起身，回到有坐垫的椅子上，打开祈祷书。她显得安详、宁静，洋溢着幸福的神情。我希望能恨她，如过去的那些日子里那样刻骨铭心地恨她。但现在恨意全无，只是对她充满了古怪而又可怕的同情心。

牧师进来时大家站了起来，继而开始做礼拜。我至今还记得那天上午唱的赞美诗。"不能让骗子和我同住一个屋檐下，不能让说谎的人在我眼前晃动。"她在吟唱的时候，双唇微微嚅动，声音非常轻柔。随后，牧师走上讲坛开始布道，她双手交叉放在腿上，全神贯注凝神静听，目光严肃又专注。当牧师开始讲"被现世的上帝所控制将是非常可怕的事"时，她抬起头凝视着牧师的脸。

阳光穿过彩色玻璃照在她的身上。我坐在自己的座位上，能看见乡村小孩们一张张圆嘟嘟、红扑扑的脸，他们打起哈欠，急着等布道尽快结束；我还能听到他们的脚在做礼拜穿的靴子里蹭来蹭去的声音，迫不及待地想光脚在草地上玩耍。刹那间，我有一种强烈的愿望，希望自己能回到小时候，天真无邪地和安布鲁斯，而不是瑞秋，一起坐在这条凳子上。

"离城墙很远的地方有一座绿油油的小山。"我始终不知道为什么那天要唱这首赞美诗，大概某个节日是和乡村孩子有关系的。教堂里，我们的声音洪亮又清晰，吟唱时我应该心里想着耶路撒冷，然而我却想起了佛罗伦萨新教徒公墓角落里的一个普通坟墓。

唱诗班走出去后，人们进入教堂的通道。这时候瑞秋小声对我说:“我认为我们今天该请肯达尔父女和帕斯科一家去用餐，就像以前那样。已经隔了这么久，他们可能都生气了。”

我略微想了想，便点头同意了。这样也许更好。有他们在场，我们之间的隔阂就能隐去，而且她忙于和客人们谈话，就顾不上看我一眼，不会琢磨我在想什么，反正她已习惯了我在这种场合的沉默寡言。在教堂门外，帕斯科一家是一说就接受了邀请，肯达尔父女则稍有些别扭，教父说:“我一吃完晚饭就要离开，不过可以让马车再回来接露易丝。”

“帕斯科先生还要做晚祷，”牧师太太插话道，“你可以坐我们的车回去。”他们开始商议起周密的接送计划，在他们讨论最佳方案之时，我注意到带领工人们负责修建石阶路及那个低洼花园的工头拿着帽子站在路边，意欲和我说话。

“什么事?”我问他。

“打扰了，艾什利先生，”他说，“昨天工作结束后我去找你，没找到，我是来提醒你，如果你要上石阶路，千万别走低洼花园上的那座桥。”

“为什么?那桥怎么了?”

“先生，那只是个框架，星期一上午我们才能完工。桥板看上去很结实，实际上承受不住什么重量。谁要是想从上面走到另一边去，准会掉下去摔死。”

“谢谢你，”我说，“我记住了。”

我转过身，发现他们已达成了协议。于是就像那第一个星期天，那个似乎已经很遥远了的星期天，我们一行分为三组，瑞秋和我教父乘坐他的马车，我和露易丝坐我的马车，帕斯科一家坐他们自己的四轮马车，跟在最后。当然以后又有多次都是这样安排的。但当开始爬山，我下了车跟着走的时候，却一直想着第一次，就是大概十个月前，九月份的那个星期天。记得那天露易丝冷冰冰坐着，一副傲慢无礼的样子，使我很恼火，从那天起一直不愿理睬她。而她丝毫没有动摇，始终做我的朋友。车到山顶后我又上了马车，问她："金链花籽有毒，你知道吗？"

她吃惊地望着我说："对，我知道，我知道如果家畜吃了会死掉，孩子吃了也会死。你怎么会问这个？是不是巴通的家畜有的不见了？"

"不，没有，"我说，"这是前几天塔姆林告诉我的，他把倒地的树扶起来，因为籽会掉到地上去。"

"明智的做法。"她说，"几年前我爸有匹马就是因为吃了紫杉果死掉的，死得很突然，根本来不及抢救。"

我们经过小巷，来到草场门口。我一直在想，如果我把前一天晚上的发现告诉她，她会怎么说。她会惊恐地瞪着我，说我疯了吗？不一定。也许她会相信我。不过这不是说话的地方，因为有威灵顿和吉姆坐在前面驾位上。

我朝后望去，其他马车紧随我们而来。我对露易丝说："露易丝，我有话对你说，饭后你爸走时，你找个借口留下来。"

她望着我，目光中流露出一丝疑惑，我却没再解释什么。

威灵顿在房前停下，我先下车，然后扶露易丝下车，我们一起站着等其他人。的确，这很像九月的那个星期天。瑞秋满脸笑容，完全和那天一样。她一边和教父说着话，一边抬头望着他，想必他们又在谈论政治了。那个星期天，我虽然被她所吸引，却对她感到很陌生。然而现在呢？现在已经对她一点不陌生了。我既了解她的优点，也了解她的缺点，甚至她的所有行为动机，恐怕连她自己都不清楚，我却揣摩得出。她什么也瞒不住我了，瑞秋，我的冤家……

等大家都进了门厅后，她笑着说："很高兴你们能来，真像是又找回了旧时光。"

她扫视了一下整个人群，便领大家进了客厅。到了夏季，这间房又舒服又漂亮。所有的窗子大开着，里面很凉爽。花瓶中插着一束束细长的日本花，淡蓝色的花朵映在墙上的镜子里，显得十分美丽。窗外，阳光洒满草地，暖融融的。一只大野蜂懒洋洋地在窗玻璃上嗡嗡叫着。客人们都倦怠地坐下来，放松休息。斯考比端上了蛋糕和葡萄酒。

"这点太阳就让你们受不了啦，"瑞秋笑道，"对我来说，这根本算不了什么。在意大利，一年有九个月都是这样的。我精神很好，来，让我来招待你们大家。菲利普，坐着别动，你现在还是我的病人。"

她把酒倒进一只只杯子，然后端给我们。我教父和牧师都站起来表示反对，但她挥挥手让他们别动，之后她把酒递给我，我是唯一不喝的人。

"你不喝吗？"她问。

我摇了摇头。我再也不会从她手里接任何东西了。她把杯子放回盘子，端起自己的一杯，走过去和帕斯科夫人、露易丝一起坐在沙发上。

“我想，”牧师开口道，“佛罗伦萨现在的天气恐怕热得连你也差不多无法忍受了吧？”

“我可从没觉得无法忍受，”瑞秋说，“我们一大早就把窗户全部关上，这样别墅里一整天都很凉爽。我们已经适应了那种气候。谁要是正午前后外出走动，那就是自讨苦吃，所以我们都待在室内睡觉。我很幸运，桑格莱提别墅的屋边有个小庭院，朝北，一直照不到太阳。院里有个水池，还有个喷泉。要是感觉空气有点闷的话，我就打开喷泉，倾听水珠飞落时令人舒心的响声。春秋两个季节，我都是坐在那里。”

的确，她会在春天欣赏金链花蕾吐蕊，花朵绽放，欣赏树枝上低垂的金色花朵，这次花朵为那个屹立于池塘上方、双手紧握贝壳的裸体男孩搭了个天然篷帐。随后再看着花朵逐个枯萎、凋谢。当那里的盛夏——大概不如这里炎热的盛夏降临别墅时，挂在枝头的豆荚会慢慢裂开来，绿色的种子便掉到地上，她就坐在那个小庭院里，坐在安布鲁斯身边，欣赏所有这一切。

“我很想去佛罗伦萨玩玩，”玛丽·帕斯科说，眼睛睁得圆圆的，鬼才知道她心里又在梦想什么奇特景观呢。瑞秋转向她说：“那你一定要这么做，就明年，来和我一起住，你们都应该轮流来和我住住。”于是大家马上热闹起来，有提问的，有表示惊叹的，也有表示很沮丧的。她就要离开了吗？什么时候能再回来？她有何打算？她都摇头作答。“我很快要走，也会很快回来，我做事都是即兴的，不会给自己定日期。”于是便没人再问进一步的细节了。

我看见教父从眼角斜了我一眼，然后又边揪胡须边盯着自己的脚。我能想象得出他的大脑里在想什么：“一旦她离开，他就会恢复正常了。”下午就这样慢慢过去了。四点钟的时候，我们开始用餐。又是我和瑞秋分坐桌子两端，教父和牧师则对坐两边。于是又充满了谈话声和笑声，甚至还有吟诗声。我坐在那里，像最初那样保持沉默，注视着她的脸。她的脸曾经有些迷人，因为那时我对她还不了解，我以前从没见过一个女人能这样不断说话，并且谈论各种话题，和在场的每个人都谈得来，因而是那样具有魅力。如今我已了解了她的所有伎俩：先引起一个话题，用手捂着嘴和牧师悄悄说点什么，接着两人一阵窃笑。每当此时，教父便会凑前去问：“怎么回事？艾什利夫人，你们在谈什么呢？”她立即会机敏而略带嘲弄地回答：“牧师会告诉你的。”牧师此时则会脸涨得通红却又非常自豪，好像自己是位哲人一样，讲出一个连他家人也从没听过的故事。这是她喜欢的一个小把戏，而我们大家是康沃尔人的行为方式，只好就那么受她摆布，被她愚弄。

我不知道她在意大利的生活是否会更辛苦，想必不会是这样的，只有她那同伴才和她趣味相投。有瑞纳提在她身旁附和，说着她最熟悉不过的语言，这样在桑格莱提别墅里的谈话要比在我家这个乏味的饭桌上的谈话更为精彩。有时她会打手势，仿佛要注解她说的语速很快的话。我注意到她用意大利语对瑞纳提讲话的时候，这种姿势更多。今天，为了打断我教父的谈话，她又这样，双手快速而敏捷地划拉着。然后，在等他答话的时候，她便双手交叉，胳膊肘轻轻搁在桌子上，一动不动。听他说话的时候她的脸便转向他，所以我从我坐的这端看见的是她的侧面，这样她在我眼里显得很陌生，像是刻在硬币上的匀称轮廓，是那位皮肤深黑、戴着头巾、缩在门口、伸着双手的外国女人。然而，当她面对着我笑的时候，就不再陌生了，是那个我所熟悉、所爱过的瑞秋。

我教父的故事讲完了，接下来是一阵静默。我已熟知她的行为举动，此时便望着她的眼睛。这双眼睛看看帕斯科夫人，然后又转向我。“我们去花园好吗？”她问，于是我们都站起身。牧师掏出表来看了看，不无惋惜地说：“非常遗憾，我得走了。”

“我也得走了，”教父说道，“路西兰有个弟弟病了，我答应要过去看他的，但露易丝可以留下来。”

“喝完茶再走吧。”瑞秋说。然而似乎时间已比他们所想的晚多了。于是又一阵言辞之后，尼克·肯达尔和帕斯科一家乘马车走了，只有露易丝一人留了下来。

“现在只剩下咱们三个了，”瑞秋说，“就随便一些，到我的闺房去吧。”她朝露易丝笑了笑，便领头上了楼，“露易丝想喝药饮吗？”她回过头来大声问道，“我要让她尝尝我的手艺，要是她父亲遭受失眠之苦的话，可以用这个治治。”

我们都进闺房坐下。我靠着窗户，露易丝坐在凳子上，瑞秋则忙着做一些准备。

“英国喝法，”瑞秋说，“如果有一种英国喝法的话，我想是要放一些去皮大麦的。我从佛罗伦萨带回一些干草药，如果你喜欢这种味道，我走的时候可以给你留一些。”

露易丝起身走到她跟前，说：“我从玛丽·帕斯科那里听说你知道每种草药的名称，而且还给这里的佃户们治好了不少病。过去人们对这种东西的了解可比现在的人多一些，现在仍有一些老人能治疗肉瘤和皮疹。”

“我能治的不止是肉瘤。”瑞秋笑道，“去他们家里问问看，草药的学问历史悠久。我是从我母亲那里学来的。谢谢你，约翰。”约翰提来一壶冒气的开水，“在佛罗伦萨时，”瑞秋说，“我常在自己房里制作药饮，再让它多放一会儿，会更好一些。然后我们一边品尝饮料，一边欣赏水珠洒落池中。安布鲁斯会几小时坐在那里看着喷泉。”她把约翰拿来的水倒进茶壶，“我有个想法，”她又说，“下次我来康沃尔的时候，要从佛罗伦萨带一尊小石像来，就像我水池里的那尊一样。可能要费工夫找找，但肯定会找到的，我们可以把它放在我们这里正在建造的低洼花园中间，也造一个喷泉。你们认为如何？”她转向我，脸上挂着微笑，左手拿着一把汤匙在搅饮料。

“随你。”我回答。

“菲利普总是缺乏热情，”她对露易丝说，“他不是对我的话全盘接受，便是毫不在意。有时我觉得我在这里所做的这一切——石阶路，植物园的花草——都是白花工夫。对他来说，粗糙的草地，泥泞的道路也蛮不错的。来，喝点儿。”

她把杯子递给坐在凳子上的露易丝。我在窗台上坐着，她也给我端了一杯来。

我摇了摇头。“不喝饮料吗，菲利普？”她问，“可这对你是有益的，它会让你睡得很香。你以前从不拒绝的。我特意泡制，费了双倍的劲儿。”

“你替我喝了吧。”我回答。

她耸耸肩。“我自己的已经倒上了，我喜欢多放一会儿再喝。这杯肯定要浪费掉了，多可惜。”她从我身旁斜着身子把饮料倒在窗外，转身后又把手放在我肩上。从她身上散发出一种我非常熟悉的味道。不是香水，而是她本身的味道，发自她皮肤的味道。

“你不舒服？”她悄声问，不让露易丝听见。

如果所有的认识、所有的感觉能够被抹去的话，我愿她就这样，手搭在我肩上。如果没有撕掉过信件，没有小抽屉里锁着的秘密；如果没有邪恶，没有欺骗。她的手从我肩上移到我的下巴，在我下巴上轻柔抚摸了一会儿。因为她站在我和露易丝之间，所以露易丝并没看见她的动作。

“我郁闷的宝贝。”她又说了一句。

我的目光越过她的头顶，看到了壁炉上方的安布鲁斯肖像。他的眼睛直视着我，完全是青春无邪的目光。我什么话也没说。她从我身边走过去把我的空杯子放回盘中。

“你觉得怎么样？”她问露易丝。

“恐怕要过一阵我才能充分适应。”露易丝不好意思地说。

“也许，”瑞秋说，“那种发霉的味道不可能适合每个人的口味。别管味道怎么样，它对不安宁的头脑有一种镇静作用。今晚上我们都会睡个好觉。”她脸上含着微笑，慢慢呷着自己怀中的饮料。

我们闲聊了一会儿，或者更精确地说，是她和露易丝聊了一会儿，大约有半个多小时。然后她站起来，把她的杯子放回盘中，说：“这会儿外面凉多了，谁愿和我一起去花园走走？”我望着露易丝，她也看着我，两人都没吭声。

“我答应露易丝，”我说，“要给她看我前几天见到的派林庄园旧规划图，地界标得很明确，上面显示出那个旧城堡也是庄园的一部分。”

“很好，”瑞秋说，“带她去客厅，还是在这儿，随便你。我一个人出去走走。”

她哼着歌走进蓝色卧室。

“你待在这儿别动。”我轻声对露易丝说。

我下楼来到办公室，因为在我的文件当中的确有一份旧的规划图。我在一个文件夹中找到它，然后穿过院子往回走。当我从客厅跟前向花园的边门走过时，见到瑞秋正要去散步。她没戴帽子，但手里打着遮阳伞。“我一会儿就回来，”她说，“我想去石阶路走走，去看看花园中要是有尊小石像是不是会更漂亮一些。”

“小心点。”我对她说。

“什么？小心什么？”她问。

她站在我身旁，把阳伞靠在肩上。她身穿一件用薄纱布料做成的深色长裙，领上饰有白色的花边，看上去很像十个月前我第一次见她的样子，只不过现在是夏季而已。空中飘着刚修剪过草的芳香，一只蝴蝶欢快地飞舞而过，几只鸽子在草地那边的大树上欢叫。

“小心，”我缓缓地说，“在太阳下散步要小心。”

她笑着走了。我看着她穿过草地，走上通向石阶路的台阶。

我转身进屋，迅速上楼来到闺房，露易丝在等我。

“我需要你的帮助，”我急促地说，“时间很紧张了。”

她站了起来，眼中满是疑惑。“怎么回事？”

“你还记得我们几周前在教堂的谈话吗？”我问她。

她点点头。

“是的，你当时说对了，而我错了。”我回答，“但现在别再提它了。我现在怀疑会有更糟的事情，可我必须找到决定性的证据，我觉得她在给我下毒，就像以前给安布鲁斯下毒一样。”

露易丝没说话，眼睛由于惊恐而瞪得很大。

“我是怎么发现这个的现在已经无关紧要了，”我说，“但线索可能就在那个瑞纳提写来的信里面。我想翻翻她的书桌，找出那封信。你懂一些意大利语，加上法语，我们两个能够把它译过来。”

我说着就在她的书桌里找起来，比我前一天晚上在烛光下找得更彻底，更仔细。

“为什么你不告诉我父亲？”露易丝说，“如果她有罪，他比你更有能力控告她。”

“我必须先找到证据。”我回答她。

在一个文件夹里整齐地放着一些文件和信封，还有一些收据和账单，这些东西要是我教父看了可能会大惊小怪，但我顾不得了，我只是疯狂地寻找我要的东西。我又试了一下存放那包东西的小抽屉。这次没上锁，我打开来看，里面是空的，信封已经不见了。这也许又是一个证据，可我的药饮已经被倒掉了。我继续一个一个抽屉查看，露易丝站在一旁，双眉焦虑地蹙在一起。“你应该再等等。”她说，“这样做是不明智的。你应该等我爸爸来，他会采取法律手段，你现在所做的只是任何一个人都能做的，一个普通的小偷而已。”

“生与死之间等不及法律程序。”我说，“看，这是什么？”我丢给她一个长纸条，上面写着一些名称，其中一些是英语，另一些是拉丁文，还有一些是意大利文的名称。

“我不太懂，”她说，“不过好像是一些植物和药草的名称，字迹不太清楚。”

她在琢磨这个单子，我继续翻抽屉。

“对了，”她说，“这一定是她的药草和药方，但第二页是用英语写的，好像是关于植物繁殖的一些笔记，各个品种，有几十种。”

“找找金链花。”我说。

她看了我一会儿，马上明白过来，便又低下头去看她手中的纸条。

“好，在这儿，”她说，“但说明不了什么。”

我从她手中夺过纸条，她用手指着上面让我看。

> 金链金雀花，生于南欧，这种植物可由籽生，也有许多可以插枝和压条。第一种情况是把籽种在苗圃上或其他适于生长的地方。到春天，大约是三个月左右，但长得差不多的时候，移植到培育盆中，然后一直长到可能被移种到适合生长的地方的时候。

下面是这则资料的出处：《新植物园》，特·包斯莱，波·库特印刷，约翰·斯托克戴尔公司出版，地址：弗利特街1812号。

“这跟下毒没什么关系。”露易丝说。

我继续搜查桌子，发现了一封从银行来的信，我认出是柯奇先生的笔迹。我粗暴、蛮横地把信打开。

> 亲爱的夫人：
>
> 感谢您把艾什利家的珠宝存回这里。因为您马上要离开此地，所以我们按照您的指示，把这批珠宝一直保管到您的继承人菲利普·艾什利先生来把它们取走。
>
> 您忠诚的赫伯特·柯奇

我气得一下把信放回去，不管瑞纳提施加了什么影响，这最后的举动完全是出于她自己感情用事。

再没什么相关的东西了，我已经仔细搜查了每一个抽屉，也看过每个文件夹，要么是她把信毁了，要么是随身带着。我感到又灰心又无奈，转身对露易丝说：“不在这里。”

“你翻过那个记事簿了吗？”她疑惑地问。

真傻，我把它放在了椅子上，根本没想到这明显是个可以藏信的地方。我把它打开，就在中间，在两页空白纸之间，夹着那个来自普利茅斯的信封，信还在里面，我把信抽出来交给露易丝。“就是它，”我说，“试试看，能否看懂。”

她看了一下那页信纸，又把它递给我。“并不是用意大利文写的，”她对我说，“你自己读吧。”

我读着这页信，只有不多的几行。如我所料，他的信已没有正式、客套的语气，可也没有像我所想象的那样。时间是晚上十一点钟。信没有开头。

因为你已更多地用英语，而不用意大利语，所以我以你使用的这种语言写信。现在已过十一点，我们要在午夜起锚。我会在佛罗伦萨做你要我做的每件事，也许还会做更多，尽管我不能肯定是不是值得这样。至少，当你最终离开那里的时候，这个别墅和里面的佣人都会在这里恭候你。不要耽搁得太久。我对你的冲动和感情并非时刻都有十足的信心。假如最终你舍不得离开那个男孩，那就带他一块儿来，但我还是要警告你，这可不是我的初衷。多多保重，请相信我。

你的朋友 瑞纳提

我读完一遍，又读了第二遍，然后把它递给露易丝。

“这能作为你想要的证据吗？”她问。

“不能。”我回答。

肯定还有什么东西已经不见了，还有一些附言，写在另一张纸上，她可能把它夹在记事簿的另一页。我又翻了翻，什么也没有。除了本子上面放一个折叠的包之外，别无它物。我抓起这个包，撕去包装。这次里面不是信，也不是药草或是植物的名称，而是一副安布鲁斯的肖像画，角落处的首字母已不大清楚，可我猜想它是出自某个意大利朋友或艺术家之手。因为那些字母后面有“佛罗伦萨”字样，时间是他死的那年六月。看到的时候，我明白这肯定是他的最后一张画像了。那会儿他比离家时又老了许多，嘴周围和眼角处添了不少皱纹，眼神极为惊恐，好像旁边站着个影子而又不敢转头去看的样子。脸部表情流露出一种迷茫和孤独。他仿佛知道有灾难要来临，那双眼睛在祈求忠诚，也好像在乞求怜悯。在画的下面，安布鲁斯自己用意大利语写了句：赠瑞秋，仅记住快乐的时光。安布鲁斯。

我把画递给露易丝。“只有这个，”我说，“这意味着什么呢？”

她大声读着那句话，又想了一会儿。

“仅记住快乐的时光。”她慢慢地念着，把画和那封瑞纳提的信一并交给我，问，“她以前没让你看过这个？”

“没有。”我回答。

我们在沉默中相互对视了一会儿。然后露易丝开口说：“我们是不是误会她了？你说呢？关于下毒的事？你自己看，什么证据也没有。”

“再也不会有什么证据了，”我说，“现在没有，永远也没有了。”

我把画放回桌子，把信也放了回去。

“如果没有证据，”露易丝说，“你就不能指控她。她也许是无辜的，也许是有罪的，但你什么办法也没有。假如她是无辜的，你控告了她，你会永远内疚的。那样你就会有罪，她则什么事也没有。咱们离开这里，下楼到客厅去吧。但愿我们没把她的东西翻乱。”

我站在闺房里打开的窗户旁，目光越过草地眺望远处。

“她在那儿吗？”露易丝问道。

“不在，”我说，“她走了已经差不多半个钟头了，还没有回来。”

露易丝走过来站在我旁边。她瞅着我的脸。“你的音调为什么如此怪异？”她问，“为什么你的目光老盯着那儿，盯着那些走上石阶路的台阶？有什么问题吗？”

我拨开她向门口走去。

“你知道钟楼下面平台上的钟绳吗？”我问她，“就是那个中午招呼人们吃饭的钟，赶快去，把它拉响。”

她迷惑地望着我。

“干吗？”她问。

“因为今天是星期天，”我说，“人都不在，或者在睡觉，或者分散到各处去了，而我也许需要帮助。”

“帮助？”她重复了一句。

“是的，”我说，“瑞秋也许发生了意外。”

露易丝紧盯着我，她那忧郁而坦白的目光，仔细察看着我的脸色。

“你干什么了？”她问，但马上明白过来，露出忧虑的神情。我转身离开房间。

我下楼穿过草地，走上那条通往石阶路的路，那儿没有瑞秋的影子。

在低洼花园上方的石头、灰泥和一堆木头附件上站着两条狗。小的一只朝我走过来，另一只仍在原地不动。我在那堆灰泥附近，在沙子和石灰中发现了她的脚印，还有她的阳伞，钟声一直在响。四周如此寂静，钟声肯定穿过田野，一直传到海边，海湾上钓鱼的人也许都能听到。

我来到低洼花园上面的围墙边，看见人们已经修桥的地方，部分桥身在那里悬吊着，怪异、恐怖，像一架悬梯，另一部分已落了下去。

我走下去，来到木料和石头中间她躺着的地方。我抓起她的手紧握着，手已经冰冷了。

“瑞秋，瑞秋。”我呼唤着她的名字。

上面的狗又开始叫起来，钟声还在继续传来。她睁开眼看着我。我想一开始是痛苦的目光，紧接着是迷惑的目光，最后像是认出什么来的目光。是的，我错了，即使那时我也错了。她叫我安布鲁斯。我一直握着她的手，直到她死去。

过去通常是在大十字路口执行绞刑，但现在，已经没有这种事了。

图书在版编目（CIP）数据

浮生梦 / (英) 杜穆里埃著 ; 姜秋霞译. -- 石家庄:
花山文艺出版社, 2015.8

ISBN 978-7-5511-2472-0

Ⅰ. 浮… Ⅱ. ①杜… ②姜… Ⅲ. 长篇小说—英国—
现代 Ⅳ. I561.45

中国版本图书馆CIP数据核字(2015)第193437号

书　　名：浮生梦
著　　者：【英】达芙妮·杜穆里埃
译　　者：姜秋霞

责任编辑：李　爽
特约编辑：王予润　江培芳
责任校对：杨丽英
出版发行：花山文艺出版社（邮政编码：050061）
（河北省石家庄市友谊北大街330号）
销售热线：0311-88643221/29/35/26
传　　真：0311-88643225
印　　刷：三河市龙大印装有限公司
经　　销：新华书店
开　　本：890×1270　1/32
印　　张：11.5
字　　数：253千字
版　　次：2016年1月第1版
2016年4月第3次印刷
书　　号：ISBN 978-7-5511-2472-0
定　　价：39.90元

如有印刷、装订质量问题，请致电010-85866447（免费更换，邮寄到付）